Benita Michael

DAS ERWACHEN DER MORGENRÖTE

Bibliografische Information der Deutschen Nationalbibliothek: Die Deutsche Nationalbibliothek verzeichnet diese Publikation in der Deutschen National-bibliothek; detaillierte bibliografische Daten sind im Internet über https://www.dnb.de abrufbar.

ISBN: 978-3-00-080890-6

Alle Rechte vorbehalten. Copyright © 2024 Benita Michael

Lektorat: Simone Gmelch

Umschlagsgrafik: Canva.com

Alle Personen und Namen im Buch sind frei erfunden. Ähnlichkeiten mit lebenden Personen sind zufällig und nicht beabsichtigt.

Für meine Kinder und Enkelkinder...

PROLOG

Das Jahr 2036

Aurora blickte mit liebevoller Erheiterung auf die zwei Kleinen, die gerade dabei waren, an einem Sandhaufen im Garten ihre spielerische Schaffenskraft auszulassen. Viola, die Älteste war gerade fünf geworden und ihr dreijähriger Bruder Adrian eiferte ihr voller Elan in allem nach. Aurora war in diesem Moment sehr zufrieden mit ihrem Leben. Sie und Vincent hatten hier abseits von der Großstadt an diesem idyllischen Ort ein kleines Paradies gefunden. Das alte Haus hatte zwar viel Zeit und Kraft gekostet, aber nun war es zu einem gemütlichen Zuhause für die vierköpfige Familie geworden. Die harte Arbeit, die die beiden die letzten zwei Jahre für Haus und Garten aufgewendet hatten, war dabei die geringste Belastung gewesen. Was ihnen dagegen noch immer in den Knochen steckte, waren die nervenaufreibenden Auseinandersetzungen mit den Behörden, die anfangs keine Genehmigung zur Restaurierung des alten Hauses erteilt hatten. Die großartige Unterstützung von Freunden und sogar von den neuen Nachbarn hatte ihnen während dieser anstrengenden Zeit immer wieder Mut gemacht und die Hoffnung auf das Gelingen des Projekts aufrechterhalten. Natürlich entsprach das Haus nicht den Anforderungen in Bezug auf Smart-Home und Energy-Control Technologien, aber Vincent hatte mithilfe eines spezialisierten Anwalts eine Ausnahmegenehmigung erwirken können. Leider war damit die Sache nicht völlig vom Tisch, denn die Erlaubnis sah eine zeitliche Begrenzung von zehn Jahren vor. Nach Ablauf dieser Frist war eine Umwandlung des Hauses entsprechend den technologischen Anforderungen zwingend erforderlich. Im Falle der Nichtumsetzung durfte das Haus nicht weiter bewohnt werden. Die alten Strukturen des Hauses ließen die geforderten Hightech-Veränderungen kaum zu. Die Kosten für ein solch radikales Facelift überstiegen bei Weitem die finanziellen Möglichkeiten. Außerdem würde mit einer derartigen Kernsanierung fast nichts mehr von der ursprünglichen Substanz des Hauses übrigbleiben. Im schlimmsten Falle würde die Familie nach Ablauf der Frist das Haus verlassen müssen. Ohne Wohnerlaubnis war es nicht gestattet, ein Haus zu beziehen oder darin zu leben. Die Behörden setzten dies konsequent um. Man saß damit zwar nicht auf der Straße, sondern wurde in eine der vielen Satellitenstädte umgesiedelt, deren Gebäude und Straßenzüge sich nur noch durch die Beschriftung von Buchstaben und Zahlen voneinander unterscheiden ließen.

Vincent hatte das Haus vor Geburt der Kinder von seiner Großmutter geerbt, die darin bis zu ihrem Tode in bescheidenen Verhältnissen gelebt hatte. Das massiv gebaute Kalksteinhaus gehörte zu einer kleinen Siedlung, die nun eher mit dem Begriff der Einöde zu beschreiben war. Die Fassaden der Häuser strahlten den Charme einer vergangenen Ära aus. Das kleine Dorf war bisher vom schnellen Wandel der Zeit nur insofern betroffen, dass viele der Bewohner inzwischen verstorben oder weggezogen waren. Dies war wohl ein Grund, warum die Behörden der Siedlung bisher wenig Aufmerksamkeit geschenkt hatten. Darüber hinaus wurde die Gegend wirtschaftlich als unbedeutend eingestuft, da die anliegenden Naturschutzgebiete, keine größeren Bauvorhaben zuließen. Die Landschaft war weitestgehend flach, dafür aber mit weitläufigen Moorgebieten durchzogen. Aurora liebte die Gegend, die je nach Jahreszeit entweder von einer bunten Vielfalt an Pflanzen und Tieren erfüllt war oder durch die winterliche Kargheit eine wohltuende Stille ausstrahlte.

Aurora wollte an diesem Tag nicht an die Zukunft denken. Sie war dankbar, dass die Kinder bisher unbeschwert in einer natürlichen Umgebung aufwachsen konnten. Tief in ihrem Inneren breitete sich dennoch eine Schwere aus, die sich selbst bei dem Anblick der Kinder nicht mehr vertreiben ließ. Es mussten Entscheidungen getroffen werden, und zwar sehr bald. Vincent war in letzter Zeit ihren Gesprächen ausgewichen. Aurora konnte verstehen, dass er die wenige Zeit an den Wochenenden genießen und Ruhe von den Sorgen des Alltags haben wollte. Er arbeitete an den Wochentagen als Lehrer in der Stadt und blieb aufgrund der langen Strecke dort auch über Nacht. Seine Arbeit an einer Berufsschule war herausfordernd genug. Der flächendeckende Einsatz von künstlicher Intelligenz hatte viele Veränderungen herbeigeführt. Anstatt des Rektors wurde seit einiger Zeit ein Humanoid eingesetzt, der viel effektiver und ohne menschliche Schwächen, die tägliche Arbeit einer Schulleitung ausführte. Die Berufsschule galt damit als Vorreiter für eine allmähliche Einführung von Humanoiden – auch bei Führungspositionen. Vincent war zu Beginn skeptisch gewesen, hatte aber aufgrund von persönlichen Differenzen mit dem ehemaligen Rektor, eine gewisse Genugtuung bei dessen Verabschiedung empfunden. Der Humanoid hatte tatsächlich für klare Strukturen und optimierte Arbeitsabläufe innerhalb der Schule gesorgt. „Mister H.", wie man ihn nannte, war immer ansprechbar, sorgte für die schnelle Umsetzung von Anliegen, und war - nach den Worten von Vincent – „kein cholerischer Spinner

Das Erwachen der Morgenröte

mehr". Durch das erhöhte Interesse der Öffentlichkeit an dieser neuartigen Konstellation wurden weitere finanzielle Zuschüsse zur Modernisierung der Schule bewilligt. Nach nur zwei Jahren im Dienst hatte Mister H. das Schattendasein der veralteten Berufsschule beendet und daraus eine Lehranstalt mit hohem Renommee und perfekter Ausstattung gemacht. Die Schüler hatten alle technischen Möglichkeiten, um die Integration von KI in ihrem Beruf zu erlernen. Der Unterricht selbst war ebenfalls durch intelligente Technologien bestimmt und die Lehrer agierten weitestgehend nur noch als Unterstützung und zur Umsetzung der allgemeinen Abläufe. Vincent sprach nicht viel über die Schattenseiten dieser Entwicklung. Aurora konnte aus den wenigen Kommentaren, die Vincent gelegentlich dazu äußerte, nur entnehmen, dass etwas auf seiner Seele lag, wofür er selbst noch keine Worte fand.

Seit dem Tod ihrer Eltern war aus ihrer Familie nur noch ihre Schwester geblieben. Antonia lebte in der Stadt, gemeinsam mit ihrem Mann und dem kleinen Sohn, ganz in der Nähe von Vincents Arbeitsplatz. Ihre unterschiedliche Haltung zu politischen Themen ließ bereits während der Studienzeit eine Distanz zwischen den Schwestern entstehen. Die schwere Krankheit, die ihre Eltern beide kurz nacheinander niederstreckte, hatte die beiden nur für eine kurze Zeit enger zusammengeschweißt. Waren die Schwestern zuvor zumindest noch in hitzigen Diskussionen vereint, so herrschte in den letzten Jahren eher ein resignierter Rückzug in den Kreis der eigenen Familie.

Aurora spürte, wie das Pochen ihres Herzens eine Welle der Angst auslöste. Widersprüchliche Gedanken in ihrem Kopf nagten wie Störenfriede an ihrer Freude, die sie zuvor noch beim Anblick der spielenden Kinder empfunden hatte. Sie wollte festhalten und bewahren, was ihr in diesem Moment so kostbar erschien. Gleichzeitig sehnte sie sich nach Veränderung, um die Beziehung zwischen ihr und Vincent wieder mit vertrauensvoller Verbundenheit zu erfüllen. Die ungeklärte Wohnsituation verstärkte das Gefühl des Kontrollverlusts und ließ die Unsicherheit über ihre Zukunft umso drängender erscheinen. Sie wusste, dass sie die Zeit nicht anhalten konnte und dass Stillstand die Probleme nicht beseitigen würde. Veränderungen waren unausweichlich und sie würde kämpfen müssen. Es stand nun weitaus mehr auf dem Spiel, als nur das Zuhause ihrer Familie zu bewahren.

DAS JAHR 2042

Aurora blickte blinzelnd aus dem Fenster, um sich an das grelle Licht der aufgehenden Sonne zu gewöhnen. Die Jalousien öffneten automatisch jeden Morgen um die abgespeicherte Uhrzeit, denn alles wurde über den „Central Point" - der zentralen Informationsverarbeitung im Haus – gesteuert. Jedes Zimmer und alle Geräte waren daran angeschlossen und reagierten über eine Spracheingabe. Man hatte sie Cleo genannt – eine freundliche Frauenstimme aus dem Central Point, die jederzeit ansprechbar und zu fast jedem Problem, eine Lösung anzubieten hatte. Sie war es, die Aurora morgens als erste begrüßte und ihr das heutige Datum in Erinnerung rief: Es war Mittwoch, der 5. Februar 2042. Es folgten die Auswertungen der Schlaftiefe und -dauer mit den entsprechenden Empfehlungen zur passenden Dosierung der Stimmungsoptimierer. Aurora hörte wie immer nur mit halbem Ohr zu, denn sie war gedanklich schon mit ihren Problemen beschäftigt, die sich vehement in ihrem Kopf bemerkbar machten. Sie dachte an das Vorstellungsgespräch, welches - wie gewöhnlich - in Form eines Videointerviews ablaufen würde. Aurora hoffte, dass sie diesmal den Gesprächspartner von sich überzeugen konnte und die psychologische Auswertung durch die begleitende KI bestand. In den letzten Monaten hatte es immer nur Absagen auf ihre Bewerbungen gegeben. Als gelernte Grafik-Designerin war es inzwischen fast unmöglich geworden, eine Stelle zu finden, in der kreative Inhalte von Menschenhand gefragt waren. Ihre berufliche Tätigkeit lag inzwischen einige Jahre zurück und die neuen Technologien hatten für deutliche Veränderungen gesorgt. Schon vor Geburt der Kinder war sie mit den KI-gesteuerten Programmen der Bildgestaltung in Kontakt gekommen, aber verglichen mit den heutigen Standards, waren ihre Kenntnisse nicht mehr zeitgemäß. Aufgaben mit gestalterischen Inhalten wurden nahezu vollständig durch spezialisierte Programme umgesetzt. Die wenigen noch beschäftigten Designer benötigten gute Programmierkenntnisse, um die Software entsprechend den Anforderungen auszurichten. Aurora musste sich wohl oder übel nach anderen Tätigkeiten umsehen, die mit ihrer ursprünglichen Qualifikation nichts mehr zu tun hatten. Bei dem bevorstehenden Jobinterview ging es um eine Stelle in der Staatsbibliothek, in der Bücher archiviert

Das Erwachen der Morgenröte

und digitalisiert werden sollten. Inzwischen war schon ein Jahr nach der Trennung von Vincent vergangen. Vincent hatte sich in den letzten Jahren ihrer Beziehung immer mehr abgekapselt und sich in sein inneres Schneckenhaus zurückgezogen. Aurora hatte damals alles Mögliche versucht, um einen Weg in Vincents Gefühls- und Gedankenwelt zu finden, konnte ihn aber immer weniger erreichen. Er schien nur noch wie ein Fremder im Haus präsent zu sein und nahezu geistesabwesend und unnahbar seine Rolle als Vater und Ehemann zu spielen. Seine gesamte Persönlichkeit hatte sich grundlegend seit dem ersten Kennenlernen verändert und Aurora erschrak manchmal über Verhaltensweisen, die sie zuvor bei Vincent in dieser Form nie gesehen hatte. Sie stellte fest, dass Vincent mehrere Medikamente dauerhaft einnahm, die zur Behandlung von Depressionen und Erschöpfungszuständen dienten. Als sie per Zufall auf die Medikamente stieß, war es nicht mehr zu leugnen, dass Vincent wesentliche Bereiche in seinem Leben vor ihr verheimlichte. Er war damals auf ihre Fragen verärgert ausgewichen. Aurora empfand das Ganze wie einen doppelten Schlag ins Gesicht. Sie war zutiefst über das fehlende Vertrauen von Vincent ihr gegenüber enttäuscht. Außerdem vertiefte sich ihre Sorge, denn es war anzunehmen, dass seine veränderte Verhaltensweise auf eine ernsthafte Erkrankung zurückzuführen war. So sehr sie auch versuchte, Verständnis für seinen Zustand aufzubringen und klärende Gespräche zu führen - es war kein gemeinsamer Weg zu finden. Er schien auf erschreckende Art und Weise immer apathischer zu werden und selbst die Kinder fingen an, nicht mehr gerne in seiner Gegenwart zu sein. Die Kleinen neigten dazu, sich nach einem Wochenende, wild und aggressiv auszutoben, als ob sie die schlechte Energie, die von ihrem Vater ausging, von sich abschütteln wollten.

Letztendlich war es Vincent, der irgendwann die Familie vor vollendeten Tatsachen stellte: Er teilte mit, dass er zusammen mit seinem Arzt entschieden hatte, eine Reha-Klinik aufzusuchen, um sich dort vollständig auszukurieren. Er fühlte sich - mit seinen Worten - „gefangen in einer Abwärtsspirale" und hatte versucht durch die Einnahme von Aufputschmitteln und Antidepressiva wieder herauszukommen. Es tat ihm leid, dass er momentan keine andere Möglichkeit sah, als komplett alles hinter sich zu lassen und das Haus zu verkaufen. Er wollte eine längere Auszeit nehmen, um erst einmal auf die Suche nach sich selbst zu gehen und auch von den Medikamenten loszukommen.

Er hatte die Arbeitsstelle schon gekündigt und die weiteren Schritte folgten Schlag auf Schlag. Das Haus ließ sich überraschend schnell verkaufen, da eine Hotelkette bereits Interesse an dem Grundstück bekundet hatte. Die ganze Siedlung sollte einem Wellness-Komplex weichen. Auch die anderen Bewohner des kleinen Ortes hatten inzwischen einem Verkauf ihrer Häuser zugestimmt und den aussichtslosen Kampf gegen die Behörden aufgegeben.

Aurora erlebte diese Zeit in einem Gefühlschaos zwischen Verzweiflung und Kampfgeist. Zum einen war damit eine Entscheidung getroffen, die einen finalen Abschied vom Haus und der Region einleitete. Sie hatten sich beide so lange den Kopf zerbrochen, wie es mit dem Haus weitergehen sollte, dass es nun fast wie eine Erleichterung erschien, hier einen Schlussstrich zu ziehen. Auf der anderen Seite wollte sie die Trennung von Vincent nicht als endgültig ansehen, haderte aber mit ihren Gefühlen, die von Wut über seine Distanziertheit und Mitgefühl für seine psychische Erkrankung geprägt waren. Letztlich war zwischen ihnen schon zu lange eine unsichtbare Mauer gewesen, die einen emotionalen Rückzug bei beiden verursachte. Trotzdem dachte Aurora noch an die tiefe Liebe, die sie in besseren Zeiten mit Vincent verband und an all die glücklichen Momente der Vergangenheit. Vielleicht würde diese Auszeit tatsächlich zur vollständigen Genesung führen und alles könnte wieder so unbeschwert sein wie früher. Auch angesichts der Kinder wollte sie zuversichtlich bleiben und stark sein. Sie sollten zumindest einen Elternteil haben, der ihnen

Stabilität im Leben vermittelte, und auf den sie sich weiterhin zu 100 % verlassen konnten. Es war jetzt nicht die Zeit, um über Verlorenes zu trauern und die Hände in den Schoß zu legen.

„**Mama!** Aufstehen" Adrian sprang in Auroras Zimmer und zog die Decke ein Stück vom Bett hinunter. *So früh und schon so fit*, dachte sich Aurora und gähnte. Sie war es gewohnt, dass Adrian bereits vor der Weckzeit putzmunter umherlief. Manchmal kitzelte er sie an den Füßen, um ihr Aufstehen zu beschleunigen oder sie erhielt einen flüchtigen Kuss auf die Wange. *Wie lange er das wohl noch beibehalten wird*, fragte sich Aurora etwas wehmütig. Er war inzwischen neun Jahre alt und die Phase des „Coolsein-Wollens" hatte schon Einzug gehalten. *Bald kommt er auch in die Pubertät - so wie Viola. Hauptsache, man kann immer miteinander reden. Dann ist alles gut.*

Der Wechsel von Dorf in die Stadt hatte den Kindern am wenigsten Schwierigkeiten bereitet. Für sie war die Gewöhnungsphase schnell vonstattengegangen. Sie genossen vielmehr die Vorzüge, die nun mit der städtischen Infrastruktur einhergingen. Ihr Schulweg war mit dem Bus leicht zu bewältigen und die Bushaltestelle lag direkt in der Straße des Appartementkomplexes. Adrian und Viola äußerten sich stolz darüber, wie sie inzwischen alles meisterten und dadurch auch selbständiger geworden waren. Viola sah sich selbst als lebenserfahren und erwachsen an, was mit einem gewissen Konfliktpotential zwischen den Geschwistern einherging. Freundschaften standen bei beiden inzwischen an erster Stelle. Ihr neues Zuhause lag im Randbezirk der Stadt, wo sich neu gebaute Wohnkomplexe schier endlos aneinanderreihten. Die Monotonie der Wohngegend am Randbezirk der Stadt wurde kompensiert durch die vielen Kinder, die hier für quirlige Unruhe sorgten. Freundschaften mit Kindern in der Nachbarschaft wurden spontan und unkompliziert geschlossen und so war auch wieder freudiges Lachen und eine gewisse Leichtigkeit in den Alltag zurückgekehrt.

Viola hatte ein neues Hobby gefunden und fuhr nach der Schule regelmäßig ins „Tierparadies", um dort bei der Pflege und Versorgung der Tiere zu helfen. Nachdem die private Tierhaltung der meisten Tierarten allgemein verboten wurde, hatte man zooähnliche Zentren gebaut, um die Gesundheit und das Wohlergehen der Tiere besser überwachen zu können. Diese sogenannten

"Tierparadiese" waren für alle zugänglich und man konnte ab zehn Jahren dort eine „Junior-Ausbildung" als TierpflegerIn machen. Dabei verpflichtete man sich, einige Stunden in der Woche bei der Versorgung zu helfen und wurde von älteren Kindern oder Erwachsenen dabei angeleitet. Viola freute sich über die Möglichkeit, Zeit mit Tieren in der künstlich angelegten Natur-Oase zu verbringen. Auch bei Adrian war die Naturverbundenheit deutlich zu spüren und er wollte so bald wie möglich mit der gleichen Ausbildung beginnen wie seine große Schwester. In der Zwischenzeit tobte er sich mit seinen Freunden gerne nach der Schule auf dem Fußballplatz aus. Manchmal waren es dabei nur ein oder zwei weitere Kinder, die sich für das Kicken auf dem Platz finden ließen. Die meisten verbrachten ihre Freizeit inzwischen lieber in der virtuellen Spielewelt von "Game-Z", in der man mit Hilfe der VR-Brille eine unendliche Anzahl spannender Aktivitäten geboten bekam. Dieses Tool ermöglichte die Vernetzung mit anderen Kindern, ohne dafür aus dem Haus gehen zu müssen.

Viola war morgens etwas schwerer aus dem Bett zu bekommen und Aurora musste häufig energisch zum Aufstehen ermahnen. Selbst die lebhafte Musik, die aus den Lautsprechern innerhalb der Wohnung klang, animierte Viola nicht, ihre Augen zu öffnen. Cleo hatte für notorische Langschläfer – neben der Muntermacher-Musik – auch noch spezielle Düfte auf Lager. Diese wurden über das Smart Home System versprüht und waren speziell für die Förderung von guter Laune, besserer Konzentration oder das Wachwerden entwickelt worden.

Schließlich saßen alle am Frühstückstisch und sprachen über das vergangene Telefonat mit ihrem Vater. Er nahm inzwischen nur noch wenige Medikamente und hatte begonnen, sein Leben wieder in den Griff zu bekommen. Aurora versuchte weiterhin Verständnis für das Verhalten von Vincent aufzubringen, und den Kontakt mit den Kindern jederzeit zu ermöglichen.

„Am Wochenende habe ich zusammen mit Vroni eine extra Stunde im Pferdestall bekommen. Wir haben jetzt schon so lange darauf warten müssen. Jetzt hat´s endlich geklappt. Zu Papa können wir doch auch ein anderes Mal. Es ist eh immer so langweilig bei ihm. Er will immer nur spazieren gehen ... so öde." äußerte Viola genervt. Sie hatte bereits am Vortag darüber lamentiert, dass es unfair wäre, sich an einen vorgegeben Besuchs-Rhythmus ihres Vaters zu orientieren. Dieser hätte - ihrer Meinung nach – viel mehr Zeit und sollte demnach flexibler sein als der Rest der Familie. Aurora gab ihr prinzipiell Recht, aber sie verstand auch, dass es für Vincent besser war, einen verlässlichen Rhythmus zu haben. Jede Veränderung von Abläufen oder bereits kleine Herausforderungen des Lebens konnten Vincent aus seinem Gleichgewicht bringen. Eine hitzige

Diskussion zwischen den Kindern folgte, denn Adrian hatte sich auf den Besuch gefreut und sah es gar nicht ein, warum dieser wegen „irgendwelchen Pferden" verlegt werden sollte. Die Stimme von Cleo unterbrach das lebhafte Gespräch und erinnerte die Kinder an die Uhrzeit und die Abfahrtszeit des Schulbusses. Aurora versprach, sich bis zum Abend Gedanken über die Argumente der Kinder zu machen und eine Lösung für alle Beteiligten zu finden.

Nachdem die Kinder aus dem Haus waren, entschied Aurora, Vincent später in die Überlegungen zum Besuchs-Rhythmus miteinzubeziehen. Sie wollte zunächst ohne die Kinder mit ihm sprechen und die Gelegenheit nutzen, um allgemein etwas über seine weiteren Pläne in Erfahrung zu bringen. Es war nun genau ein Jahr her, dass sie und Vincent getrennte Wege gegangen waren - eine schwierige Zeit, in der ihr Leben völlig auf den Kopf gestellt wurde. Ihr altes Zuhause auf dem Land existierte nur noch in ihrer Erinnerung. Auch ihre Beziehung mit Vincent hing lediglich an einem seidenen Faden. Während der Trennungsphase hatte sie noch die Hoffnung aufrechterhalten, dass sich Vincents Zustand schnell bessern würde und er nach ein paar Wochen erholt und psychisch wiederhergestellt vom Klinik-Aufenthalt zurückkehren würde. Schließlich war auch die nervliche Belastung der Haussituation durch den Verkauf gelöst und man hätte einen gemeinsamen Neuanfang in der Stadt versuchen können. Nach einigen

Monaten wurde es zunehmend ersichtlicher, dass Vincent nicht mehr „der Alte" sein würde und er das Thema „Wiedervereinigung" der Familie weiterhin ausklammerte. Nun war Aurora sich inzwischen selbst nicht mehr sicher, ob sie überhaupt noch mit Vincent zusammenziehen und einen Neuanfang wagen wollte. Schon vor der Trennung hatte ein Entfremdungsprozess bei beiden für Distanz gesorgt und nun schien die Kluft unüberbrückbar geworden zu sein. Sie spürte, dass der Gedanke einer gemeinsamen Zukunft, auf dem Verantwortungsgefühl den Kindern gegenüber beruhte und nicht einem aufrichtigen Wunsch ihres Herzen entsprach. Es schmerzte sie, dass die Kinder ebenso einen Trauerprozess durchlebt hatten und ein unbeschwerter Teil ihrer Kindheit damit für immer beendet war. Schuldgefühle aber auch Vorwürfe Gegenüber Vincent waren wie Quälgeister in ihrem Kopf, die die Vergangenheit zum Drama werden ließen. Sie fragte sich, ob sie irgendetwas falsch gemacht hatte oder ob es überhaupt in ihrer Macht gestanden hätte, Vincent vor der Depression zu bewahren. Die Intensität dieser Grübeleien hatte in den letzten Monaten abgenommen und es überwogen nun die Momente in denen Aurora mit etwas mehr Zuversicht auf ihr Leben blickte. *Das Wichtigste ist, dass die Kinder zufrieden sind*, dachte sich Aurora und diese hatten sich erstaunlich gut an ihr neues Leben gewöhnt. Die Diskussion am Frühstückstisch brachte wieder die alten Sorgen und Schuldgefühle zum

Das Erwachen der Morgenröte

Vorschein und sie daran erinnert, dass die ungeklärte Situation zwischen Vincent und ihr, eine Belastung darstellte. Sie brauchte Klarheit vor allem auch in Bezug auf ihre eigenen Gefühle ihm gegenüber. Aber das war eine Frage, die sie mit sich selbst ausmachen musste. Sie würde das heutige Gespräch abwarten und sich danach mit dem Thema auseinandersetzen. Der Alltag mit seinen Aufgaben rief und Aurora überflog die Einkaufsliste, die digital von Cleo anhand der letzten Daten zu Einkauf und Verbrauch erstellt wurde. Hier nahm sie noch einige Änderungen vor und schickte die Liste mit einem Knopfdruck ab. Mit ein wenig Wehmut erinnerte sich Aurora an die Zeit, in der sie gemütlich schlendernd durch den Supermarkt die ausgelegten Produkte hatte begutachten und auswählen können. Man traf den einen oder anderen Bekannten und ein paar freundliche Worte wurden ausgetauscht. *Natürlich war das zeitaufwändig und nun ist alles viel praktischer und effizienter geworden. Wie haben wir das damals eigentlich alles ohne Hightech so selbständig hinbekommen?* fragte sich Aurora. Die Wehmut in ihr ließ sich dennoch nicht ganz vertreiben und so blickte sie nachdenklich aus dem Fenster, von wo aus sie die monotonen Fassaden der gegenüberliegenden Gebäude sehen konnte. Sie bemerkte dabei vor allem die Fenster und Balkone, die sich durch kreative und bunte Dekorationen der Bewohner voneinander unterschieden. Die Straßenzüge des Stadtteils waren dagegen einheitlich gestaltet. Laut

Das Erwachen der Morgenröte

offizieller Beschreibung der Stadtverwaltung, sollte der Fokus beim Bau neuer Gebäude auf praktische Aspekte und weniger auf Äußerlichkeiten gelegt werden. Ein einheitliches Stadtbild war das Ziel, und alte Häuser wurden daher nach und nach abgerissen. Diese ließen sich nicht mehr optimal mit der neuen Technologie ausstatten und waren nur noch befristet geduldet. Mit der neuen Stadtgestaltung sollten auch Werte wie Umweltschutz, Chancengleichheit und Sicherheit gefestigt und verbreitet werden. *Vielleicht ist es schon ein wenig zu perfekt*, dachte sich Aurora und schob den Gedanken schnell wieder beiseite.

Bis zum Vorstellungsgespräch waren es noch zwei Stunden. Aurora musste sich beeilen, um das passende Outfit zu finden und sich einen „Hauch an Seriosität" zuzulegen – wie sie es nannte. Alles lief online ab und jedes Zimmer verfügte über einen fest installiertes Bildschirm, Eingabe- und Soundsystem. Sie entschied, zuvor mit einer Freundin aus der Nachbarschaft zu reden und sich ihr Feedback einzuholen. In Wahrheit sehnte sie sich nach aufmunternden und motivierenden Worten. *Reale, menschliche Kontakte sind einfach nicht durch eine Computerstimme zu ersetzen,* dachte Aurora seufzend. Ihr fielen dabei die Fortschritte der künstlichen Intelligenz und der Entwicklung bei den Humanoiden ein. Letztere kamen inzwischen immer häufiger zum Einsatz. Sie waren kaum noch von einem Menschen zu unterscheiden, denn man hat die letzten Jahre stark an der Entwicklung des äußeren Erscheinungsbildes gearbeitet. Vor allem die Stimme vermittelte eine große Bandbreite an menschlichen Gefühlen und Absichten. Die computergenerierte Stimme von Cleo konnte z. B. je nach Situation ruhig, mütterlich wohlwollend oder auch bestimmend und streng klingen. Dennoch war es eine Maschine, die hier sprach, wenn auch eine überaus intelligente. Aurora war sich sicher, dass sie bei der Beurteilung einer Stimme aus dem Netz häufig mit ihrer Einschätzung daneben lag. Sie war immer wieder aufs Neue erstaunt, welche bemerkenswerte Arbeit von den Programmierern der KI geleistet wurde. Sie spürte, wie eine Welle an Selbstzweifeln in ihr aufstieg. Sie hatte weder Programmieren gelernt noch sonst eine Fähigkeit, die momentan auf dem Arbeitsmarkt gefragt war. Außerdem würde sie bald vierzig werden, womit sie aus Sicht der Unternehmen möglicherweise schon als zu alt eingestuft wurde. Finanziell war sie von staatlichen Leistungen abhängig. Sie kam dabei gut über die Runden und hatte gelernt sparsam und bescheiden zu leben. Die Kinder bekamen immer wieder mal ein großzügiges Geldgeschenk von Vincent. Es ging ihr also weniger um das Geld als um die Bedeutung ihres Lebens. *Natürlich bin ich als Mutter bedeutsam und wichtig.* Sie genoss jeden Moment mit ihren Kindern und wollte alles tun, um sie optimal auf dem Weg zur Selbständigkeit zu begleiten. Aber die Kinder waren fast den ganzen Tag aus dem Haus und kamen schon recht gut ohne sie klar. „Es gibt noch so viel mehr in mir. Ich möchte doch zeigen können, was alles in mir steckt" murmelte Aurora leise vor sich hin. Doch was war dieses „viele" und was wollte oder durfte sie davon überhaupt zeigen?

Sie wählte ein Outfit und legte etwas Make-up auf. Kurz darauf klingelte sie bei Kathi an, die genau wie Aurora, momentan keiner bezahlten Beschäftigung nachging.

„Komm einfach vorbei. Du hast ja noch über eine Stunde Zeit bis zum Interview. Wir trinken einen Tee zusammen. Ich habe sogar einen zur Nervenberuhigung da. Genau das Richtige für dich!", meinte Kathi am Videophone.

Aurora schmunzelte, denn Tee zur Nervenberuhigung entsprach so gar nicht den vorherrschenden Empfehlungen. Es war generell üblich, stimmungsregulierende Mittel einzunehmen. Diese sogenannte „Moody-Zin" gab es in den verschiedensten Sorten und diente zur Regulierung und Prävention negativen Verhaltens. So gab es „Moodys" – wie man sie umgangssprachlich nannte - zur Beruhigung und zur besseren Konzentration in vielen unterschiedlichen Varianten. Bereits in der Schule lernte man, dass durch die Einnahme dieser Pillen der Mensch sich emotional besser im Griff hätte und damit schädliches Verhalten sich selbst oder anderen gegenüber vermeiden ließ. Schon kleine Anzeichen von innerer Unruhe, Angst oder Traurigkeit sollte mit Moody-Zin beseitigt werden, um eine Eskalation in Richtung negativer Verhaltensweisen vorzubeugen. In den Medien gab es große Aufklärungs- und Werbekampagnen die überzeugend darstellten, wie die Kriminalitätsrate seit der Einführung der Moody-Zin abgenommen hatte. Auch zwischenmenschliche Konflikte in Familie und Schule wären damit – laut offizieller Angaben – drastisch gesunken. Aurora hatte bereits Stimmen vernommen, die behaupteten, dass diejenigen, die keine Moody-Zin zur Selbstregulation einnähmen, unsolidarisch und verantwortungslos seien. Aurora vermied Diskussionen darüber. Auf der einen Seite sah sie die überzeugenden Vorzüge, fühlte sich aber auf der anderen Seite nicht ganz wohl bei dem Gedanken, dass alle Menschen Pillen schlucken sollten, um einem Ideal zu entsprechen. In der Schule gab es hin und wieder eine kostenfreie Verteilung der Pillen, um „allen Kindern zu ermöglichen, ihr Potenzial mit diesen einfachen Mitteln zu entfalten" - wie es von der Schulleitung hieß. Cleo setzte die Pillen automatisch auf jede Einkaufsliste, die wie als Grundnahrungsmittel überall erhältlich waren. Aurora löschte sie jedoch meistens wieder von der Liste. Sie selbst hatte diese nur wenige Male in besonderen Situationen eingenommen. In letzter Zeit versuchte sie, ganz darauf zu verzichten. Anfangs war sie neugierig gewesen und wollte sich eigens ein Bild von der Wirksamkeit der populären Stimmungsoptimierer machen. In der Zeit, als sich ihre Sorgen und Ängste besonders stark bemerkbar machten, hatte sie darauf zurückgegriffen. Tatsächlich ging es ihr nach der Einnahme besser und ein Gefühl der gleichgültigen Ruhe stellte sich ein. Irgendwas störte sie trotzdem an dem Ganzen, und es schien, als ob ihre belastenden Gefühle und Gedanken nach Verblassen der Wirkung eher noch akuter in ihr Bewusstsein drangen. Es kam für sie nicht infrage, den Kindern solche Mittel zu geben. Moody-Zin galt allgemein als anerkannte Methode, um bei Kindern Ruhe und Konzentration zu fördern. In Gesprächen mit den Kindern wies sie auf die unnatürliche Vorgehensweise hin. Sie war sich nicht sicher, wie sie ihre Skepsis und ihr schlechtes Bauchgefühl diesen Pillen gegenüber in Worte fassen sollte. Letztlich waren die Mittel sogar vorwiegend auf pflanzlicher Basis und wurden in den Werbekampagnen als nicht süchtig machend beschrieben. Sie konnte ihr Bauchgefühl nicht logisch begründen und sie wollte vorsichtig sein. *Ich will nicht, dass die Kinder Ärger bekommen,* dachte sich Aurora. Lehrer übten einen gewissen Druck auf die Eltern auf, die Kinder von Beginn an mit den Mitteln zu versorgen. Sie hatte die Möglichkeit, diese schulischen Aufklärungskampagnen zu ignorieren, war sich aber bewusst, dass ihre Kinder während der Schulzeit sich diesen Einflüssen nicht so einfach entziehen konnten.

Kathi wohnte nur zwei Häuser weiter. Sie hatten sich gleich nach dem Einzug von Aurora auf dem anliegenden kleinen Spielplatz kennengelernt und sich auf Anhieb sympathisch gefunden. Die Wohnung von Kathi hatte den gleichen Grundriss wie die von Aurora. Der einzige Unterschied lag in der Einrichtung, die zum Teil aus altertümlich wirkenden, klobigen Holzmöbeln bestand. Einige Regale waren gefüllt mit Büchern und gerahmten Bilder aus einer vergangenen Zeit. Auch Aurora liebte Bücher und bedauerte, dass inzwischen keine mehr gedruckt wurden. Man hatte aufgrund von Ressourcenschonung entschieden, Bücher nur noch in digitaler Form zu veröffentlichen. *Natürlich ist es gut, dass deswegen keine Bäume mehr gerodet werden. Die Maßnahmen der Regierung sind sicherlich sinnvoll,* dachte sich Aurora. *„Es gilt den Planeten zu schützen und zu bewahren"* hallten die Worte aus den Medien in ihrem Kopf. Trotzdem nahm Aurora gerne ein Buch zur Hand, um darin zu blättern, die Textur der Seiten zu spüren, zu lesen und dabei auch in alten Erinnerungen zu schwelgen.

„Schau mal, was ich für dich habe!", meinte Kathi und händigte Aurora ein kleines, unscheinbares Buch mit dem Titel „Ausgewählte Weisheiten alter Kulturen" aus. Aurora blättere interessiert durch die ersten Seiten, konnte aber kaum etwas lesen, da die Schrift viel zu klein für Auroras Augen waren. Sie hatte sich an das Lesen am Bildschirm gewöhnt, an dem man alles auf die passende Größe und Schärfe anpassen konnte.

„Da sind gute Sprüche drin. Vielleicht motiviert dich der

eine oder andere. Ich glaube, du kannst das gerade gebrauchen."

Kathi hatte dabei ihre einjährige Tochter Lilly auf dem Arm, die neugierig zwischen Aurora und dem Spielzeug in ihrer Hand hin und her blickte. Der vierjährige Benny ging in den Kindergarten und so hatte Kathi am Vormittag Zeit, um ihrem Mann, Marvin, bei seiner selbständigen Arbeit als Berater für nachhaltige Beschaffung mit einigen Bürotätigkeiten zu unterstützen. Aurora beneidete sie um das kleine Familienidyll und genoss bei jedem Besuch die harmonische Atmosphäre. Aurora war dankbar, dass sie mit Kathi eine gute Freundin gefunden hatte, deren gute Laune und Zuversicht so ansteckend wirkte. Der Tee und das herzliche Gespräch mit Kathi waren genau die richtige Vorbereitung, die sie für das Vorstellungsgespräch brauchen konnte. Sie war auch neugierig, was in dem kleinen Büchlein stand, das ihr Kathi geliehen hatte. Sie würde sich später – ausgestattet mit einer Brille – an das Lesen machen.

***

Sie öffnete den Link mit den Zugangsdaten des Video-Calls und hoffte, dass sie alle Fragen gut beantworten und Ruhe bewahren konnte. Sie war auf jeden Fall motivierter und zuversichtlicher als noch zu Beginn des Tages, bevor sie zu Kathi gegangen war. Auf der anderen Seite wollte sie sich nicht zu viel Hoffnung machen. *Wird schon schiefgehen*, dachte sich Aurora. Der Personalleiter der Staatsbibliothek begrüßte sie freundlich und versuchte durch ein erstes lockeres Gespräch, die Atmosphäre entspannt zu halten. Eine psychologische Analyse durch KI würde unbemerkt im Hintergrund ablaufen, das war Aurora bewusst, störte sie aber an diesem Tag nicht weiter. Sie war durch das sympathische Auftreten des Personalleiters positiv überrascht und auch die letzten Reste an Nervosität verschwanden. In der ausgeschriebenen Stelle ging es um die Digitalisierung der verbliebenen analogen Bücher. Um diese zu bewahren und für weitere Generationen zugänglich zu machen, sollten sie mithilfe entsprechender Programme elektronisch umgewandelt und archiviert werden. Gedruckte Bücher würden schließlich bald nur noch als nostalgisches Relikt zu finden sein, denn auch in den Büchereien bereitete man sich darauf vor, die Bücher komplett von den Regalen zu entfernen. Sie nahmen viel zu viel Platz ein, der nun für andere Möglichkeiten genutzt werden sollte. Die Büchereien wurden nach und nach in eine digitale Lese- und Audiowelt verwandelt mit Möglichkeiten für interaktives Lernen und Spielen. Die Staatsbibliothek hatte außerdem den Auftrag, als Zentralstelle für die Digitalisierung aller Bücher des Landes zu fungieren. Ein gewaltiger Arbeitsaufwand war dafür nötig und auch die weitere Pflege der Datenbank mit der landesweiten Vernetzung musste dauerhaft betreut werden. Aurora hatte sich aus Mangel an passenden Stellen beworben.

Das Erwachen der Morgenröte

Richtig überzeugend fand sie die Beschreibung nicht und war, wie gewöhnlich unsicher, ob ihre Qualifikationen passend sein würden.

Das Gespräch mit Herrn Hutter, dem Personalleiter, brachte deutlich mehr Licht in das Ganze. Die Abläufe und Tätigkeiten vor Ort hörten sich nicht mehr so eintönig an. Sie sah sich während des Gesprächs in ihrer Vorstellung an einem Tisch vor einem großen Stapel Bücher sitzend. *Vielleicht ist die Stelle doch genau perfekt für mich.* Herr Hutter versprach, sich spätestens in zwei Wochen wieder bei ihr zu melden.

Das Telefon klingelte und im Screen blinkte der Name von Vincent auf. Aurora wunderte sich über seinen Anruf. Normalerweise rief er nur an, wenn auch die Kinder am späten Nachmittag zuhause waren. Sie war noch nicht dazu gekommen, sich Gedanken wegen den Wochenendbesuchen zu machen. „Kann ich dich kurz sprechen?", meinte Vincent zögerlich. In seiner Stimme klang eine ungewohnte Unsicherheit. Aurora fühlte sich angespannt. Mehrere Gedanken kreisten gleichzeitig in ihrem Kopf: *Was kann er wollen, dass ihn so nervös macht?* und *Wie kann ich die Besuchszeiten ansprechen, ohne dass es zu Streitigkeiten kommt?* Vincent begann fast geistesabwesend über allgemeine Themen einen Small Talk zu führen. Für Aurora war es offensichtlich, dass er noch nicht auf das eigentliche Anliegen seines Anrufs zu sprechen kam. Ein kurzes belangloses Gespräch über die

Kinder folgte und nach einigem Zögern rückte Vincent mit der Sprache raus: Er teilte mit, dass er eine Frau in der Reha kennengelernt hatte, mit der er seitdem in einem regelmäßigen Austausch gewesen sei. Nun hatte sich der Kontakt intensiviert und aus der ursprünglichen Freundschaft sei eine Liebesbeziehung geworden. Sie wollten sich nun nach einer gemeinsamen Wohnung umschauen und er würde ihr auch gerne die Kinder vorstellen. Er hoffe, dass es für Aurora kein zu großer Schock wäre, meinte aber, dass es für sie ja auch besser sei. Die gemeinsame Beziehung wäre nun schon zu lange auf Eis gelegen und es hatten sich damit sicher auf beiden Seiten die Gefühle heruntergekühlt. Er wolle auch, dass sie befreit ihren eigenen Weg gehen könne und nicht durch ihn belastet sei.

Aurora nahm die weiteren Worte und Erklärungen von Vincent nur noch gedämpft wie durch einen Schleier wahr. Ein Zustand der Fassungslosigkeit und Benommenheit stellte sich ein. Ein klarer Gedanke war in diesem Moment nicht zu fassen. Sie wollte jetzt nichts mehr hören und niemanden sehen; nur zur Ruhe kommen und die Bruchstücke ihres Lebens neu ordnen.

In dieser Starre wollten selbst die Tränen nicht fließen. Eine lähmende Benommenheit steckte ihr in allen Gliedern. Sie konnte es sich selbst kaum erklären, warum sie derart verletzt und schockiert war. Eine wirkliche Beziehung hatte seit langem nicht mehr bestanden.

Das Erwachen der Morgenröte

Eigentlich sollte ich mich sogar freuen, sagte sie sich aufmunternd. Vincent hatte Recht bei der Annahme, dass die ungeklärte Situation die ganze Zeit über eine Belastung in ihrem Leben gewesen war. Eine Trennung war zwar schon vollzogen worden, aber ein endgültiges Aus der Beziehung hatte bisher niemand ausgesprochen. Ihr Versuch, alles auf Vincents Krankheit zu schieben, hatte sie nicht wahrhaben lassen, dass in Wahrheit bei beiden die Gefühle erloschen waren. Der Gedanke an „die Andere" löste trotz allem ein Stich in ihrem Herzen aus. *Haben wir nicht viele schöne Jahre miteinander verbracht und Freud und Leid geteilt? Habe ich nicht als Mutter mit Schmerzen und Nervenkraft die Kinder bekommen und aufgezogen? Mit so viel Liebe habe ich mich um die Familie gekümmert, nur um jetzt von einer anderen ersetzt zu werden.*
Aurora merkte, wie sie immer weiter in den Sog des Selbstmitleids hineinschlitterte. Jetzt liefen auch tatsächlich Tränen über ihr Gesicht und sie machte sich auf die Suche nach vorhandenen Moodys gegen Traurigkeit. Diese waren schon lange nicht mehr Bestandteil ihrer Bestellliste, und so war es nicht verwunderlich, dass ihre Suche erfolglos blieb. *Na, das ist doch wieder typisch. Wenn ich einmal diese Dinger nehmen will, ist nichts da,* dachte sich Aurora, die nun wie ein trotziges Kind durch die Wohnung lief. Sie wusste, dass das Selbstmitleid sie nicht weiterbringen würde, sah sich momentan aber auch nicht imstande, die

Gefühle von verletztem Stolz einfach abzulegen. In dieser Verfassung musste sie erst einmal selbst zur Ruhe kommen. Gerade für ihre Schwester Antonia wäre ihr Gejammer über Vincent und seiner neuen Freundin ein gefundenes Fressen. Antonia hatte sich schon vor der Trennung immer wieder kritisch zu seinem Verhalten geäußert. Damals hatte Aurora ihn jedes Mal so gut es ging verteidigt und seine Distanziertheit auf die vielen Belastungen in seinem Leben geschoben. Sie brauchte in diesem Moment eher etwas Tröstendes, was von ihren negativen Gedanken ablenken würde. Mit dieser Absicht ging sie in die Küche, um nach brauchbarem Material in Form von Süßigkeiten zu suchen. Sie fand lediglich einige Reste an verklebten Schokobonbons der Kinder. Diese landeten ohne Umschweife in ihrem Mund und Aurora wartete darauf, dass nun – genau wie bei den Moodys – ein Zustand der Gleichgültigkeit eintreten würde. Stattdessen fühlte sie sich noch elendiger und bereute ihr kindisches Verhalten beim Anblick der leeren Tüte. Die extreme Süße in ihrem Mund ekelte sie einfach nur. Was war eigentlich aus ihr geworden? *Ich bin ein Niemand, niemand will mich und ich bin zu nichts nutze*, schluchzte Aurora, die nun am Tiefpunkt ihres Selbstmitleids angelangt war.

Nachdem die Flut an Negativität in ihr abgeebbt war, erinnerte sie sich an das kleine Buch, das ihr Kathi am Morgen mitgegeben hatte. Es steckte noch immer in ihrer Manteltasche, aus der sie es jetzt herauszog. Sie wollte ihre Gedanken wieder in einen normalen und vernünftigen Fluss bekommen, und sich auf keinen Fall weiter in Selbstmitleid aalen. Vielleicht würde das Buch sie ablenken können. Sie blätterte ein wenig durch die Seiten und las ein paar Zeilen, konnte darin aber keinen Sinn erkennen. Nach einiger Zeit fiel es hier zunehmend leichter, sich auf die Botschaften in den kurzen Kapiteln einzulassen. Sie las: „Ich schließe mit mir selbst Frieden. Ich muss weder in mir noch im Außen etwas bekämpfen." Aurora schloss die Augen und überlegte. Ihr Kriegsschauplatz schien tatsächlich in ihrem Kopf zu stecken, der sie mit quälenden Gedanken traktierte. Natürlich wirkte sich das folglich auch auf ihr Verhalten und ihr Leben aus. War es nicht in ähnlicher Weise auch bei Vincent so gewesen? Die Krankheit hatte seine Gefühls- und Gedankenwelt beeinflusst und letztendlich zum Bruch der Familie geführt. Im Grunde wünschte sich doch jeder, zufrieden und ausgeglichen zu sein. In dem Wort der „Zufriedenheit" steckte der „Frieden", der in dem Zitat beschrieben war. Sie wollte weder sich selbst noch andere bekämpfen – das stand fest. Vincent sollte sein Leben führen können, wie er es für richtig hielt. Und auch Aurora wollte die Dinge akzeptieren, die nicht zu ändern waren. Jetzt musste sie nur noch herausfinden, was sie in ihrem Leben ändern könnte und wollte. *Was will ich eigentlich*, fragte sich Aurora und der erste Gedanke fiel auf ihre Kinder. *Ich möchte ihnen eine gute*

Mutter sein und zeigen, dass es immer irgendwie weiter geht, egal was passiert. Dazu gehörte auch, die Vergangenheit anzunehmen. Solange sie den alten Zeiten nachtrauerte oder vergangene Entscheidungen mit Schuld und Vorwürfen belegte, würde sie keinen Frieden finden. *Jeder hat seine eigene Geschichte in seiner eigenen Version im Kopf*, dachte sich Aurora. Denn jeder sah das Leben ausschließlich aus seiner persönlichen Perspektive. Die Version von Vincent würde sich von der ihrigen unterscheiden und auch die Kinder besaßen ganz eigene Erinnerungen von früher. *Ich kann nichts mehr davon ändern oder festhalten. Es ist wie es ist. Wenn ich so darüber denke, dann ist es nicht mehr wie ein schwerer Brocken, den ich überall mit mir herumschleppe, sondern eben nur noch eine Erinnerung – zum Teil so flüchtig wie ein Traum. Aber was ist mit der Zukunft?* Noch bevor sie weiter über ihre Wünsche und Ziele nachdenken konnte, erinnerte sie die Stimme Cleos an ihre Termine und die baldige Rückkehr der Kinder.

In der vergangenen Woche war es Aurora nicht immer leichtgefallen, zuversichtlich und optimistisch zu bleiben. Eine weitere Absage zu einer Bewerbung - diesmal als Content Creator - flatterte ins Haus. Der Einstellungstest vor einigen Wochen war ihr relativ leicht gefallen, so dass sie hoffnungsvoll auf die Antwort gewartet hatte. *Wahrscheinlich hat es an der fehlenden Erfahrung in dem Bereich gelegen. Aber natürlich hätte ich mich ohne Probleme einarbeiten können*, dachte sie bitter. Als Grafik-Designerin war sie in der Vergangenheit mit vielen anspruchsvollen Projekten beschäftigt gewesen. Sie hatte damals gut verdient und mit Freude ihre Tätigkeit umgesetzt. *Man kann nichts festhalten im Leben. Alles verändert sich ständig.* Sie erinnerte sich an ihren Vorsatz, nicht mehr in alten Geschichten zu schwelgen oder sich über Vergangenes zu ärgern. Jeden Tag las sie weiter in Kathi's Büchlein und ließ sich von den Impulsen inspirieren. Manche Abschnitte übertrug sie auf ihre Smartwatch, um sich diese von der KI-Stimme vorlesen zu lassen. Sie hatte das Bedürfnis ihrem Leben eine neue Ausrichtung zu geben und dazu gehörte vor allem, in ihrem Gedanken- und Gefühlswirrwarr für Ordnung zu sorgen.

Die Texte waren nicht immer einfach zu verstehen und es brauchte etwas Zeit, um die Bedeutung der Aussagen auf das eigene Leben übertragen zu können. Hier war man gezwungen, sich mit sich selbst auseinander zu setzen, um den Kern der Botschaft zu erfassen. Damit unterschieden sie sich deutlich von der allgemein üblichen Sprache der neuen Medienwelt. Eingängige Parolen und emotionale Aufrufe dominierten und wurden zum Teil gebetsmühlenartig von jedermann wiederholt. Beliebt waren kindliche Reime wie: „Ein Moody am Morgen – vertreibt Kummer und Sorgen." Oder „Bei Wind und bei Wetter – Game-Z ist dein Retter." Außerdem wurden Slogans in Kindergarten und den Medien eingesetzt wie: „Zu unserer Familie gehören auch unsere schlauen Helfer!" und „Weißt du nicht mehr weiter, gibt´s den besten Rat vom schlauen Freund!", um bereits den Kleinsten die Bedeutung von KI näher zu bringen. Politiker nutzten in ihren Reden Parolen wie: „Es ist Zeit glücklich zu sein. ", und meinten damit die „Feel good"-Pillen und die technischen Möglichkeiten der Gehirnwellenoptimierung über die VR-Brille. Überhaupt wurde viel über „happy feelings" gesprochen. Die Medien waren voll von Aussagen, nach denen es nicht nur allen Menschen zustehen würde glücklich zu sein, sondern dass alle eine Verpflichtung der Gesellschaft gegenüber hätten, hierfür zu sorgen. Da die innere Gefühlslage mehr oder weniger messbar und analysierbar geworden war, sah man hier einen Wert, den es zu optimieren und zu steigern galt. „Nur ein glücklicher Mensch ist ein verantwortungsvoller Bürger.", lautete die Devise der Regierung. Man hatte kein Verständnis mehr für Menschen, die anders fühlten. Schließlich lag es in der eigenen Hand, bei jeglichem Unbehagen dagegen Abhilfe zu schaffen.

***

Die Kinder fuhren das Wochenende zu Vincent. Sie hatten sich mit ihm über das vorgeschlagene Datum des Besuchs geeinigt. Vincent hatte auch Viola umstimmen können, da er ihr versprach, eine Reitstunde in der Nähe seines Wohnorts zu organisieren. Er hatte den Kindern beim Telefonat erklärt, dass eine Überraschung auf sie warten würde und er eine wichtige Sache mit ihnen besprechen wollte. Aurora fuhr dieses Mal nicht mit und brachte die Kinder zum Zug. Eine flächendeckende Videoüberwachung sowie eine unkomplizierte Sprachsteuerung an jedem Sitzplatz sorgte für gute Sicherheit und Orientierung. Die Kinder waren vertraut mit dem Umgang der neuen Technologien und gingen völlig unbekümmert damit um. Die Handhabung der alltäglichen Technologien war gerade in öffentlichen Verkehrsmitteln, Gebäuden oder für den Privatgebrauch inzwischen so intuitiv und leicht, dass selbst ältere Personen problemlos damit umgingen. Die Integration von KI bewirkte, dass die Technik flexibler auf die Bedürfnisse der Menschen eingehen konnte. Die persönliche Smartwatch, die jeder gesetzlich verpflichtend mit sich trug, vernetzte sich automatisch im öffentlichen Raum und sorgte für einfachen Informationsaustausch. Die eigene ID wurde erkannt und die gespeicherten Informationen zur Reise ausgelesen.

Die Kinder freuten sich auf die Zugfahrt und über die ungewohnte Freiheit, ohne ihre Mutter auf Reisen zu gehen. Eine Fahrtstrecke von knapp zwei Stunden lag vor ihnen und kein Umsteigen war nötig. Aurora fühlte sich dennoch beim Abschied am Bahngleis ein wenig nervös. Ihre gemischten Gefühle rührten auch von den Sorgen, die sie sich über die Situation machte. Sie hatte den Kindern nichts von den Neuigkeiten erzählt. Vincent hatte darum gebeten, den Kindern selbst alles zu erklären. Sie war sich nicht sicher, wie die Kinder darauf reagieren würden, dass die Trennung der Eltern endgültig entschieden war und Vincent bereits eine neue Freundin hatte. *Für die Kinder ändert sich ja nichts*, dachte sich Aurora, um sich Mut zu machen. Schließlich war die Trennung schon physisch vollzogen. Aber sie war sich nicht sicher, welche Hoffnung bei den Kindern auf eine Zusammenführung der Familie noch bestand. Sie hatte das Thema bisher weitestgehend vermieden und ausweichend auf Fragen dahingehend reagiert.

Auf dem Rückweg mit dem Bus besuchte sie Antonia, ihre Schwester, die am anderen Ende der Stadt zusammen mit ihrem Mann und dem siebenjährigen Sohn wohnte. Die Häuser dort waren ein paar Jahre älter, aber die Fassaden unterschieden sich dennoch nur geringfügig von denen in Auroras Gegend. Ohne Navigation erschien es Aurora fast unmöglich, sich zu orientieren und eine bestimmte Adresse zu finden. Jeder war es inzwischen gewohnt, sich blind auf die Ansagen des Geräts zu verlassen. Diese waren nicht nur sehr präzise, sondern das System reagierte auch auf Rückfragen. Aurora war sich sicher, dass sie ohne Navi selbst die Wohnung von Antonia nur schwer finden würde. Alles sah einfach zu ähnlich aus. Von der Bushaltestelle aus, ging es einige Straßen zu Fuß weiter. Ihr Weg wurde begleitet durch die freundliche Stimme des Navis, die durch das Mikrofon des Ohrclips, dezente Anweisungen gab. Die Straße führte an einer Baustelle vorbei, an der gerade ein neuer Wohnkomplex errichtet wurde. Es waren vorwiegend roboterähnliche Maschinen am Arbeiten, die von einigen wenigen Personen beaufsichtigt und koordiniert wurden. Sie entdeckte beim näheren Hinschauen einen Humanoiden, der ebenso wie der Bauleiter, für das korrekte Umsetzen der Arbeitsschritte zuständig war. Man konnte diesen - vor allem aus der Entfernung - fast für einen Menschen halten. In Bezug auf Aussehen und Motorik hatte man in den letzten Jahren enorme Fortschritte gemacht. Eine Identifizierung aus der Distanz war vor allem auch durch eine deutliche Markierung an der Kleidung möglich. Aus der Nähe betrachtet, waren Humanoide am Gesichtsausdruck gut zu erkennen. Es fehlte ihnen nicht nur an der Bandbreite der menschlichen Mimik, sondern auch an der Ausstrahlung, die Aurora bei Menschen, nicht aber bei Humanoiden vernahm. Sie dachte über die derzeitige politische Diskussion nach, in der es darum ging, die Markierung auf der Kleidung der Humanoiden zu entfernen. Es wurde von einem Teil der Bevölkerung als diskriminierend angesehen. Diese argumentierten, dass Humanoide inzwischen zur Gesellschaft gehörten und einen bedeutsamen Teil beim Aufbau und Erhalt von Sicherheit und Wohlstand beitragen würden. Als weiteres Argument wurde eine gewisse Form von Emotionsfähigkeit angeführt, die beim Humanoiden sich darin zeigte, dass diese das Wohlergehen der Menschen förderten. Sie sollten demnach auch rechtlich dem Menschen gleichgestellt sein. Andere widersprachen diesen Argumenten. Die Stellung des Menschen sollte gestärkt und nicht weiter geschwächt werden, erklärten die Gegner der Abschaffungspetition. Menschen sollten in der Lage sein, zu erkennen, mit wem sie es zu tun hatten. Auroras Gedankengänge wurden unterbrochen durch die Ansage des Navis, welches auf das Abbiegen in die nächste Straße hinwies. Zwei Fußgänger kamen ihr entgegen, die ihr freundlich zunickten. Im ersten Augenblick hatte sie die beiden kurz für Humanoide gehalten, da ihr Lächeln fast der Gesichts-Standardeinstellung eines Humanoiden entsprach. *Wir Menschen passen uns schon an die Mimik der Humanoiden an,* dachte sie sich. Es war ihr in den Medien aufgefallen, dass es als modern galt, eine Haltung wie ein Humanoid einzunehmen. Der Fortschritt, der mit dem Einsatz von Humanoiden einherging, machte jene zu begehrten Prestigeobjekten und nachahmenswerten Vorbildern. Außerdem wurde verlautet, dass man mit einem konstanten Lächeln im Gesicht zeigen würde, dass man bereit war, seinen Teil für Frieden und Sicherheit im Land beizutragen. Menschen, die offen ihre Verärgerung, Wut oder Traurigkeit zeigten, wurden mit Argwohn betrachtet. Schließlich konnte daraus eine Belastung für die Gemeinschaft entstehen. Einige Unternehmen sahen sich als Vorreiter dieses Trends und organisierten Wettbewerbe, um die glücklichsten Mitarbeiter des Monats zu küren. Wer immer freundlich lächelte und stoisch seinen Gleichmut bewahrte, kam hier in die engere Auswahl. *Es ist doch schön, wenn Menschen lächeln und freundlich sind,* dachte Aurora, die gleichzeitig ein schlechtes Gewissen bekam. War sie möglicherweise schon zu einer Gefahr für die

Gesellschaft geworden? Sie hatte eine Menge schlechter Gefühle in der letzten Zeit in sich aufkommen lassen und weder mit Moodys noch mit dem Headset gegengesteuert. Vielleicht war sie inzwischen schon negativ aufgefallen und man hatte sie wegen Fehlverhalten beim Amt gemeldet? Schnell setzte Aurora ein Lächeln auf und blickte verstohlen auf die installierte Videoüberwachung entlang der Straße.

Das Erwachen der Morgenröte

Antonia öffnete die Tür, ohne dass Aurora hatte klingeln müssen. Das Navi konnte bei Verabredungen und Terminen mit dem Zielort verlinkt werden, so dass der Wartende die Ankunftszeit des Besuchers live übermittelt bekam. Die beiden Frauen machten es sich in der schlicht eingerichteten Wohnküche bei einer Tasse Kaffee gemütlich. Der siebenjährige Marcel sprang ebenfalls herbei, um seine Tante zu begrüßen. Trotz der Kekse, die am Tisch standen und den neugierigen Fragen von Aurora zu seinen Aktivitäten in Schule und Freizeit, wurde es ihm schnell zu langweilig. Nach kurzer Zeit verzog er sich mit einer Handvoll Kekse wieder zurück in sein Kinderzimmer, um dort in der virtuellen Welt von Game-Z mit seinen Online-Freunden zu spielen. Antonia lachte und blickte stolz ihrem Sohn nach.

„Er ist beim Basketball schon auf Rang 7. Auf diesem Level sind sehr wenige in seinem Alter."
Aurora war nicht ganz sicher, ob sie dabei reales Basketballspielen meinte und fragte nach. Antonia blickte sie daraufhin mit großen Augen an.
„Nein, natürlich online. Du fragst Sachen! Oder sollte das ein Witz sein?"
Aurora bekam das Gefühl, dass ihre Schwester regelrecht beleidigt über die Frage reagierte. „Na ja, es gibt doch noch richtigen Sport, oder nicht? Adrian spielt ja auch Fußball draußen auf dem Platz. Es hätte ja sein können, dass Marcel in der Turnhalle mit anderen Kindern Basketball spielt", versuchte Aurora sich zu verteidigen.
Antonia kam nun regelrecht in Fahrt und hielt ihrer Schwester einen längeren Vortrag über die Verletzungsgefahr bei diesen Sportarten, über Studien, die von Mobbing und aggressivem Verhalten auf Sportplätzen berichteten und vielem mehr. Aurora kannte diese Argumente alle schon hinlänglich, denn diese wurden in Elternabenden der Schulen ausführlich thematisiert. Es existierten nur noch wenige Sportvereine, in denen ganz traditionell die einzelnen Sportarten praktiziert wurden. Als modern galten nun sogenannte „Funparks" - meist große Anlagen, in denen Fitnessstudios untergebracht waren und viele andere sportliche Aktivitäten mithilfe von Hightech umgesetzt wurden. Aurora erinnerte sich an den Fallschirmsimulator, den sie zusammen mit ihren Kindern

zuletzt getestet hatte. Es war nicht nur alles sicherer geworden, sondern man erhielt auch gleichzeitig eine Auswertung der sportlichen Leistung und des körperlichen Zustands. So konnte man gezielter seine Leistung verbessern und erhielt auf Knopfdruck einen individuell angepassten Trainingsplan. Im Funpark der Stadt war ebenfalls ein großer virtueller Spielebereich zu finden, in dem man in Ganzkörperanzügen in eine virtuelle Welt abtauchte. Die Anzüge waren innerhalb einer kugelförmigen Struktur so befestigt, dass man alle Bewegungsabläufe innerhalb des Kugelradius umsetzen konnte. Durch die VR-Brille und die Impulse über den Anzug hatte man das Gefühl, als ob man tatsächlich rennen, kämpfen oder fliegen würde. Man erlebte alle Situationen mit realen Sinnes- und Nervenimpulsen am Körper und konnte jegliche Spiel- oder Abenteuerwelten ohne Gefahren genießen. *Natürlich ist das für die Kids spannender, als über eine Wiese zu rennen,* dachte sich Aurora.

„Kannst du dich noch daran erinnern, wie wir damals so gerne Badminton im Garten gespielt haben?" fragte sie ihre Schwester.

Antonia blickte nun etwas mitleidsvoll auf Aurora. „Ja, das war früher. Aber die Welt hat sich inzwischen weitergedreht. Nun lass uns mal über etwas anderes reden. Wie sieht es denn bei dir aus? Du wolltest mir doch eigentlich von Vincent erzählen. Was gibt es Neues bei dem chronisch Kranken?"

Aurora überging die leicht sarkastische Bemerkung und berichtete nun betont gelassen über seine neue Partnerin und das endgültige Aus der Beziehung.

Antonia schüttelte den Kopf: „Was hast du erwartet? Natürlich musste es so kommen. Männer suchen sich schnell einen Ersatz. Sei froh, dass jetzt klare Verhältnisse herrschen. Es wird Zeit, dass auch du wieder richtig auf die Beine kommst."

„Ja, vielleicht hast du Recht. Aber für einen Außenstehenden ist es sicherlich leichter, es so nüchtern zu betrachten.", antwortete Aurora resigniert. Sie riss sich dabei zusammen, die Enttäuschung über die Reaktion ihrer Schwester sich nicht anmerken zu lassen. *Bin ja selber schuld, wenn ich von Antonia etwas anderes erwarte. Sie ist nun mal so, wie sie ist,* dachte sie sich im Stillen.

In den Augen von Aurora war Antonias Pragmatismus auch der Grund, warum in ihrem Leben alles zu passen schien. Sie hatte ihren Mann bereits während ihres Studiums kennengelernt und später geheiratet. Die Ehe war weiterhin harmonisch und beständig. Das war zumindest das, was Aurora von den Berichten ihrer Schwester wusste und auch ihrem persönlichen Eindruck entsprach. *Sebastian ist ein feiner Kerl. Er geht gelassen, mit den Eigenarten von Antonia um. Sie hat viel Glück mit ihm gehabt*, dachte sich Aurora, die dabei wehmütig den Verlauf ihres eigenen Lebens als Vergleich vor Augen hatte. Auch beruflich hatten Antonia und ihr Mann es geschafft – trotz des Wegfalls ihres Berufszweigs – weiterhin Arbeit zu finden. Er hatte als Architekt und sie als Innenarchitektin gearbeitet. Beide Berufe waren inzwischen kaum noch gefragt, da KI den Großteil der Gestaltung, Planung und Umsetzung übernahm. Durch viele Weiterbildungsmaßnahmen war es ihnen jedoch gelungen, in einem weltweit agierenden Bauunternehmen im Bereich des Projekt Monitoring unterzukommen. Sebastian war dadurch häufig unterwegs und Antonia konnte Teilzeit im Homeoffice arbeiten. *Eine ideale Konstellation,* fand Aurora.

„Wie wäre es, wenn du endlich mit der richtigen Dosierung der Moodys bei dir für mehr positive Stimmung sorgst? Ich kenne ja deinen Dickkopf, aber jetzt musst du endlich vernünftig werden. Ohne perfekte Ausstrahlung wird dich kein Arbeitgeber haben wollen. Der psychologische Tester merkt, dass du nicht gut drauf bist. So ein Risiko möchte kein Unternehmen eingehen." Antonia redete weiter auf Aurora ein und versuchte, wie üblich, sie von den Stimmungsoptimierern zu überzeugen.

„Schau mich an, bei mir läuft alles perfekt. Und selbst die kleinen Missgeschicke oder Problemchen werfen mich nicht aus der Bahn. Marcel ist gut in der Schule, immer ausgeglichen und macht keinerlei Probleme. Er nimmt –

genau wie wir alle - seine tägliche Dosis zur Optimierung und das Headset bringt auch seine Gehirnwellen in Balance. Ich hoffe, dass zumindest deine Kinder, die Chance bekommen, optimal ins Leben zu starten. Dafür stehen uns diese Mittel doch alle zur Verfügung!"
Antonia schaute jetzt mit strengem Blick auf Aurora.
„Sie dürfen selbst entscheiden, und ich meine, alles läuft wunderbar auch ohne diese Pillen!" erwiderte Aurora.
Antonia konnte für die ablehnende Haltung kein Verständnis aufbringen. Sie empfand es fast als absurd, nicht auf die künstliche Selbstoptimierung zurückzugreifen, um das Leben so angenehm wie möglich zu gestalten. Sie merkte, wie sie zunehmend ihre stoische Haltung verlor. Sie hatte nicht vor, sich wegen der Unbelehrbarkeit ihrer Schwester unnötig aufzuregen. Die Dosis der heutigen Moodys war bereits verbraucht, um ihren Ärger aufgrund einer Auseinandersetzung mit Sebastian am Morgen zu eliminieren.
„Wie läuft eigentlich die Junior-Ausbildung bei Viola?" fragte sie daher.
Aurora war es gewohnt, dass ihre Schwester gerne das Thema wechselte, bevor sie überhaupt die Möglichkeit hatte, näher darauf einzugehen und auf die mehr oder weniger offen ausgesprochenen Vorwürfe zu reagieren. Sie plauderten daher noch eine Weile über unverfängliche Themen, bevor sich Aurora wieder auf den Heimweg machte. Beide Schwestern registrierten ein merkliches Gefühl der Erleichterung, als sich ihre

Das Erwachen der Morgenröte

Wege an der Haustür trennten.

Aurora las: „Je mehr ich mich selbst erkenne und meine Schatten bearbeite, um so positiver wird sich das auf mein Leben und das der anderen auswirken."
Sie hatte sich wieder ihrer Lektüre gewidmet und erhoffte sich umsetzbare Impulse für ihr Leben. Die Kinder waren das Wochenende bei ihrem Ex-Mann - so nannte sie ihn seit dem letzten Telefonat – und nun war es Zeit, sich intensiv Gedanken über den weiteren Verlauf ihres Lebens zu machen. Den Appell „sich selbst zu erkennen" kannte sie schon aus der Lektüre der alten Philosophen. *Aber was bedeutet das konkret und wie kann ich diese negativen Muster in mir sichtbar machen*, fragte sich Aurora. *Vielleicht haben Antonia und all die anderen doch Recht und ich muss nur genügend Pillen schlucken und mein Gehirn mit Frequenzen bearbeiten, um zur besten Version meiner Selbst zu werden? Ist diese Form des „Glücklichseins" dann überhaupt authentisch*

oder künstlich und oberflächlich? Spielt das überhaupt eine Rolle, wenn es sich so oder so positiv auf mein Leben auswirkt? Je mehr Aurora darüber nachdachte, umso mehr Fragen schossen ihr in den Kopf. Wenn es nach den alten Philosophen ging, dann war Selbsterkenntnis das Ergebnis eines langen Prozesses der Reflexion und Kontemplation. Eine prüfende, kritische Auseinandersetzung mit sich selbst, um zu erkennen, wer man wirklich war, ohne die vielen Masken und Rollen, die man im Leben aufsetzt und spielt. Sie musste an die Menschen denken, die ihr mit dem seltsam wirkenden Lächeln im Gesicht begegneten. *Sieht manchmal mehr aus wie eine Grimasse, ja wie eine Maske, hinter der man versucht, sein eigentliches Gesicht zu verstecken.*
Wie sie es auch drehte und wendete, an diesem Punkt kam sie nicht weiter. Nur eins schien ihr offensichtlich: der innere Zustand – also die Psyche – war entscheidend, ob es im Leben bergauf oder bergab ging. So wie man ein Glas halb leer oder halb voll ansehen konnte, lag es an der subjektiven Bewertung, ob man zufrieden und dankbar durch das Leben ging. Letzteres hatte mit Sicherheit Auswirkungen im Leben und dem eigenen Umfeld. Ihre oberste Prämisse musste also lauten: - egal ob mit oder ohne Mann, ob mit oder ohne Job - Zufriedenheit in sich selbst zu finden. Das Ziel stand ihr klar vor Augen, aber über den Weg dorthin gab es unterschiedliche Meinungen. Sie nahm sich vor, gleich in der kommenden Woche mit Kathi darüber zu reden.

Der nächste Punkt, über den sich Aurora Gedanken machte, war, wer sie sein wollte und konnte. Sie hatte sich früher als Grafik-Designerin gesehen und sich so im außen auch vorgestellt. Dann kam ihre Rolle als Ehefrau und Mutter hinzu. Letzteres war ihr geblieben – wenn auch in merklich geringerem Umfang, wie noch vor einigen Jahren. Bald würde sie nur noch den „Titel" einer Mutter tragen, aber ihre Tätigkeit darin immer mehr in den Hintergrund geraten. Aurora fing an, eine kleine Bestandsaufnahme ihres Lebens zu erstellen. Sie aktivierte den Bildschirm, der in der Tischplatte integriert war und begann Stichpunkte festzuhalten. Ihre Hobbys und Interessen waren das Lesen sowie das Malen und Zeichnen. Daneben ging sie gerne spazieren und benutzte die VR-Brille, um sich interaktiv weiterzubilden. Hier hatte sie schon mal einige Punkte, die sie als Person ausmachten. Daneben liebte sie es, Zeit mit ihren Kindern zu verbringen, offene Gespräche mit Freunden zu führen und einige ihrer Nachbarn zu besuchen, die wie sie ohne Arbeit waren. Sport machte ihr ebenfalls Spaß und wenn es ihre finanziellen Mittel zuließen, ging sie mit den Kindern gerne in den Funpark. Ihr Wunsch war es, eine Anstellung zu finden, um finanziell unabhängig zu sein - aber vor allem auch, um eine Aufgabe im Leben zu haben. Ihre frühere Tätigkeit war wie ein alter Hut in die Mottenkiste gewandert. Man brauchte sie dafür nicht mehr. KI machte alles schneller und effektiver. Manchmal beschlich sie das Gefühl, überflüssig zu sein. *Ja, was mache ich eigentlich mit meinem Leben? Was ist der Sinn von allem?* grübelte sie. Sie dachte an Vincent und sein damaliges Berufsleben. Als er noch als Lehrer gearbeitet hatte, war es für ihn nicht einfach gewesen, dass der Hauptpart seiner Tätigkeit durch interaktive Lernsysteme ersetzt wurde. Einen Humanoiden als Vorgesetzten zu haben, machte die Situation nicht leichter. Vincent äußerte sich zu Beginn noch begeistert von den bemerkenswerten Lernmöglichkeiten, die den Schülern aber auch den Lehrern zur Verfügung standen. Er versprach sich davon, mehr Zeit für die individuelle Betreuung einzelner Schüler zu haben. Nach einiger Zeit war von der ursprünglichen Begeisterung nicht mehr viel zu spüren und Vincent wurde immer in sich gekehrter. Seine Augen sprühten nicht mehr vor Energie und Lebensfreude. Etwas war in dieser Zeit in ihm verloren gegangen. *Vielleicht hatte er ein Stück seines Menschseins inmitten der Maschinen eingebüßt.* Aurora merkte, dass der Groll Vincent gegenüber gewichen war und Platz gemacht hatte für ein Gefühl der Anteilnahme. *Wahrscheinlich gehören auch das Vergeben und Verzeihen zu dem Prozess der inneren Heilung?* Sie erinnerte sich an ihr Vorhaben, die Vergangenheit nicht mehr mit Bedauern oder Schuld zu belegen. Sie legte auf der Liste am Bildschirm eine neue Spalte an und schrieb das Wort „Zukunft" in Großbuchstaben darüber. Darunter vermerkte sie die Stellen, für die sie sich beworben hatte, aber noch eine Antwort ausstand. Zur Sicherheit überprüfte sie schnell die veröffentlichten Stellenangebote der Jobbörsen, im Falle, dass der automatische Vermittlungsagent etwas übersehen hatte. Sie konnte nichts entdecken, was auch nur im Entferntesten für sie infrage kommen würde. Die Gedanken über ihre Zukunft wogen nun genauso schwer, wie ihre sonstigen Grübeleien zur Vergangenheit. Wenn sie innerlich Frieden haben wollte, musste sie also nicht nur Vergangenes annehmen, sondern auch die Ängste hinsichtlich der Zukunft ablegen. Aurora erstellte nun eine weitere Spalte mit der Überschrift „Angst". Nach kurzer Überlegung fielen ihr immer mehr Dinge ein, die ihr Angst einjagten, bis die Spalte mit deutlichem Abstand am längsten war. Aurora war überrascht. Es war ihr nicht bewusst gewesen, dass so viele verschiedene Angstszenarien ihr Sorge bereiteten. *Ich will nicht ständig Angst vor irgendetwas haben*, stellte sie mit Bestimmtheit fest und begann die einzelnen Begriffe auf ihre Bedrohlichkeit und Wahrscheinlichkeit zu untersuchen. *Was davon ist real und unvermeidlich? Was ist unwahrscheinlich und entspringt eher einer irrationalen Angst? Was davon habe ich selbst in der Hand? Und was liegt komplett außerhalb meiner Kontrolle?* Aurora fing an, die einzelnen Begriffe zu ordnen, mit Stichpunkten zu versehen und dabei sich selbst immer wieder kritisch zu hinterfragen. Sie erkannte, dass hier zwei Oberbegriffe zu finden waren:

zum einen die Situationen, die nicht zu ändern waren, wie z. B. das Älterwerden und das Sterben, und zum anderen Szenarien, in denen sie selbst aktiv und gestaltend eingreifen konnte. In Kathis Buch hatte sie gelesen, dass man die Dinge, die tatsächlich nicht zu ändern waren, annehmen sollte – und zwar ohne „Wenn und Aber". Sobald ein Funken Widerstand noch in einem lag, würde allerdings das Annehmen der unvermeidbaren Dinge nicht funktionieren, sondern weiterhin Leid hervorrufen. *Um es annehmen zu können, muss ich damit Frieden schließen*, folgerte Aurora nachdenklich. Sie fühlte sich wie ein Schulkind, dass zum ersten Mal mit dem 1x1 des Lebens konfrontiert war. Sie musste sich eingestehen, dass sie selbst auf die Frage: *Wie schließt man eigentlich Frieden?* keine direkte Antwort hatte. Dann fiel ihr ein: *Man muss sich einfach dafür entscheiden, Frieden zu schließen. Ja, es ist eine Entscheidung, die man trifft, und die so wichtig ist, dass sie absolute Priorität im Leben bekommt.* Aurora hatte das Gefühl, hier etwas Bedeutsamen auf die Spur zu kommen, aber sie wusste auch, dass sie noch ganz am Anfang ihrer Reise stand. *Und was ist mit der zweiten Rubrik? Was ist mit den Situationen, die mir Angst einjagen, auf die ich aber Einfluss habe, wie z. B. mich unbedeutend zu fühlen oder finanziell in eine prekäre Situation zu kommen? Das alles hat mit meinem Kopf zu tun: Wie ich darüber denke und fühle und was ich davon in die Zukunft projiziere, um damit meine Sorgen zu füttern. Ich steh´ mir da wohl selbst im Weg.* Aurora drehte und wendete diese neuen Erkenntnisse in ihrem Kopf wie ein Juwelier, der einen wertvollen Stein unter der Lupe von allen Seiten betrachtete. Sie hatte das Gefühl, dass eine entscheidende Wendung in ihr Leben kommen konnte, sobald sie die Rätsel ihres Daseins lösen würde. Die Schwere der Aufgabe machte sie müde. *Eine kleine Pause für meine grauen Zellen,* dachte sich Aurora und schlief kurzerhand auf dem Sofa ein.

Menschen gehen demonstrierend auf die Straße. Sie halten Schilder mit hasserfüllten Parolen und schreien eine andere Gruppe demonstrierender Menschen an. Sie bespucken und beschimpfen sich gegenseitig. Rauch steigt vereinzelt von brennenden Objekten auf. Die ganze Atmosphäre ist geladen mit hochexplosiver Wut. Man erwartet jeden Moment, dass die Menschen gewalttätig aufeinander losgehen und in blinder Raserei bereit sind, zu töten. Polizeitruppen mit Knüppel und Wasserwerfern versuchen die zwei Lager zu trennen, lösen damit aber eine Angriffswelle von beiden Seiten aus. Man kann kaum noch erkennen, wer zu wem gehört. Alles ist zu einem Knäuel an Armen und Waffen geworden. Dazwischen sieht man schmerzerfüllte Gesichter, Angst in den Augen und offene Münder, die Schreie ausstoßen.

Das Erwachen der Morgenröte

Aurora wachte schweißgebadet aus ihrem Traum aus. Sie war auf dem Sofa eingeschlafen und hatte sich etwas Regeneration nach ihrer Selbstfindungsarbeit erhofft. Die schrecklichen Szenen der Gewalt schwirrten immer noch in ihrem Kopf. Sie hatte schon lange nicht mehr an die Zeit der Spaltung gedacht. So nannte man die Jahre zwischen 2019 und 2029, die sie während ihrer Jugendzeit und des Studiums miterlebt hatte. Auslöser dieser weltweiten Unruhen waren Missstände und Korruption in Politik, Wirtschaft und dem Gesundheitswesen gewesen. Die zunehmende Technisierung hatte zu drastischen Veränderungen auf dem Arbeitsmarkt geführt. Die Gesellschaft spaltete sich in Lager, die sich gegenseitig die Schuld zuwiesen und mit Vorwürfen überhäuften. Wie ein brodelnder Vulkan hatte sich das Gemisch aus Angst und Ablehnung zum Teil durch Ausbrüche von Gewalttätigkeiten Luft gemacht. Parallel dazu hielt KI in praktisch allen Lebensbereichen Einzug. Umstrukturierungen auch in Führungsetagen von Politik und Wirtschaft führten zur Entspannung der Lage. Schlüsselpositionen wurden mit KI und in den Folgejahren mit hochentwickelten Humanoiden besetzt. Damit konnten bessere Entscheidungen bei komplexen Sachverhalten getroffen und menschliche Schwächen umgangen werden. Korruption und Vetternwirtschaft waren durch diese unbestechlichen Kontrollpunkte eingedämmt worden.

Das Erwachen der Morgenröte

Die Worte „Brot und Spiele" kamen Aurora in den Sinn, als sie an die Zeit der Umstrukturierung nach 2029 dachte. Niemand musste aufgrund seines Arbeitsplatzverlustes Not leiden, dafür wurde gesorgt. Weiterbildungen und Umschulungen wurden ebenfalls finanziert und standen jedem frei zur Verfügung. Der Staat fing an, sich für die Gefühle der Bürger zu interessieren. Das „Glücklichsein" wurde im politischen Diskurs als Voraussetzung für Sicherheit und Frieden gesehen und auch die Industrie stellte alles für den neuen Trend zur Verfügung. Große Werbekampagnen und flächendeckende Aufklärungsarbeit zur Bedeutung von Stimmungsoptimierern folgte. Die virtuelle Welt von Game-Z mit ihren unendlichen Möglichkeiten des Entertainments verhalf zu Ablenkung und Befriedigung menschlicher Bedürfnisse. *Ist auch besser so,* dachte sich Aurora, *keine Gewalt mehr auf der Straße.* Überhaupt war mittlerweile alles sehr friedlich geworden. „Cleo – Nachrichten an",, sprach sie in den Raum. Sofort war auf dem Bildschirm ein Avatar zu sehen, der die neuesten Nachrichten aus aller Welt vortrug. Daneben flimmerten die entsprechenden Aufnahmen und Bilder des Geschehens. Es ging gerade um das Thema Sicherheit. Ein Politiker, der von einem Humanoiden interviewt wurde, kommentierte die veröffentlichten Ergebnisse der KI zum Gefährdungspotenzial emotionaler Instabilität. „Kein Staat kann es sich mehr leisten, dass Bürger unkontrolliert einem Wechselbad der irrationalen

Gefühle ausgesetzt sind. Wer heute wütend ist, kann morgen schon zum Täter werden. Jeder Bürger steht in der Pflicht, Verantwortung für seine Gemütshaltung zu übernehmen. Aber auch wir Politiker sehen uns dazu verpflichtet, emotionalen Auswüchsen entgegenzuwirken. Wir werden alles dafür tun, dass der Frieden unseres Landes nicht durch egoistisches Ausleben krankhafter Gefühle gefährdet wird."

Aurora verspürte eine leichte Übelkeit in sich aufsteigen und schaltete die Nachrichten aus. Sie war sich nicht sicher, was das flaue Gefühl in ihrem Magen ausgelöst hatte. Irgendwie schien sich eine Entwicklung auf politischer Ebene durchgesetzt zu haben, die ihr Angst bereitete. *Vielleicht sehe ich momentan auch alles viel zu düster. Es ist ja wirklich ein Glück, dass wir in der heutigen Zeit leben, wo wir so viele Möglichkeiten haben, Gewalt und Aggression zu verhindern. Wenn man da an früher denkt... Auch für die Kinder ist es besser. Wer sich gut fühlt, der kommt nicht auf dumme Gedanken.* Aurora beschloss, sich mit der Entertainment-Welt von Game-Z abzulenken und nicht weiter auf den Grund ihres Unbehagens vorzudringen.

Das Erwachen der Morgenröte

Aurora blickte auf die Uhrzeit und dachte an ihre Kinder. Über die Trackingfunktion konnte sie feststellen, dass beide sich im Zug befanden und die Rückreise von ihrem Vater angetreten hatten. Mit einem Klicken auf den Connect-Button stellte sie die Verbindung zum Bordcomputer auf, der an jedem Sitzplatz des Abteils integriert war. Aurora freute sich darauf, die Stimmen ihrer Kinder zu hören und ihre Gesichter zu sehen. Sie würde daraus auch ablesen können, was die Mitteilung von Vincent bei ihnen möglicherweise ausgelöst hatte. Aurora kannte die beiden mit ihrer Mimik nur zu gut und war sich sicher, dass die Kinder kaum etwas vor ihr verbergen konnten. Im Bildschirm erschien Adrian mit einem erwartungsvollen Grinsen im Gesicht. Viola hantierte noch mit ihrer Tasche und winkte kurz darauf ebenfalls in die Kamera. Spürbar erleichtert über die fröhliche Ausstrahlung ließ sie sich erzählen, was sie gemeinsam mit ihrem Vater am Wochenende unternommen hatten. Eifrig berichteten diese über den Ausflug zu einem Ponyhof und dem geführten Ausritt zu einem kleinen Waldgebiet. Die beiden lächelnd und zufrieden zu sehen, vertrieb jegliche innere Anspannung und Aurora atmete mit einem erleichterten Seufzer aus. Auf das andere Thema würde sie zu sprechen kommen, sobald die Kinder wieder zuhause waren. Sie musste sich ohnehin in Kürze auf den Weg zum Bahnhof machen und konnte es kaum erwarten, die zwei wieder in die Arme zu schließen.

Kaum war die Verbindung beendet, ertönte das Signal eines eingehenden Anrufs. Ihr Nachbar Moritz im gegenüberliegenden Haus meldete sich und sie sah am Anblick des Gesichts, dass sie diesmal keine fröhliche Geschichte zu hören bekam. Seine Augen blickten sie müde, aber auch etwas verlegen an.

„Hey, ich hab´ gerade einen Smoothie mit Orange und Ingwer gemacht und da es echt viel geworden ist und ich weiß, dass du sowas auch magst…also ehrlich gesagt, wollte ich fragen, ob du kurz vorbeischauen magst. Einfach so, zum Plaudern. Also nur wenn du gerade nicht beschäftigt bist."

Aurora ahnte, dass ihm etwas auf dem Herzen lag, und er nicht wegen eines Getränks anrief. Sie wusste, dass seine

Arbeitslosigkeit ihm deutlich zu schaffen machte und er gelegentlich in ein Stimmungstief geriet. Sie versprach sofort vorbeizukommen, teilte aber auch mit, dass sie bald die Kinder vom Bahnhof abholen musste.

Bei Moritz angekommen bemerkte sie, dass nicht nur Moritz, sondern auch die Wohnung bei ihrem letzten Besuch besser ausgesehen hatte. Kleidung, Geschirr und allerlei Undefinierbares lag herum oder war notdürftig zu einem Haufen neben dem Sofa geschoben. Moritz schaute genauso verlegen wie zuvor am Telefon und entschuldigte sich für den Zustand seiner Wohnung. Am Esstisch hatte er dem Anschein nach auf die Schnelle für etwas Ordnung gesorgt, und so nahmen beide Platz und nippten an dem frisch zubereiteten Saft.

„Ich wollte mal wieder ein normales Gesicht sehen", begann er zu erklären. „Wollte mal mit jemanden reden, der ehrlich ist. Bei vielen Leuten hab´ ich das Gefühl, das ich mit einer Maschine rede. Immer höre ich das Gleiche. Alles klingt irgendwie unecht, so viel Fake. Ich komm damit gerade nicht gut klar. Ich mein, was soll das Ganze? Was soll dieses Leben? Ich hab´ jetzt die ganze Zeit schon Moodys genommen, aber wenn die Wirkung nachlässt, ist alles noch schlimmer wie vorher. Ich hab´ keine Lust, die ganze Zeit nur Pillen zu schlucken und mich mit irgendeinem Dreck am Computer abzulenken. Ich hab's einfach satt."

Moritz blickte aus dem Fenster irgendwo ins Nichts.

Aurora verstand, was er meinte aber anstatt einem Rat, war gerade Leere in ihrem Kopf. Es war keine unangenehme Leere, die sie nervös machte, sondern ein Zustand der Gegenwärtigkeit ohne Gedanken und Gefühle. Nach einem Moment des Schweigens, legte sie ihm spontan ihre Hand auf den Arm und hörte sich selbst sagen: „Es ist ok. Du darfst das fühlen. Danke, dass du so offen zu mir bist."

Moritz blickte Aurora überrascht an. So etwas hatte er schon lange nicht mehr gehört. Bisher nahmen solche Gespräche immer die gleiche Wendung: Es wurde ihm geraten, sich zusammenzureißen, aktiver die Happy-Mood-Programme zu nutzen oder sich Medikamente verschreiben zu lassen. Sie schwiegen noch eine Weile gemeinsam, blickten sich an und wussten, dass sie etwas verbindet. Das Schweigen war wie der Boden, auf dem sie standen und der Raum, der sie umgab. In diesem Raum konnte jeder authentisch sein und Gefühle zulassen. Es gab dort keine Wertung und keine Beurteilung.

„Danke", sagte Moritz leise und Aurora machte sich wieder auf den Weg.

***

Die Kinder sprangen neben ihr herum und schubsten sich gegenseitig. Sie hatten sich im Zug gegenseitig geärgert und mussten nun die aufgestaute Energie loswerden. Während der Zugfahrt konnte man schnell Probleme bekommen, wenn man sich nicht an eine vorgegebene Etikette hielt. Die lückenlose Videoüberwachung sollte schließlich für einen ungestörten und sicheren Aufenthalt der Reisenden sorgen. Nun durften die Emotionen heraus und Aurora hatte ihre Mühe, die beiden Streithähne wieder zu bändigen.

„Jetzt aber los, der Bus wartet schon. Daheim könnt ihr euch gerne draußen austoben." Aurora musste fast lachen über die beiden, die anfingen, sich gegenseitig Grimassen zu schneiden.

Daheim angekommen entdeckte sie Kathi und andere Mütter mit ihren Kindern draußen auf der Grünfläche. Die Kinder kletterten auf den Gerüsten des kleinen Spielbereichs und die Größeren waren damit beschäftigt, auf dem Gehweg zu malen. Aurora freute sich, die bekannten Gesichter aber auch das lebhafte Treiben zu sehen. Nicht selten war die Fläche wie verwaist und nur das Grün der bepflanzten Areale tröstete dann über die schmucklosen Häuserfluchten hinweg. Freudige Gesichter der Erwachsenen und der Kinder empfingen die Ankömmlinge. Sowohl Adrian als auch Viola machten sich ohne Umschweife in Richtung der gesichteten Freunde auf.

***

Für den Abend hatte Aurora den Kindern ihr Lieblingsessen vorbereitet. Die Lasagne im Backofen verströmte nun einen verführerischen Duft, der bei allen eine große Vorfreude auf das Essen weckte. Zuvor hatte sie noch den Wocheneinkauf in Empfang genommen, der gewöhnlicherweise sonntagabends geliefert wurde. Die Lieferungen wurden noch durch richtige Menschen umgesetzt, die die einzelnen Pakete in dafür vorgesehene Öffnungen an den einzelnen Wohnungen legen konnten. Eine elektronische Kennung wurde vom Fahrer auf den Verschlussmechanismus des Zugangs übertragen, so dass dieser sich öffnete und gleichzeitig den Empfänger über den Erhalt der Ware informierte. Alles war sehr praktisch und effizient geworden. Einkaufsmärkte und Shoppingcenter gab es nur noch in der virtuellen Welt.

Mit großem Appetit machten sich alle ans Essen. Aurora blickte zufrieden auf die Kinder, denen es gut zu schmecken schien und die nach der Bewegung draußen sichtlich friedlich und ausgeglichen waren. Nach dem Essen fragte Aurora vorsichtig nach den Neuigkeiten, die sie von ihrem Vater mitgeteilt bekommen hatten. Ohne zu zögern, erzählten sie von Elli, die eigentlich Eleonora hieß.

„Sie ist ganz in Ordnung. Sie mag auch Pferde und ist mit uns mitgeritten", erklärte Viola. Aurora war sich nicht sicher, inwieweit Vincent klare Aussagen zu den neuen Verhältnissen getätigt hatte.

„Ist es ok für euch, dass Papa jetzt eine neue Freundin

hat?", fragte sie daher.

Die Kinder nickten und blickten sie etwas unsicher an. „Jetzt kannst du auch wieder einen Freund haben", gab Adrian ihr als Aufmunterung zu verstehen. „Und auch wieder mehr lachen", fügte er hinzu, während er vom Tisch aufstand und seine Arme um seine Mutter legte. Diesmal war es Viola, die es ihrem Bruder gleichtat und beide Kinder kuschelten sich an sie. Die Tomatensauce von den Gesichtern der Kinder landete dabei auf dem Pulli von Aurora, der das in diesem Moment mehr als egal war.

Der Montagmorgen startete bei Aurora wie üblich mit den täglichen Aktivitäten, die sie zum Teil von Cleo mitgeteilt bekam. Außerdem fügte Cleo Tipps und Empfehlungen für die Umsetzung hinzu. So empfahl Cleo ihr für den heutigen Tag zuallererst mit der Jobsuche weiterzumachen. Das hatte Aurora in ihrer To-do-Liste und dem Wochenplaner mit der entsprechenden Priorität für jeden Tag gekennzeichnet. Laut Cleo würde das Wetter sich erst ab Mittag bessern, so dass sie ihren Plan, mit der älteren Dame aus der Nachbarschaft spazieren zu gehen, entsprechend anpasste. Bis dahin könnte sie auch ihr interaktives Lernprogramm schaffen und andere Kleinigkeiten im Haushalt erledigen. Am Nachmittag, bevor die Kinder wieder aus der Schule kamen, wollte sie Kathi das kleine Büchlein zurückgeben, aus dem sie sich bereits die besten Zitate in ihre Datenbank übertragen hatte. Das Telefon klingelte und der Bildschirm vor ihr zeigte wie immer den Namen des Anrufers an. Standardmäßig war bei jedem Anruf der Bildschirm aktiviert, so dass sich die Gesprächspartner sehen konnten. Wollte man dies umgehen, war es nötig, beim Entgegennehmen des Anrufs, die Kamera zu deaktivieren. Alternativ konnte man einen persönlichen Avatar stellvertretend erscheinen lassen. Dieser „comicähnliche Stellvertreter" konnte sich etwas bewegen und freundlich lächeln. In der IT-Branche arbeitete man bereits an einer Version, bei der der Avatar die Lippen simultan zum gesprochenen Wort der Person bewegen konnte. Auf dem Bildschirm war zu lesen: Florian Hutter, Personalleiter, Staatsbibliothek. Sofort schaltete sie die Kamera aus. Sie hatte nicht mit dem Anruf gerechnet und empfand ihr Äußeres momentan alles andere als präsentabel. *Ansonsten schaue ich ihn wahrscheinlich noch mit einem verzweifelten oder ängstlichen Blick an, um ihn gänzlich abschrecken,* dachte Aurora sarkastisch. *Wird eh eine Absage sein, was solls.* Dennoch konnte Aurora es nicht vermeiden, einen kleinen Funken Hoffnung in ihrer Brust zu spüren, als sie den Anruf entgegennahm. Herr Hutter teilte ihr freundlich, aber knapp mit, dass sie in die engere Auswahl für die Stelle gekommen wäre und man ihr die Möglichkeit geben wollte, einen Probearbeitstag in der Bibliothek zu absolvieren. Somit wäre es dann für beide Seiten einfacher - basierend auf dem persönlichen Eindruck - eine Entscheidung zu treffen. Schließlich war die

Tätigkeit nicht unbedingt leicht zu beschreiben, und er wollte sicherstellen, dass die Bewerber den Arbeitsplatz und die Abläufe aus nächster Nähe begutachten konnten. Aurora bestätigte freudig das Angebot mit dem vorgeschlagenen Termin am kommenden Freitag und verabschiedete sich mit gezwungener Gelassenheit. Kaum hatte sie aufgelegt, stieß sie einen kurzen Freudenschrei aus und tanzte durch die Wohnung. *Endlich ein Lichtblick*, dachte sie. *Es ist zumindest ein erster Schritt, weiter will ich jetzt gar nicht denken. Zu viel Hoffnung darf ich mir auch nicht machen. Sonst lande ich wieder bei meiner Angstliste. Dann habe ich Angst zu versagen, abgelehnt und enttäuscht zu werden und finanziell Not zu leiden. Diese ganzen Projektionen meiner Ängste in die Zukunft. Das macht mich sonst jetzt schon fertig, obwohl noch gar nichts entschieden ist.* Aurora hatte die Weisheiten aus dem kleinen Büchlein inzwischen einigermaßen begriffen. Es ging darum, jeden Moment anzunehmen, wie er war. Weder die Vergangenheit noch die Zukunft sollten im Denken dominieren, sondern einfach das, was in diesem Moment dran war. Und jetzt ging es Aurora gut. Ja, sie fühlte sich gut, wie schon lange nicht mehr und entschloss, Kathi sofort von der Neuigkeit zu berichten.

Aurora lief ohne Umschweife zu Kathis Wohnung und war erleichtert, als sie merkte, dass sie zuhause war und die Tür öffnete. Sofort plauderte sie los und berichtete vom erfreulichen Telefonat. Kathi machte ihr weiter Mut, optimistisch an den Probearbeitstag heranzugehen: „Selbst, wenn es dann nichts mit dem Job werden sollte, wirst du zumindest interessante Einblicke dort gewinnen. Und du weißt ja: wo eine Tür zugeht, geht eine andere auf."

„Ja, so sehe ich das auch. Einfach alles so annehmen, wie es kommt." Aurora erinnerte sich an die Selbstfindungsarbeit, die sie mit dem Buch von Kathi begonnen hatte. Sie wollte gerne ihre Meinung zu dem Thema hören, über das sie sich schon länger den Kopf zerbrach. Es war die Frage nach Zufriedenheit und Glück. Da diese Themen inzwischen Hauptbestandteil der politischen Agenda waren, konnte man nicht mehr ganz unverfänglich oder gar neutral darüber sprechen. Schnell lief man Gefahr, als unsolidarisch oder egoistisch zu gelten, wenn man den allgemeinen Diskurs hierzu hinterfragte. Vorsichtig schilderte sie, dass sie anhand einzelner Impulse aus dem Buch mit einer Art Schattenarbeit bei sich begonnen hatte. Sie wollte versuchen, sich von unnötigen Ängsten und Sorgen zu befreien, um damit leichter und zufriedener durch das Leben zu gehen. Es sei ihr klar, dass die eigene Einstellung und psychische Verfassung ganz wesentlichen Einfluss auch auf die Dinge im Außen hätten. Aber sie wollte gerne Kathis Meinung wissen, ob es dabei unerheblich wäre, auf welche Art und Weise man für Ruhe und Ausgeglichenheit in sich sorgen würde. Kathi schmunzelte bei den langen Erklärungen, die Aurora ihrer Frage hinzugefügt hatte.

„Du willst also wissen, was ich von Moodys halte?"

„Also, so direkt wollte ich das nicht fragen. Das geht mich ja nichts an, wie du dazu stehst. Es geht mir nur darum, ob es richtig ist, dass der Zweck die Mittel heiligt - wie man so schön sagt - oder ob der Weg dahin vielleicht auch von Bedeutung ist", wich Aurora etwas nervös aus.

Kathi blickte nun nicht nur ihre kleine Tochter Lilly mit liebevoller Fürsorge an, sondern auch Aurora, die weiterhin nicht sicher war, ob sie dieses Thema besser nicht hätte ansprechen sollen.

„Warum meinst du, habe ich dir das Buch geliehen? Ich glaube, dass wir etwas Wichtiges in uns verlieren, wenn wir es nicht fühlen dürfen. Frag dein Herz dazu. Die Antwort auf solche Fragen findest du nicht in deinem Kopf. Dein Verstand hilft dir nur beim Formulieren der Antwort", sprach sie sanft auf Aurora ein. Lilly begann zu weinen, denn sie hatte Hunger und Kathi musste auch ihren Sohn bald vom Kindergarten abholen. Die beiden Freundinnen verabschiedeten sich mit einer Umarmung. Nach ein paar Schritten rief Kathi noch zum Abschied: „Denk dran, du bist bald in der größten Bibliothek des Landes. Wer weiß, was du dort noch findest!"

Das Erwachen der Morgenröte

Aurora hatte die restliche Woche bis zum Probearbeitstag genutzt, um sich durch interaktive Lernprogramme optimal auf einen möglicherweise baldigen Einstieg in das Berufsleben vorzubereiten. Zur Sicherheit hatte sie weitere Bewerbungen für Stellen verschickt, die vom online Bewerbungsagenten in ihrem Postfach landeten. Sie wollte sich auf keinen Fall zu sehr auf die Stelle in der Bibliothek fokussieren. Es waren schließlich immer noch weitere Kandidaten im Rennen. Auch die regelmäßigen Besuche bei der älteren Dame im Haus taten ihr gut, denn dabei erhielt sie das Gefühl, gebraucht zu werden und etwas Sinnvolles zu leisten. Die letzten zwei Tage war Adrian mit einem Infekt zuhause geblieben, so dass die Tage schneller vergingen als erwartet. Am Abend vor dem wichtigen Termin in der Bibliothek bemerkte sie zufrieden, dass sie die Woche nicht in die übliche, sorgenvolle Haltung verfallen war und nun sogar mit freudiger Erwartung auf das kommende Probearbeiten blickte. Sie wollte den morgigen Tag einfach als Gelegenheit betrachten, sich mit ihren Qualitäten und ihrem Können zu zeigen, um Herrn Hutter von sich zu überzeugen. Sie hatte sich vorgenommen, selbstbewusst ihr Bestes zu geben und falls sie dennoch nicht genommen werden sollte, so war es der Job, der nicht passte und nicht umgekehrt.

In der Nacht hatte sie einen Albtraum, bei dem sie als Raupe von Buch zu Buch kroch und dabei kleine Löcher in die Seiten fraß. In dem Traum war sie dabei in beständiger Angst, dass die Menschen sie finden und beseitigen würden. In ihrer Rolle als Raupe wusste sie genau, dass sie eine wichtige Mission zu erfüllen hatte, konnte sich aber auch nicht erinnern, welche das sein sollte. Sie nahm im Traum wahr, dass sie immer dicker wurde...

Aurora schreckte bei Cleos Stimme aus ihrem Schlaf und dem merkwürdigen Traum auf. Sie blickte noch etwas verwirrt auf sich herunter, um sicher zu gehen, dass ihr Körper nicht wie im Traum, immer rundlicher geworden war. Zumindest hatte sie überhaupt schlafen können, dachte Aurora erleichtert, denn heute war ein wichtiger Tag, an dem sie alle Sinne beisammen haben sollte.

***

Die Bibliothek befand sich im Zentrum der Stadt in einem imposanten Gebäudekomplex. Die unterschiedlich hohen Gebäude waren wie Bauklötze eines abstrakten Gemäldes zusammengefügt. Der große Eingang führte in den Hauptsaal, in dem anstatt Bücher inzwischen Computerplätze und Bereiche für Multimedia-Angebote zu erkennen waren. Das einzige Buch, was Aurora in dieser Halle entdecken konnte, lag in der Hand einer Statue, die einen lesenden Menschen zeigte und in hellem Marmor gefertigt war. Das gesamte Areal war mit modernen Funktionen für interaktives Lernen und der Verwendung von digitalen Medien ausgestattet. Sie hatte dieses Gebäude bisher noch nie betreten und war beeindruckt von der Größe und den vielen Gängen und Aufzügen, die von der Haupthalle in weitere Räumlichkeiten und Etagen führten. Zur Orientierung diente eine elektronische Tafel, die den Grundriss mit den Räumen und Etagen des öffentlichen Bereichs aufzeigte. Auf dem davor befindlichen Control Panel konnte man Suchbegriffe eingeben. Auf der Tafel wurde dann die entsprechende Etage, der Raum und der Weg dorthin aufgezeigt. Ein kurzes Scannen mit der Watch übertrug die Koordinaten auf das eigene Navi, was den Besucher dann zum gewünschten Ort führte. Aurora staunte über die vielen Menschen, darunter viele Schüler und Studenten, die hier zielstrebig in verschiedene Richtungen strömten. Der Multimedia Bereich war fast vollständig belegt und auch vor den Aufzügen standen kleine Gruppen von wartenden Bibliotheksbesuchern. Eine Dame beim Empfang fragte freundlich bei Aurora an, ob sie Hilfe benötigen würde. Aurora war positiv überrascht, dass an dieser Stelle noch Menschen eingesetzt wurden und nicht nur Maschinen und Humanoide für Orientierung und Hilfe sorgten. Vor lauter Staunen über die vielen Eindrücke, die allein nur von der ersten Halle ausgingen, hatte Aurora fast vergessen, dass sie auf jeden Fall pünktlich bei Herrn Hutter erscheinen wollte. Jetzt war sie sich schon nicht mehr sicher, ob ihr dies überhaupt noch gelingen würde. *In diesem Gebäude können die Wege sicherlich sehr lang sein,* dachte sie besorgt. Die Empfangsdame lächelte Aurora freundlich an und bat sie, noch kurz auf den Besuchersesseln Platz zu nehmen. Sie würde Herrn Hutter Bescheid geben und ein Mitarbeiter würde sie in den Bereich für Digitalisierung und Archivierung bringen.

Kurze Zeit später tauchte eine junge Frau auf, die Aurora zu den Aufzügen und danach durch ein Labyrinth an Gängen und Räumen führte. Mit ihrer Smartwatch öffnete sie dabei einige Zugänge, nachdem sie den öffentlichen Bereich der Bibliothek hinter sich gelassen hatten. Aurora hoffte, dass sie die Orientierung nicht komplett verlieren würde, aber die Summe aus den neuen Sinneseindrücken, dem Small-Talk mit der Mitarbeiterin und die zurückgelegte Distanz, machten diese Hoffnung schnell zunichte. Am Ende landeten sie in einem Seitenflügel des Komplexes, weit ab vom Hauptgebäude vor dem offenen Büro des Personalleiters. Dieses war modern und zweckmäßig eingerichtet, was die plakativen Gemälde an den Wänden in ihrer farbigen Abstraktheit noch mehr zur Geltung brachte. Herr Hutter stand sofort von seinem Schreibtisch auf und begrüßte Aurora mit einem freundlichen Lächeln und temperamentvollem Händeschütteln. Sie fühlte kurz den Impuls, sich die leicht schmerzende Hand zu reiben, hielt es aber für ein schlechtes Signal ihm gegenüber und riss sich zusammen. Sie musste zugleich wieder schmunzeln, denn Herr Hutter bot ihr unmittelbar das „Du" an und stellte sich als Florian vor. Sie bekam den gleichen sympathischen Eindruck von ihm, wie zuvor während des Vorstellungsgesprächs. Er wirkte weder arrogant noch unnahbar, und sie konnte sich vorstellen, dass er ein gutes Verhältnis zu seinen Mitarbeitern pflegte. Florian führte sie durch einige Räume und erklärte ihr die einzelnen Prozessabschnitte, die mithilfe der dort vorhandenen Maschinen und Computer umgesetzt wurden. Aurora hatte auf dem Weg zum nicht öffentlichen Bereich viele weitere Säle gesehen, in denen Bücher auf endlosen Regalen aufbewahrt wurden. Zum Teil waren diese für Besucher zugänglich und andere waren hinter verglasten Regalen vor Zugriffen geschützt. Florian erklärte, dass bereits ein beachtlicher Anteil der bestehenden Bücher digitalisiert vorläge, d.h. als Ebook oder Audiobook zur Verfügung stände. Es seien aber noch viele Werke vorhanden, die zur Digitalisierung eingeteilt waren. Bedeutende Werke würden in Buchform in das hauseigene Archiv oder in speziell dafür eingerichtete Archive in verschiedenen Städten des Landes verteilt werden. Dort wären die Verhältnisse in Bezug auf Luftfeuchtigkeit und Sonneneinstrahlung entsprechend optimal angepasst, um einen dauerhaften Erhalt der Bücher zu gewährleisten. Alle Daten der bereits eingespeisten Medien würden zusammen die virtuelle Nationalbibliothek bilden, zu der die Menschen auch online Zugang hätten. Aufgabe dieser Bibliothek sei es, nach den Worten Florians, die Digitalisierung und Archivierung fortzusetzen und dabei die Daten mithilfe entsprechender Programme einzugeben und zu strukturieren.

„Stell dir das wie einen Katalog vor, in denen die Menschen blättern können, um bestimmte Werke zu suchen. Alles muss online so hinterlegt sein, dass es gut auffindbar ist und einem bestimmten System entspricht. Das nennt man dann Katalogisierung."

Sie gingen zusammen in ein Großraumbüro, in denen die Angestellten damit beschäftigt waren, Bücher unter Maschinen zu befestigen und Eingaben zu tätigen. Kaum jemand nahm Notiz von den beiden, denn die Aufgabe an den Maschinen schien die volle Aufmerksamkeit zu erfordern. Florian sprach eine Mitarbeiterin an, und stellte ihr Aurora vor. Sie hieß Anna und schien etwa im gleichen Alter wie Aurora zu sein. Bereitwillig unterbrach sie ihre Arbeit und begann Aurora den vor ihr stehenden „Scan-Robot" zu erklären. Dieser konnte nicht nur die einzelnen Seiten einscannen und selbständig blättern, sondern zeigte auch an, wenn unleserliche Stellen im PC erschienen.

„Aus diesem Grund ist es nötig, jeden Schritt bei der Digitalisierung zu überwachen und die angezeigten Fehler manuell zu korrigieren. Komm, ich zeig dir mal, wie das genau funktioniert," meinte Anna lächelnd zu Aurora, die staunend die vorsichtige Bewegung des Hydraulikarms beim Umblättern beobachtete.

Der Tag verging wie im Fluge und Aurora hatte nicht nur einige Handgriffe am „Scan-Robot" gelernt, sondern auch einen Blick in die geschützten Archive werfen dürfen. Während Anna sie am späten Nachmittag wieder aus dem scheinbaren Labyrinth der Bibliothek hinaus begleitete, nutzte Aurora die Gelegenheit, um ein paar Fragen zu den anderen verbliebenen Bewerbern zu stellen. Anna wusste hierzu lediglich, dass noch zwei weitere Kandidaten in der engeren Auswahl standen und in der kommenden Woche Probearbeiten würden. Aurora versuchte bei der Nachricht ihre gute Miene zu bewahren und verabschiedete sich mit zwiespältigen Gefühlen bei Anna. In ihrem Inneren spürte sie wieder eine Angst aufsteigen, die ihren Magen unangenehm zusammenziehen ließ. *Die Stelle ist perfekt für mich. Ich hoffe so sehr, dass es nicht wieder zu einer Enttäuschung führt.*

Das Erwachen der Morgenröte

Violas Geburtstagsfeier war in der Parkanlage des „Tierparadieses" geplant. Hier standen speziell für Kindergeburtstage Räumlichkeiten zur Verfügung. Große Streichelgehege waren zugänglich und die heimischen Tiere wie Ziegen, Hühner, Esel oder Pferden durften versorgt werden. Aufgrund ihres Engagements als Junior Tierpflegerin gab es Vergünstigungen und Aurora hatte dem Wunsch von Viola, dort ihre Party abzuhalten, gerne zugestimmt. Viola war an diesem Morgen zeitig aufgewacht und - entgegen ihren sonstigen Gewohnheiten – vor den anderen aus dem Bett gesprungen. Für den Vormittag hatte sich Vincent zum Besuch angemeldet und am Nachmittag stand die große Party an. Ein aufregendes Programm für die nun zwölfjährige Viola, die in ihrem Kleiderschrank nach einem angemessenen Outfit Ausschau hielt. Adrian ließ sich von der aufgeregten Stimmung anstecken und lief laut singend und tanzend im Zimmer seiner Schwester umher. Viola verlor nach kurzer Zeit die Geduld mit ihrem Bruder und verbannte ihn aus ihrem Zimmer. Aurora nahm sich sogleich seiner an und übergab ihm einige Aufgaben zur Vorbereitung des Geburtstagsfrühstücks. Adrian, der zuvor noch beleidigt auf den Rauswurf reagiert hatte, war nun konzentriert bei der Sache, um die Tischdekoration rund um Obstsalat und Pfannkuchen nach seinen Vorstellungen zu platzieren. Aurora hatte am Abend zuvor Kuchen gebacken und Partyvorbereitungen getroffen. Dadurch war keine Zeit gewesen, weder über den bevorstehenden Besuch von Vincent noch über den Tag in der Bibliothek nachzudenken. Dankbar hatte sie das Angebot von Moritz angenommen, ihr bei der Party am Nachmittag zu helfen. Schließlich sollten ein paar Spiele rund um den Tierpark für Spaß und Überraschung sorgen und ein paar helfende Hände waren dafür mehr als willkommen.

Vincent hatte sie und die Kinder bisher nur wenige Male in der Wohnung besucht. Seine Begründung lautete vor allem, dass er das Busfahren nicht leiden konnte. In der Stadt waren Autos nur mit Sondergenehmigung erlaubt. Das Netz der öffentlichen Verkehrsmittel war in der Stadt flächendeckend mit Wasserstoff betriebenen Bussen gut ausgebaut. Auch die Preise für die Fahrten waren günstiger, als ein eigenes Auto zu unterhalten. Themen wie Verkehrschaos oder Parkplatznot gehörten damit der Vergangenheit an. Vincent besaß immer noch ein altes E-Auto, für das es inzwischen immer teurer wurde, Reparaturen durchzuführen. Er schwelgte oft noch in Erinnerung der alten Zeiten seiner Kindheit und Jugend, wo selbst Autos mit Verbrennungsmotoren noch das Straßenbild prägten.

Es muss ihm wohl wirklich besser gehen - sonst würde er nicht ohne Murren kommen. Für die Kinder ist es schön, dass er mal wieder hier erscheint, auch wenn er nur beim Frühstück dabei ist und danach wieder fährt.

Als es an der Haustür klingelte, war Aurora aufgrund des ganzen Trubels des Tages leicht angespannt. Das Zusammentreffen mit Vincent sah sie einigermaßen entspannt entgegen. Schließlich waren die Fronten geklärt und es stand lediglich die Scheidung an, die noch auf bürokratischem Wege für klare Verhältnisse sorgen musste. Im Bildschirm der Hauskamera tauchte neben Vincent ein weiteres Gesicht auf. Auroras Gelassenheit zerplatzte mit einem Schlag wie eine Blase, die schon zuvor nur ein instabiles Konstrukt gewesen war. *Er wird doch nicht einfach seine neue Freundin mitgebracht haben, ohne mir vorher Bescheid zu geben?* Mit verkrampfter Miene öffnete sie die Tür und Vincent begrüßte sie und die Kinder in bester Laune. Die Kinder nahmen ihn sogleich völlig in Beschlag, so dass er keine Gelegenheit bekam, seine Begleitung vorzustellen.

Das Erwachen der Morgenröte

„Hallo, ich bin Elli, die Freundin von Vincent. Wir kennen uns noch nicht, aber ich dachte, heute ist eine gute Gelegenheit, mich bei dir vorzustellen. Schließlich bist du eine wichtige Person im Leben von Vincent und deswegen bedeutet es mir auch viel, dich persönlich kennenzulernen. Ich hoffe, du verzeihst, dass ich so spontan hier erscheine und wir das mit dir nicht zuvor abgesprochen haben. Ich habe dir auch etwas mitgebracht. Hier eine Orchidee für dich. Ich hoffe, du magst Orchideen."

Aurora, die sich trotz der freundlichen Begrüßung, äußerst unwohl fühlte, nahm die Topfpflanze entgegen und bedankte sich höflich. Einige Floskeln wie „Ja, ist doch gar kein Problem" kamen ihr noch über die Lippen, bevor sie sich schnell zurückzog, um die Pflanze abzustellen und ein weiteres Gedeck für den ungebetenen Besuch auf den Tisch zu legen. Innerlich rumorte es gewaltig in Aurora, die zwischen dem Gefühl der Empörung und dem Wunsch, den Tag so fröhlich wie möglich zu gestalten, schwankte. Sie versuchte gute Miene zum bösen Spiel zu machen, um sich ihre Aufregung nicht anmerken zu lassen. Während des gemeinsamen Essens entschied sie, sich nicht mehr wie ein trotziges Kind, ihren negativen Gefühlen nachzugeben. Das Lachen der Kinder half ihr dabei, ihr inneres Gleichgewicht zurückzugewinnen und sie merkte, wie sich beim Anblick der fröhlichen Gesichter langsam etwas in ihr löste und die schweren Gedanken nach und nach an Gewicht verloren. *Letztendlich geht es ja nicht um mich, dachte sich Aurora. Es sollen vor allem die Kinder im Mittelpunkt stehen. Eigentlich ist Elli gar nicht so übel - zumindest vom ersten Eindruck. Es ist einfach mein Stolz. Damit steh ich mir selbst im Weg. Ohne meine ganzen Gedanken und den Erwartungen, die ich Vincent Gegenüber habe, könnte ich auch einfach nur hier am Tisch sitzen und mich nett unterhalten. Elli wäre dann einfach nur eine Frau, die ich kennenlerne, und der ich ganz vorurteilsfrei begegnen könnte.*

Nachdem Aurora allmählich ihre Fassung wiedergewonnen hatte, fiel es ihr zunehmend leichter, sich unbefangen an der Konversation zu beteiligen. Die ungezwungenen Gespräche, lockten selbst bei Aurora schließlich das eine oder andere Lächeln hervor. Sie war fast überrascht, als die Smartwatch bei Elli ertönte und damit anzeigte, dass es Zeit für die Heimreise der beiden war.

***

Moritz kam zum vereinbarten Zeitpunkt, um bei dem Transport der Geburtstagsutensilien zu helfen. Aurora hatte kleine Überraschungen für die Kinder vorbereitet und Verkleidungs-Accessoires zum Motto „Wild Animals" besorgt. Die verschiedenen Spiele, die sie zusammen mit Viola ausgewählt hatte, würden– ganz wie früher – alle ohne moderne Medien auskommen. Der Tierpark mit Spielplätzen, Streichelgehegen und Kletterpark eignete sich perfekt für die geplanten Aktivitäten. Auch für die zum Teil pubertierenden Mädels war hier genug geboten. Adrian hatte noch kurzerhand einen weiteren Freund aus der Nachbarschaft im Schlepptau und so ging es mit den freudig strahlenden Kindern zur Party-Location.

Alle Kinder zeigten sich begeistert von dem Setting und der Möglichkeit, die Tiere aus nächster Nähe zu sehen und zu streicheln. Viola war dabei ganz in ihrem Element, als sie stolz ihre „tierischen Pflegekinder" präsentierte und die Aufgaben als Junior-Tierpflegerin erklärte. Trotz der hilfreichen Umstände war Aurora erleichtert und dankbar, dass Moritz ihr bei der Party zur Seite stand. Ihm schien die große Kinderschar und der damit verbundene Trubel nichts auszumachen. Die Kinder nahmen ihn dabei mit Vorliebe in Beschlag, denn er ließ sich auf jeden Spaß und Unsinn bereitwillig ein. *Er wäre ein guter Papa gewesen. Schade, dass es bei ihm mit Familie nicht geklappt hat. Trotzdem ist er heute super drauf. Ganz anders, wie beim letzten Mal.*

Die Schnitzeljagd lief auf Hochtouren und die Kinder suchten - in zwei Gruppen aufgeteilt - im Tierpark nach Hinweisen. Viola hatte dabei alles im Griff und dirigierte ihren Trupp, wie die Anführerin einer Räuberbande. Aurora und Moritz schauten dem Treiben vergnügt zu und nutzten den Moment, um auf den Bänken der Anlage kurz zu entspannen.

Das Erwachen der Morgenröte

„Ich habe ´ne tolle Neuigkeit für dich", begann Moritz zu berichten. „Ich habe nach der Umschulung jetzt endlich eine Stelle gefunden. Ich fang´ schon nächsten Monat an. Es ist ein Integrationshaus. Du weißt schon: da, wo Senioren - aber auch Kinder ohne Eltern -untergebracht sind. Eigentlich alle, die nicht ohne fremde Unterstützung allein leben können. Ich werde dort erstmal als Pflegehelfer anfangen und kann dann vor Ort noch Qualifikationen dransetzen. Also alles in Richtung Betreuung der Bewohner und leichte Pflegetätigkeiten. Ich glaube, das ist das Richtige für mich. Auf Maschinen hab´ ich momentan gar keinen Bock und die Menschen dort sind – soweit ich das mitbekommen habe – nicht komplett mit Moodys zugeknallt."
Aurora freute sich von ganzem Herzen, dass Moritz mit dieser Stelle nun die Chance bekam, in dieser Tätigkeit neu durchzustarten.
„Ja, ich glaube, das passt zu dir wie die Faust aufs Auge. Du wirst dort alle zum Lachen bringen, so wie heute hier mit den Kids."
Auch jetzt mussten beide lachen und umarmten sich herzlich. Für Aurora war Moritz wie ein Bruder, ein absoluter Kumpeltyp und ihre Umarmung war Ausdruck dieser Wertschätzung und der Freude, die sie bei den guten Neuigkeiten empfand. Entspannt blickte sie kurz zu den Kindern, die gerade dabei waren, bestimmte Aufgaben aus der Schnitzeljagd umzusetzen. Aurora spürte, wie Moritz sie anschaute. Als sie seinen Blick

erwiderte, bemerkte sie verwirrt, dass in seinen Augen mehr als nur ein freundschaftliches Lächeln zu liegen schien. Verlegen wendete Aurora ihre Augen ab. Unangenehme Gedanken schossen ihr in den Kopf. *Er wird sich doch nicht in mich verliebt haben? Vielleicht bilde ich mir das gerade nur ein. Wir hatten doch schon darüber gesprochen. Wir wollten nur Freunde sein und sonst nichts. Habe ich ihm irgendwie zuletzt etwas anderes signalisiert? Ich möchte die Freundschaft nicht verlieren. Das wäre richtig doof, wenn es wegen so etwas kaputt ginge.*
Einige Mädels kamen mit der gefundenen Trophäe und einem strahlenden Siegeslächeln auf die beiden zu gerannt. Aurora war erleichtert, dass damit die Zweisamkeit mit Moritz unterbrochen war und die Kinder wieder ganz im Fokus ihrer Aufmerksamkeit standen. *Wahrscheinlich habe ich mir das sowieso nur eingebildet,* dachte sich Aurora, die vorsichtshalber jeglichen Augenkontakt mit Moritz für den restlichen Tag vermied.

Die Aufräumarbeiten nach der Party zogen sich bis in den Abend und Viola und Adrian plapperten fröhlich über die Ereignisse des Tages. Auf dem Nachhauseweg zeigten selbst die Kinder erste Zeichen von Müdigkeit und jeder war froh, als die Straße des Wohnviertels in Sichtweite war. Zuhause angekommen ging Moritz nach einer kurzen Verabschiedung wieder seines Weges. Aurora war sich nicht sicher, ob sie etwas kühler als sonst, sich ihm gegenüber verhalten hatte. Zumindest hatte sie bei ihm - seit der Situation auf der Parkbank - keinerlei Anzeichen von Gefühlen bemerkt, die über ein freundschaftliches Verhältnis hinausgingen. Aurora versuchte, sich keine weiteren Gedanken zu etwas zu machen, was möglicherweise nur einer irregeführten Empfindung entsprungen war. Sie wollte einfach nur ungetrübte Freude dafür haben, dass bei ihm die erhoffte Veränderung eingetreten war. *Diese Stelle passt sicher gut zu ihm und wird ihm ganz neue Perspektiven eröffnen. Ich freue mich von ganzem Herzen für ihn. Auf der anderen Seite macht es mich auch irgendwie traurig. Wenn er arbeitet, wird er vielleicht kaum noch Zeit für nette Gespräche mit mir haben.* In ihrem Inneren zogen zudem wieder ihre gewohnten Ängste und Sorgen auf. *Bin ich bald die einzige ohne Job? Werde ich irgendwann nur noch allein hier sitzen?* Kaum im Bett angekommen überwog die Erschöpfung, die Gedanken verflogen und Aurora fiel in einen tiefen Schlaf.

Das Erwachen der Morgenröte

Die Woche begann mit der üblichen Routine und Aurora versuchte, die Tage mit einem ambitionierten Programm zu füllen. Sie stellte die Wohnung putzwütig auf den Kopf und verbrachte viel Zeit mit Besuchen in der Nachbarschaft. Selbst ihren Online-Fitnesskurs nahm sie wieder in Angriff, den sie in den letzten Wochen aus Mangel an Motivation vernachlässigt hatte. Alles, was sie von ihren grübelnden Gedanken ablenkte und die Zeit schneller vergehen ließ, war als Gegenmittel brauchbar. Sie wusste, dass in dieser Woche weitere Kandidaten den Probearbeitstag in der Bibliothek absolvierten und sie nicht mit einer Nachricht über Zu- oder Absage rechnen konnte. Jedes Signal ihres elektronischen Postfachs ließ sie dennoch kurz aufzucken und löste ein Wechselbad aus Vorfreude und ängstlicher Befürchtung aus. Die Tage vergingen, ohne dass sie von dieser Ungewissheit erlöst worden war.

Am letzten Werktag blinkte das Signal eines Anrufs über den Screen. Eine Welle aus Adrenalin schoss durch Auroras Körper. Sie klickte unmittelbar auf Connect und vergaß dabei vor lauter Aufregung, dass sie normalerweise die Kamera deaktivieren würde. Florian Hutter begrüßte sie mit einem freundlichen Lächeln, das sich in ein leichtes Schmunzeln wandelte. In Auroras Gesicht klebten noch einige Reste einer Creme-Maske, die als Schönheitsprozedur für diesen Tag auf dem Programm stand. Ihr Blick war fest auf Florian geheftet und sie erwiderte ein kurzes „Hallo". Sie dachte fieberhaft darüber nach, ob sie per „Du" oder per „Sie" mit ihm war. Ihr Gedächtnis war wie leergefegt. Als sie sich schließlich selbst auf dem Videobild erblickte, versuchte sie panisch, die Überreste der klebrigen Maske mit der Hand wegzuwischen. Inzwischen kam sie sich selbst so albern und dumm vor, dass sie resigniert innehielt und sich für Ihr Aussehen entschuldigte. Florian gab sich Mühe, Aurora über die peinliche Situation hinwegzuhelfen und entschuldigte sich ebenfalls über den unangemeldeten Anruf und der Störung ihrer Privatsphäre. Schließlich teilte er ihr mit, dass die Leitung der Bibliothek sich für Aurora entschieden hätte und er sich freuen würde, sie ab dem kommenden Monat im Team begrüßen zu können. Der Arbeitsvertrag war schon fertig und würde - sofern ihr Interesse noch bestände - ihr sofort zugestellt werden. Das Gehalt war wie besprochen genehmigt worden und sie müsse nur noch ihre elektronische Signatur sowie ihre sonstigen erforderlichen Personaldaten an ihn weiterleiten.

Kaum hatte Aurora aufgelegt, wich die gesamte Aufregung und Anspannung der Woche von ihr. Tränen der Freude liefen ihr über das Gesicht. Sie hatte es endlich geschafft und konnte jetzt - genau wie Moritz – ab den kommendem Monat ein neues Kapitel in ihrem Leben aufschlagen. Schnell zog sie sich Schuhe und Mantel an, um ihn mit der Neuigkeit zu überraschen. Beim Verlassen der Haustür hielt sie kurz inne und zögerte. Sie würde sicherlich in ihrem momentanen Zustand, ihm emotional um den Hals fallen. Vielleicht wäre das unpassend und könnte von ihm falsch gedeutet werden. Aurora entschied sich daher, die Richtung zu ändern und eine Straße weiter zum Appartementkomplex von Kathi zu laufen.

Es gab so viel zu berichten, und die beiden Frauen tauschten sich über die Ereignisse der letzten Tage aus. Beide lachten herzhaft über den peinlichen Moment beim Videotalk. Kathi hatte wie gewöhnlich nur begrenzt Zeit und Aurora verabschiedete sich etwas wehmütig. Gerne hätte sie noch lange mit ihr weitergeredet. Aber es war verständlich, dass Kathi mit Familie und Nebenjob alle Hände voll zu tun hatte.

Vielleicht klingle ich jetzt noch bei Moritz an. Jetzt bin ich nicht mehr so überdreht und kann ganz locker mit ihm reden. Während sie abwägte, ob sie sich nicht zuerst um die Formalitäten des Vertrages kümmern sollte, kam ihr Moritz bereits winkend entgegen. *Das Schicksal hat entschieden*, dachte sich Aurora amüsiert. Moritz trug ein breites Grinsen im Gesicht und Aurora konnte trotz ihrer Vorsätze, ihm gegenüber zurückhaltend zu sein, sich nicht im Zaum halten. Ihre Glücksgefühle schwappten erneut an die Oberfläche und sie begrüßte ihn mit einer herzlichen Umarmung. Die Neuigkeit des bevorstehenden Arbeitsbeginns sprudelte in einem aufgeregten Wortschwall aus ihr heraus. Beide strahlten und freuten sich über den Zufall, dass sie zur gleichen Zeit eine neue Tätigkeit beginnen würden. Moritz war gerade aufgebrochen, um eine Runde durch die Grünanlagen zu drehen. Für Ende Februar war es ungewöhnlich mild und sonnig und Aurora freute sich über die Gelegenheit, das Wetter gemeinsam mit Moritz zu genießen. So liefen sie plaudernd auf dem Gehweg, der durch die Grünanlage zwischen den Häusern entlangführte. Zwischendurch streckten sie ihr Gesicht in Richtung Sonne, um sich mit den wärmenden Strahlen aufzutanken oder staunten über einige Pflanzen, die bereits am Austreiben ihre Knospen waren. An einem großen Baum stoppte Moritz und zog Aurora etwas zu sich. Er hatte wieder den intensiven Blick in seinen Augen, der eine gewisse Ernsthaftigkeit und

Begehrlichkeit ausstrahlte.

„Ich mag dich sehr, Aurora. Ich weiß nicht, wie es bei dir aussieht. Aber ich würde dich gerne öfters an meiner Seite haben. Du tust mir gut. Und ich glaube, wir beide würden uns richtig gut ergänzen."

Erwartungsvoll blickte Moritz in Auroras Augen, die starr vor Überraschung nach Worten suchte. Sie löste sich vorsichtig von seinem Arm und begann so behutsam wie möglich zu erklären, dass sie die Freundschaft mit ihm schätzte und ihn als Person sehr mochte. Es fiel ihr schwer, die passenden Worte zu finden. Es war ihr klar, dass egal, was sie sagte, es würde nicht das sein, was sich Moritz erhofft hätte. Es ging also eher darum, ihn nicht noch mit schroffer Abweisung zu verletzen. Trotz ihrer Bemühung schien dies ein aussichtsloses Unterfangen. Moritz blickte nun wie versteinert auf den Boden und verabschiedete sich von Aurora. Er gab ihr zu verstehen, dass er ihr Desinteresse ihm gegenüber erstmal verdauen müsse und schauen würde, wie er mit der Situation umgehen könne. Aurora blickte ihm nach, wie er mit schnellem Schritt sich von ihr entfernte. Sie versuchte sich zu beruhigen, denn ihr Herz klopfte immer noch vor Aufregung. *Hab ich wieder alles vermasselt? Lag es an mir? War ich vielleicht einfach nur naiv? Vielleicht ist es einfach so, dass eine Freundschaft zwischen Mann und Frau nicht möglich ist?* Aurora war zum Heulen zumute. *Der Tag hat so gut angefangen und jetzt ist wieder alles kaputt. Warum habe ich nur das*

Das Erwachen der Morgenröte

Gefühl, dass mein Leben wie ein Pendel ist? Es schwingt zwischen gut und schlecht ständig hin und her. Kaum läuft es richtig gut, kommt danach ein richtiger Mist.

Der erste Arbeitstag brach an und Aurora war pünktlich zur Stelle. Sie hatte dieses Mal die entsprechende Zeit für den langen Weg innerhalb der Bibliothek mit einkalkuliert. Am Empfang begrüßte sie ein junger Mann, der - zu Auroras Überraschung - sie aus dem Haupteingang wieder hinausführte. Für die Mitarbeiter der Verwaltung war ein separater Eingang vorgesehen, der an einer anderen Straßenseite des Gebäudekomplexes lag. Eine unscheinbare, elektronische Eingangstür wurde durch die Chip-Erkennung des Mitarbeiters geöffnet. Von hier aus ging es auf direktem Wege in die Abteilung für Digitalisierung und Aurora hatte nicht mehr das Gefühl, durch ein verwirrendes Labyrinth wandeln zu müssen. Dennoch nahm sie sich vor, das Gebäude mit all seinen Räumlichkeiten bald so gut kennenzulernen, dass sie sich auch ohne Navi orientieren können würde. In der Personalabteilung wurde sie bereits erwartet und sie erhielt diverse Zugangsdaten und das Arbeitszeiterfassungsprogramm auf ihre Smartwatch geladen. Florian befand sich in einer Besprechung und so wurde sie zu Anna gebracht, die gerade die digitalisierten Seiten am PC betrachtete. Aurora freute sich, das bekannte Gesicht zu sehen und fühlte sich zugleich entspannter. Anna nahm sich Zeit, um Aurora in der Runde vorzustellen und etwas von ihrer Arbeit zu zeigen. Aurora sollte zu Beginn weiter mit dem Scan-Robot arbeiten, aber auch mithilfe interaktiver Schulungsprogramme, die Katalogisierungssoftware anwenden lernen. Außerdem enthielt das Schulungsprogramm alle Information rund um die Bibliothek und sie konnte mithilfe der VR-Brille sich virtuell durch die Ebenen des Gebäudes bewegen.

„Du wirst sehen, mit jedem Tag kannst du ein paar weitere Handgriffe umsetzen und auch die Leute hier kennenlernen. Das Lernprogramm zeigt dir alles sehr ausführlich und du kannst damit üben und direkt Fragen stellen."

Anna führte Aurora noch zu einigen Büros, um ihr die Arbeitsplätze mit diversen technischen Geräten und Computern zu zeigen. Aurora gab es irgendwann auf, sich die vielen Namen der Mitarbeiter zu merken, die sie freundlich begrüßten. Sie bekam einen PC zugewiesen, an dem sie zur Einarbeitung jeden Tag einige Lernlektionen interaktiv umsetzen konnte. *Damit fall ich wegen der Einarbeitung erst mal niemanden zur Last und es fällt nicht gleich auf, wenn ich mich ungeschickt anstelle*, dachte sich Aurora zufrieden.

Mittags war sie mit Anna und einigen anderen in der Kantine, die auch für die Besucher der Bibliothek offenstand. Aurora beobachte die vielen Menschen, die zwischen den Tischen und den Take-Away-Automaten hin- und herwanderten. Manche von ihnen trugen ein Namensschild - so wie sie selbst inzwischen auch - und waren demnach gut als Angestellte der Bibliothek zu erkennen. Daneben schienen auch Familien mit Kindern, Studenten und Besucher jeden Alters das günstige Essensangebot der Kantine zu nutzen. Screens direkt an den Automaten zeigten neben den Angeboten von kalten und warmen Gerichten auch die dazugehörigen Nährwerttabellen und Preise. Ein QR-Code wurde per Smartwatch eingescannt und die Bestellung digital bezahlt. Bargeld gab es schon seit mehreren Jahren nicht mehr. Dafür konnte man inzwischen alle Kryptowährungen nutzen, die beim Bezahlvorgang mit dem aktuellen Wechselkurs in den digitalen Euro konvertiert wurden. Seit dem Bankencrash während der Zeit des Umbruchs, war es allgemein üblich geworden, Wallets mit Kryptos anstatt einem Geldkonto zu verwalten. Jeder besaß nun ein ganzes Portfolio mit verschiedenen Kryptowährungen, die tagesabhängig im Wert fluktuierten. Eine dazugehörige App wählte beim Bezahlen jene Währung, die gerade hoch im Kurs stand und damit den günstigsten Preis ermöglichte. Mithilfe dieses neuen Systems konnte man nicht nur Geld sparen, sondern auch das eigene Vermögen erhöhen, indem man geschickt mit den Kryptowährungen handelte.

Am Take-Away-Automaten legte man den Code, den man nach dem Bezahlvorgang auf der Watch erhalten hatte, an das Lesegerät. Damit öffnete sich das Fach mit dem gewünschten Gericht. Servicepersonal war damit überflüssig und Aurora konnte nicht erkennen, ob eine haustinterne Küche mit menschlichen Arbeitskräften hier für die warmen und kalten Gerichte sorgte.

Neben Anna saßen Jolie und Jannik am Tisch, die mit ihren verliebten Blicken, offensichtlich ein Paar sein mussten. Im Gespräch erzählten sie, wie sie sich vor einigen Monaten bei der Arbeit kennengelernt hatten. Aurora beneidete die beiden für ihr Glück und ihre positive Ausstrahlung. Die drei unterhielten sich amüsiert über die letzten Vorkommisse in den verschiedenen Abteilungen. Aurora hatte keine Ahnung, um was es dabei ging. Trotzdem hörte sie interessiert zu und war froh, dass sie hier Gelegenheit haben würde, neue Leute kennenzulernen. *Klatsch und Tratsch gehören ja auch irgendwie zum Menschsein dazu,* dachte sie sich.

„Übrigens, unser Big Boss heißt Webermann", erklärte ihr Anna. „Man sieht ihn nicht so häufig und er stellt sich den neuen Angestellten manchmal gar nicht vor. Er ist ab und zu mit seinem humanoiden Assistenten unterwegs. Aber ich habe ihn während der zwei Jahre, die ich hier schon arbeite, auch nur ein paar Mal gesehen. Er ist allerdings recht streng, was unsere Leitlinien anbelangt. Wir haben hier so eine Art Werte-Liste also „Corporate Culture". Das kennst du bestimmt auch von anderen Firmen. In deinem Lernprogramm wird das noch ausführlich beschrieben. Es heißt da zum Beispiel, dass man die Arbeitsatmosphäre nicht mit privaten Befindlichkeiten belasten soll. Also so ungefähr wird das hier formuliert. Der Chef legt viel Wert darauf, dass die Mitarbeiter sich um das Glücks-Barometer kümmern und damit zum guten Teamspirit beitragen."

„Was ist bitte schön ein Glücks-Barometer", fragte Aurora verwundert.

Bevor die drei darauf antworten konnten, ertönte ein Signal im Ohrclip und signalisierte damit das Ende ihrer Mittagspause. Ohne Umschweife standen die vier von ihrem Platz auf und legten das Tablett mit dem leeren Geschirr auf ein Laufband.

Jannik war an diesem Tag mit dem Entsorgen der alten Buchbestände beauftragt und musste genauso wie Jolie, die in der IT-Abteilung arbeitete, einen anderen Weg einschlagen.

„Das wird man dir noch erklären. Mach dir keine Gedanken. Alles halb so wild.", rief ihr Jolie noch zum Abschied zu.

Anna war auch in Eile, da ihr ein Buch bei der Digitalisierung mehr Arbeit als erwartet machte. Das Buch war laut ihrem Arbeitsauftrag heute noch fertig zu stellen, beinhaltete allerdings mehrere unleserliche Stellen, die zu der Verzögerung geführt hatten. Aurora wollte sie nicht unnötig aufhalten und entschied sich im Lernprogramm nach dem Begriff des „Glück-Barometers" zu suchen. Noch bevor sie an ihrem Arbeitsplatz gelangte, kam ihr Florian im Flur entgegen und hieß sie herzlich willkommen. Er zeigte ihr die verschiedenen Meetings und Online-Veranstaltungen, die für die Mitarbeiter der Abteilung am PC in einem Terminkalender hinterlegt waren. Hierbei machte er sie darauf aufmerksam, dass für den kommenden Tag bereits ein Präsenztermin für sie anstand. Herr Webermann beabsichtigte die neuen Mitarbeiter der letzten Monate persönlich zu begrüßen und einige Informationen weiterzugeben. Florian wünschte ihr weiterhin viel Spaß beim Einarbeiten und eilte sogleich davon zum nächsten Termin. Aurora zweifelte, ob es nicht besser gewesen wäre, wenn sie vorher keinen warnenden Hinweis von ihren Kollegen bekommen hätte. *Jetzt mache ich mir nur noch mehr Gedanken. Aber so wild wird es schon nicht sein! Sicherlich wird er nicht mit mir persönlich reden. Wahrscheinlich gibt's eine kleine Begrüßungsrede und das war's.* Aurora entschied, auch Anna nicht weiter mit Fragen über die Person des Generaldirektors zu löchern, sondern eher im Programm nach Informationen zu der angesprochenen Werteliste zu suchen. *Schließlich habe ich ja vor, mich hier gut einzuarbeiten und eine gute Leistung zu bringen. Vor allem in der Probezeit muss ich Gas geben und mein Bestes geben. Wenn es um ein gutes Miteinander geht, ist das ja wohl nachvollziehbar, dass der Chef schaut, dass sich alle benehmen. Sicherlich war es nur so dahin geplappert von den Dreien.* Aurora musste fast über sich selbst den Kopf schütteln. *So, jetzt ist Schluss mit der Bedenkenträgerei! Jetzt wird gearbeitet!* Aurora setzte damit ihre Lernlektion für den ersten Tag fort, ohne weiter an die Äußerungen der anderen zu denken. Die umfangreichen Übungen erforderten ihre ganze Aufmerksamkeit und die ursprünglich geplante Recherche geriet in Vergessenheit. Sie erinnerte sich erst wieder zuhause an die Worte der Kollegen, die sie aber inzwischen als übertrieben ansah. Sie freute sich auf den kommenden Tag und das Kennenlernen des ominösen Generaldirektors. Vielleicht würde sie auch seinen humanoiden Assistenten zu Gesicht bekommen. Auf jeden Fall würde sie sich weiterhin von ihrer besten Seite präsentieren. *Ich lass mir keine Angst mehr machen,* lautete ihre neue Devise.

Das Erwachen der Morgenröte

F ür den zweiten Arbeitstag hatte sich Aurora ihr bestes Büro-Outfit zurechtgelegt. Ein Meeting mit dem Generaldirektor schien nach den Aussagen der anderen von Seltenheitswert zu sein. So sollte der elegante, aber unbequeme Zweiteiler für ein angemessenes Erscheinungsbild sorgen. Beim Blick in den Spiegel war sie zufrieden mit dem Ergebnis und hoffte, dass ihr momentanes Selbstbewusstsein vor Ort nicht wieder bröckeln würde.

Emilia von der Personalabteilung führte Aurora und einige weitere Mitarbeiter in einen der Konferenzräume des Hauses. Dieser wirkte etwas kahl und war lediglich mit Stühlen, Stehpult und einem Großbildschirm ausgestattet. An der Fensterseite standen Tische mit Getränken. Aurora kannte ein paar Gesichter vom Sehen, aber die meisten Anwesenden schienen aus anderen

Abteilungen zu kommen. Aurora vermutete, dass es ungefähr 20 Personen waren, die hier auf den Stühlen Platz nahmen. *Da hat er sicherlich schon länger keine Willkommensrede mehr gehalten. So viele Leute sind bestimmt nicht erst in den letzten zwei Monaten eingestellt worden.* Sie war positiv überrascht, dass man für eine kleine Zusammenkunft sogar an Getränke für die Mitarbeiter gedacht hatte. *Das ist doch wirklich nett und aufmerksam. Vielleicht machen wir eine Vorstellungsrunde und ich lerne noch den einen oder anderen hier kennen.* Aurora suchte sich einen freien Stuhl neben einem Mann, der ungefähr in ihrem Alter zu sein schien. Mit einem freundlichen Lächeln und einer kurzen Bemerkung versuchte sie einen Smalltalk zu beginnen. Ihr Sitznachbar nickte ihr kurz zur Begrüßung zu und blickte dann wieder desinteressiert in eine andere Richtung. Aurora bereute, den Platz ausgewählt zu haben, riss sich dann aber zusammen und wartete gelassen auf das Erscheinen des Direktors. *Wir werden das übliche Willkommensblabla hören und dann geht´s weiter mit der Arbeit. Ist ja egal, ob ich hier noch mit jemanden groß plaudere oder nicht.*

Fast pünktlich auf die Minute erschien der Direktor im Raum und begab sich an das Stehpult. Von dort aus konnten der Screen und andere technische Geräte des Raumes bedient werden. Er war modern gekleidet, ohne dabei zu lässig zu erscheinen. Sein Outfit verlieh ihm eher eine gewisse Eleganz und ließ darauf schließen, dass er viel Wert auf sein äußeres Erscheinungsbild legte. Die Haare waren in einem trendigen Style perfekt frisiert und seine weißen Turnschuhe glänzten wie neu. Er strahlte Ruhe und Gelassenheit aus, als er am Stehpult auf die Mitarbeiter blickte. Aurora beneidete ihn für dieses Selbstbewusstsein. Er begrüßte die Anwesenden mit kräftiger Stimme, die eine gewisse Autorität in sich trug. Nach einigen Floskeln und den üblichen Banalitäten zur Bedeutung der Bibliothek begann er am Stehpult eine Präsentation am Hauptscreen abzuspielen. Hier waren einige Fotos und Videos wie ein Werbefilm zusammengefügt, die Aurora schon von der interaktiven Lernsoftware kannte. Herr Webermann kommentierte dabei selbstsicher die einzelnen Abbildungen, die jetzt auch die verschiedenen Abteilungen schematisch darstellten. Aurora staunte über die Beschreibungen der IT-Abteilung, in der mehrere Personen ausschließlich für den Bereich Cybersecurity verantwortlich waren. Hier ging es um die Sicherheit des Datennetzes, auf dem die digitalisierten Medien weitergeleitet wurden. Es hatte wohl in der Vergangenheit immer wieder Versuche von Cyberattacken gegeben, die auf die Zerstörung von wichtigen Daten wie auch das Abgreifen von personenbezogenen Informationen abzielten.

Nach der Übersicht über die Tätigkeiten der einzelnen Abteilungen war im nächsten Abschnitt das Thema

Das Erwachen der Morgenröte

"Corporate Culture" als Überschrift zu sehen. *Jetzt wird´s interessant*, dachte sich Aurora, die nun besonders gespannt auf die Ausführungen des Direktors lauschte.

"In unserem Haus liegen uns bestimmte Werte am Herzen, die wir unter fünf Oberbegriffen zusammengefasst haben. Diese „Core Values" sehen wir als Maßstab und Grundlage unserer gemeinsamen Arbeit an", fuhr Herr Webermann fort. „Zusammengenommen fügen sich diese Werte in ein großes Ganzes, an dem jeder einzelne von uns seinen Beitrag leistet. Der Anschaulichkeit halber stellen wir diese Werte als Glücks-Barometer dar. Sozusagen als Indikator für Perfektion – auf persönlicher Ebene wie auch im Sinne des Gemeinwohls."

Nun waren skizzenhaft fünf Barometer zu erkennen, die sich farblich voneinander unterschieden. Jedem Barometer war ein Begriff zugeordnet. Herr Webermann las diese vor: „Leistungsbereitschaft – fokussiertes Denken – Selbstoptimierung – Teamgeist -Begeisterung." Er begann jeden der fünf Begriffe ausführlich anhand Bilder und Beschreibungen darzustellen. Aurora dämmerte es allmählich, dass sie mit ihrer ursprünglichen Einschätzung über die Dauer der Veranstaltung deutlich daneben lag.

Der Direktor erklärte, dass die Leistungsbereitschaft einer grundlegenden inneren Haltung der Mitarbeiter entspräche, um in diesem Haus eine Anstellung zu finden. Diese innere Haltung sollte mit kontinuierlichem

Fleiß und Disziplin aufrechterhalten und durch die anderen „Core Values" zementiert werden. Er gab zu dem Begriff noch mehrere Beispiele, wobei er betonte, dass es um die Bereitschaft ginge, alle Anweisungen der Vorgesetzten regelkonform umzusetzen. Jeder Mitarbeiter sähe in seinem Arbeitsfeld nur einen kleinen Ausschnitt des Ganzen und müsse daher vertrauen, dass der Vorgesetzte zusammen mit der KI das größere Bild vor Augen hätte. Somit ging es nicht darum, alles zu verstehen, sondern nur in dem eigenen Bereich nach Perfektion zu streben. Was perfekt sei, würde von der Direktion vorgegeben.

Der zweite Begriff des „fokussierten Denkens" wurde beschrieben als konzentrierte Umsetzung der Arbeit ohne Ablenkung durch private Angelegenheiten. Zuhause sollte man sich nicht mit der Arbeit und am Arbeitsplatz nicht mit persönlichen Belangen befassen. Das bezog sich genauso auf jegliche Gefühle, die aufgrund persönlicher Umstände entstanden waren. Die Mittel der Moody-Zin könnten hier ohne Weiteres Abhilfe verschaffen, so dass weder die Arbeit noch die Mitarbeiter durch unangemessene Gefühle oder Gespräche beeinträchtigt würden.

Das Gleiche gälte nach seinen Worten auch für den Überbegriff „Selbstoptimierung", worunter die kontinuierliche Lernbereitschaft aber auch die Entwicklung auf persönlicher Ebene verstanden wurde.

Das Erwachen der Morgenröte

Die Erwartung war, dass jeder Angestellte sich regelmäßig mit der zur Verfügung stehenden interaktiven Software weiterbilden würde. Dafür stände jedes Jahr eine gewisse Anzahl von Stunden für jeden Mitarbeiter zur Verfügung. Diese könnten hierfür die bibliotheksinternen Technologien der „Extended Reality" nutzen, die ein virtuelles Erleben und ein praktisches Üben der neuen Kenntnisse ermöglichten. Selbstoptimierung sollte auf persönlicher Ebene im Bereich der Emotionen und Gedanken ansetzen. Dabei war jeder Mitarbeiter aufgerufen, seine Psyche in optimale Verfassung zu bringen. Nach dem Motto „Jeder ist seines eigenen Glückes Schmied" waren damit alle eigenverantwortlich dafür zuständig, ohne negative Gedanken oder Emotionen am Arbeitsplatz zu erscheinen. Hierfür erwähnte Herr Webermann wieder die vielfältigen Möglichkeiten der modernen Moody-Zin, um bei Bedarf innere Korrekturen vorzunehmen.

Der Begriff Teamgeist wurde beschrieben als Oberbegriff für gute Kommunikation und gegenseitige Hilfsbereitschaft. Außerdem war es wichtig, sich mit der Abteilung und dem Haus so zu identifizieren, dass man sich selbst als Teil eines Ganzen fühlen würde. Mit diesem Zusammenhalt und Zugehörigkeitsgefühl würde ein perfektes Team entstehen können.

Begeisterung war der letzte Begriff, der zu den fünf Werten oder „Core Values" – wie sie Herr Webermann nannte - zählte. Diese würde automatisch entstehen, wenn die ersten vier Werte verinnerlicht und zur gelebten Realität geworden waren.

„Wir wünschen uns hier im Haus, Menschen, die mit Begeisterung ihrer Arbeit nachgehen und damit auch die Besucher der Bibliothek inspirieren. Mit der Erschließung, Nutzbarmachung und dem Erhalt der Kulturgüter unserer Zivilisation ist uns ein bedeutsamer Auftrag anvertraut worden. Mit Begeisterung rücken wir diesen in den Fokus unseres Bestrebens. Die künstliche Intelligenz, die uns glücklicherweise zur Verfügung steht, unterstützt uns bei allen Belangen und stellt damit den Brückenschlag zur Perfektion dar. Jedes Team wird durch den Einsatz von KI in die Lage versetzt, die menschlichen Begrenzung zu überwinden und diesbezügliche Schwächen auszugleichen."

Am Ende der Präsentation waren nochmals die einzelnen Glücks-Barometer zu sehen. Je höher der Ausschlag bei jedem einzelnen Barometer und damit bei den einzelnen „Core Values" lag, umso näher war man laut dem Direktor dem Ziel von Perfektion und Glück nähergekommen. Jede Abteilung würde anhand dieser Darstellung anschaulich erkennen, inwieweit die einzelnen Werte für jeden Monat erreicht worden waren. Die Corporate Values wurden anhand verschiedener Indikatoren durch KI aufgezeichnet und ausgewertet. Wie hier im Einzelnen vorgegangen wurde, sollte aus Gründen der Manipulationsgefahr nicht bekannt gegeben werden. Die Präsentation sollte dazu dienen, jedem Mitarbeiter die Bedeutung der Corporate Values ins Bewusstsein zu rücken und die Erwartungen der Bibliotheksleitung klar zu kommunizieren. Herr Webermann lud nun zu einer kurzen Pause ein, um danach wieder erfrischt dem zweiten Teil des Meetings lauschen zu können.

Aurora war von den Informationen und den eindringlichen Appellen des Direktors so benommen, dass sie selbst in der Pause kein Interesse an Small Talk mehr hatte. Ein großes Gefühlswirrwarr hatte sich bei ihr eingestellt, was sich wie ein Knäuel in ihrer Magengegend unangenehm zusammenzog. *Das muss ich erst mal sacken lassen. Ich weiß noch nicht, was ich davon halten soll. Vielleicht einfach nur viele Worte und eigentlich ist alles halb so wild. Es soll ja eine gute Arbeitsatmosphäre geschaffen werden. Wahrscheinlich bin ich wieder viel zu sensibel.* Mit Blick auf die anderen Mitarbeiter im Raum stellte sie fest, dass allgemein eine verhaltene Stimmung herrschte. Ein gezwungenes Lächeln hier und da und eine ungewöhnliche Ruhe ließ erkennen, dass die Präsentation nicht nur bei ihr für Verunsicherung gesorgt hatte.

Der zweite Teil des Meetings bestand zum größten Teil aus Motivationsreden des Direktors und einer kurzen Schulung zum Thema Cybersecurity und Datenschutz durch einen IT-Mitarbeiter. Ihr Sitznachbar verabschiedete sich zu ihrer Verwunderung am Ende des Meetings von ihr und flüsterte beim Blick auf ihr Namensschild etwas Unverständliches vor sich hin. Ohne auf ihre Reaktion zu warten, drehte er sich um, und verließ schnellen Schrittes den Raum. Aurora konnte gerade noch seinen Vornamen lesen. *Scheint ein komischer Typ zu sein, dieser Tarik.*

Das Erwachen der Morgenröte

Erst am späten Abend fand Aurora Gelegenheit, sich in Ruhe zu den Ereignissen des Tages Gedanken zu machen. Die kritischen Andeutungen von Jolie und Jannik zur Haltung des Direktors waren nun nachvollziehbar geworden. Tatsächlich hatte sie nach dem Meeting die Glücksbarometer-Anzeige im Intranet entdeckt. Eine Gesamtauswertung zeigte eine Punktzahl, die nach dem Ampelprinzip entweder im roten, gelben oder grünen Bereich lag. Jeder Farbe hatte wiederum eine Bandbreite, die aufzeigte, wieviel der jeweiligen Ampelfarbe erreicht wurde. In ihrer Abteilung standen die Balken gerade zwischen gelb und grün, was mit „verbesserungsfähig" bezeichnet war.

Natürlich möchte man seine Angestellten motivieren. Jeder soll das Beste geben und auch freundlich sein. Vieles davon macht absolut Sinn. Das war schon immer

so. Teamgeist und Engagement, das ist ja ganz normal. Aber seine Gefühle komplett zu kontrollieren und sich mit Moodys in die richtige Verfassung bringen? Geht das nicht zu weit? Und wie wollen die das kontrollieren? Ich muss unbedingt mit Anna oder den anderen darüber reden.
Aurora schwirrten viele Gedanken im Kopf. Sie war sich nicht sicher, ob sie sich überhaupt so offen mit ihren Kollegen austauschen konnte. Sie wollte schließlich niemanden schaden, indem sie andere in ein kritisches Gespräch verwickelte, was von der KI aufgezeichnet werden könnte. Laut Herrn Webermann würde das vermutlich schon vom „fokussierten Denken" ablenken.

Die vielen Grübeleien hinderten sie am Einschlafen und Aurora fand erst in den frühen Morgenstunden zur Ruhe. Ihr Schlaf war von Alpträumen begleitet und sie wachte wie gerädert am nächsten Morgen auf. Sie konnte sich kaum an den Inhalt der Träume erinnern und versuchte, auch die restlichen Erinnerungsfetzen schnell zu vertreiben. Zurück blieben ein beklemmendes Gefühl und eine bleierne Müdigkeit, die ihren Kopf mit Nebel füllte. Cleo empfahl ihr beim Aufstehen verschiedene Moodys, um den Mangel an Deltawellen während ihres Schlafvorgangs auszugleichen. Aurora entschied sich stattdessen, ihren Kopf unter kaltes Wasser zu halten und frischen Orangensaft für sich und die Kinder zu machen. Sie musste an Moritz denken und daran, wie gern sie mit ihm über die Situation an ihrem Arbeitsplatz sprechen würde. Auch er hatte sicherlich inzwischen einiges von seiner neuen Arbeit zu berichten. Sie überlegte, ob sie ihn am Abend anrufen und ein klärendes Gespräch suchen sollte. *Es ist doch wirklich kindisch, jetzt einfach nicht mehr miteinander zu reden und sich zu ignorieren. Er wird sich in der Zwischenzeit auch beruhigt haben. Und wenn er dann weiterhin nichts mehr mit mir zu tun haben will, dann hab´ ich darüber zumindest Klarheit. Dann muss ich das halt akzeptieren.*

***

Der Vormittag in der Arbeit verging wie im Fluge und Aurora hielt es für das Beste das sensible Thema der vermeintlichen Mitarbeiterüberwachung erst in der Mittagspause anzusprechen. Anna wirkte an diesem Tag nicht so unbeschwert und fröhlich wie sonst. Es gab ein paar Schwierigkeiten im Team, da die vorgegebene Frist zur Fertigstellung eines Auftrags zur Digitalisierung und Archivierung einer Buchreihe nicht eingehalten werden konnte. Aurora war deswegen mit einigen zusätzlichen Aufgaben versehen worden, wobei sie bisher nur in eingeschränktem Maße eine Hilfe war. Noch fehlten ihr die vollständigen Kenntnisse, um selbständig arbeiten zu können. Es lagen noch einige Lektionen des Schulungsprogramms vor ihr, und diese würden einige Tage des interaktiven Lernens in Anspruch nehmen.

Als die beiden in die Kantine gingen, saßen Jolie und Jannik bereits am Tisch und unterhielten sich mit einem Mann, den Aurora sofort wiedererkannte. Es war Tarik, der während des Meetings neben ihr gesessen hatte. Auroras Laune sank, denn sie hatte gehofft, ein vertrauliches Gespräch mit den dreien führen zu können. Sie unterdrückte einen Impuls, auf dem Absatz kehrtzumachen. *Ich muss jetzt auch nichts dramatisieren. Der Typ ist mir halt unsympathisch.* Als die zwei Frauen sich zu den anderen an den Tisch gesellten, schaute auch Tarik auf und begrüßte Aurora. In seinen Augen lag dieses Mal sogar eine gewisse Freundlichkeit, wobei er immer noch zurückhaltend und kühl auf sie wirkte. Anna kannte Tarik bisher nur vom Sehen, da er erst vor zwei Monaten in die Abteilung von Jannik gekommen war.

„Wir haben uns gerade über seinen vorherigen Beruf als Restaurator für antike Bücher unterhalten", erklärte Jannik den beiden. „Gibt's in der Form ja nicht mehr. Schade eigentlich."

Tarik nickte nachdenklich, wandte aber ein, dass er immer noch gelegentlich mit dem Erhalt antiker Bücher beschäftigt sei. Seine Hauptarbeit in der Abteilung für Bestandspflege läge – so wie auch bei Jannik - weitestgehend in der Klassifizierung des bestehenden Buchinventars. Aurora war jetzt neugierig geworden.

„Du sortierst also viele Bücher aus, die nicht digitalisiert werden, oder?"

Tarik bejahte. „Und auch die anderen Bücher, die bereits

durch euch digitalisiert sind, werden zum Teil aussortiert und gelangen ins Recycling, um daraus zum Beispiel Verpackungsmaterial zu machen."
Aurora bedauerte es, dass dadurch viele Bücher vernichtet wurden. Sie liebte diese alten Druckerzeugnisse, die ein ganz anderes Erlebnis für die Sinne hervorriefen als beim digitalen Lesen. Gerne hätte sie einige dieser Exemplare gerettet und für sich behalten.
„Darf man von den aussortierten Büchern welche mitnehmen? Ich meine, da gibt es doch welche, die in gutem Zustand sind?"
Tarik schüttelte den Kopf: „Nein, das ist leider nicht erlaubt."
Er warf Aurora einen kurzen Blick zu, die darin ein leichtes Zwinkern zu entdecken meinte. Die Smartwatch bei Jannik und Tarik gab ein Signal und die beiden verabschiedeten sich von den drei Frauen. Ein Meeting war in ihrer Abteilung angesetzt worden und so mussten sie die Mittagspause entsprechend verschieben. Aurora nutzte die Gelegenheit, um in der kleinen Runde, auf das Thema zurückzukommen, was ihr seit gestern keine Ruhe ließ: „Was ist das nun mit dem Glücks-Barometer? Gestern in dem Willkommens-Meeting hieß es, dass es gemessen wird, wie motiviert wir sind. Und wie wir uns fühlen. Wie kommen die Werte zustande, die bei uns im Büro angezeigt werden?"
Jolie seufzte und erwiderte: „Das ist ein schwieriges Thema. Es gibt bestimmte Messwerte, die bei der IT

zusammenlaufen. Aber da bin ich auch nicht involviert, das sind interne Programme der KI. Die werden vom Assistenten des Direktors überwacht. Hat der sich gestern eigentlich auch blicken lassen?"
Aurora schüttelte den Kopf. Sie hatte gestern keinen Humanoiden entdecken können. Anna ergänzte: „Es gibt ein allgemeines Monitoring, was über die PCs und deiner Smartwatch läuft. Hier wird gemessen, was du tust und wieviel Zeit du dafür benötigst. Mehr weiß ich dazu auch nicht. Das Barometer zeigt bestimmte Farben an und wenn es kritisch ist, werden vom Abteilungsleiter Maßnahmen ergriffen. Die sind fast immer auf das gesamte Team bezogen. Nur wenn Einzelne deutlich von den Vorgaben abweichen, werden die persönlich angesprochen. Und dann gibt es auch schon mal eine Kündigung. Hab´ ich bei einem Kollegen erlebt, der sich nicht im Griff hatte und Streit mit einem Kollegen angefangen hat. Irgendwann musste der dann gehen. Kann man ja nachvollziehen, aber es war trotzdem doof. Die beiden hatten halt privat ein Thema und mit dem Hintergrund konnte man auch irgendwie Verständnis für den armen Kerl haben."
Jolie nickte nachdenklich. „Ja, manchmal fühlt man sich schon ein wenig beobachtet. Aber im Großen und Ganzen arbeiten wir alle gut zusammen. Auch die Vorgesetzten der Abteilungen sind echt okay. Die Arbeit macht Spaß und die Bezahlung ist auch in Ordnung. Also was soll´s."

Aurora hatte das Gefühl, dass beide Frauen sich mit ihren Erklärungen zurückhielten. Aber die Mittagspause war kurz und es war nicht klar, inwieweit selbst private Gespräche aufgenommen wurden. Trotz der aufmunternden Worte von Jolie fühlte sich Aurora weiterhin verunsichert und fügte im Flüsterton hinzu: „Es fühlt sich komisch an, nicht zu wissen, was von einem selbst sichtbar ist - irgendwie als ob man nackt ist, obwohl man Kleidung trägt."
Anna nickte ihr verständnisvoll zu und zuckte resigniert mit den Schultern.

***

Aurora war erleichtert, als sie sich am späten Nachmittag in vertrauter und behaglicher Umgebung ihrer Wohnung zurückbefand. Der restliche Arbeitstag hatte sich schleppend in die Länge hingezogen und sie war nur zäh mit ihren Aufgaben vorangekommen. Der mangelnde Schlaf und ihre zwiespältigen Gefühle gegenüber dem undurchschaubaren Überwachungssystem machten ihr zu schaffen. Sie wollte an diesem Tag an nichts mehr denken und früh ins Bett gehen.

Die Kinder kamen meistens kurz nach ihr nach Hause. Adrian konnte zusätzliche Kurse und Freizeitangebote der Schule nutzen und Viola ging an ihren freien Nachmittagen ihrem Lieblingshobby im Tierparadies nach. Aurora war dankbar, dass die gute

Betreuungssituation es ihr möglich machte, wieder berufstätig zu sein. *Das wäre auf dem Land nicht ganz so einfach gewesen. Ich kann froh sein, dass alles so gut gelaufen ist. Ich sollte aufhören, dauernd das Haar in der Suppe zu suchen,* dachte sich Aurora. Die fröhlichen Gesichter der Kinder hatten sie wieder aufgemuntert und sie hörte sich deren Berichte über die Erlebnisse des Tages schmunzelnd an.

Als das Telefon klingelte, dachte sie unmittelbar an Kathi. Sie hatte schon länger nicht mehr ausführlich miteinander geredet. Die aufmunternden und liebevollen Worte fehlten ihr und sie freute sich darauf, mit ihr einen Termin für ein Treffen auszumachen. Auf der Anzeige im Screen las sie: „Moritz Steinhübel". Überrascht und etwas nervös nahm sie den Anruf entgegen. Moritz begrüßte sie freundlich, wobei eine gewisse Unsicherheit in seiner Stimme lag. Nach einem kurzen Räuspern begann er sich für sein Verhalten vor knapp einer Woche zu entschuldigen. Es wäre unreif und dumm von ihm gewesen auf ihre Antwort so schroff und beleidigt zu reagieren.

„Es tut mir echt leid. Die ganzen letzten Monate haben einfach an meinen Nerven gezehrt. Und als sich dann endlich alles zum Guten gewendet hat in Bezug auf die Arbeit, da war ich wie auf Wolke 7. Richtig glücklich, weißt du? Die ganze Zeit über warst du immer verständnisvoll und hast auch meine schlechte Laune

ausgehalten. Irgendwie ging da mein Herz auf und ja, die Gefühle hab´ ich immer noch, wenn ich an dich denke. Aber mir ist die Freundschaft wichtig. Und ich akzeptiere deine Gefühle zu 100 %. Das wars eigentlich, was ich dir unbedingt sagen wollte. Und wenn du magst, meld´ dich einfach. Ich freu mich drüber, einfach mit dir zu reden. Aber ich wird´ auch verstehen, wenn du..., also wenn du den Kontakt abbrechen möchtest. Ich hoffe aber, dass du mein Verhalten verzeihst und wir einfach Freunde sein können. So wie es für dich okay ist. Mehr wollte ich jetzt auch nicht sagen. Und du musst jetzt auch nichts dazu antworten. Also gute Nacht und - ja hoffentlich bis bald."
Kurz darauf hatte er schon aufgelegt. Aurora war verblüfft, dass Moritz ihr zuvorgekommen war, um den Kontakt aufzunehmen und dabei die Wogen, die er ausgelöst hatte, wieder zu glätten. Sie war ihm auch dankbar, dass er nicht in eine lange Diskussion über Gefühle, Erwartungen und Beziehungsthemen angesetzt hatte. Dafür wäre sie heute nicht in der Lage gewesen. So war erst einmal die unangenehme Situation geklärt und sie konnte in Ruhe seine Worte wirken lassen. Ihre Erleichterung über sein versöhnliches Angebot ließen sie nun auch innerlich zur Ruhe kommen, sodass sie an diesem Abend benommen vor Müdigkeit aber auch zufrieden einschlief.

Das Erwachen der Morgenröte

Aurora schaltete den Nachrichtenkanal ein, um zumindest in groben Zügen über die Ereignisse in der Welt informiert zu sein. Nicht selten fühlte sie sich dabei wie in einer Déjà-Vu-Schleife, da sich die Informationen endlos in unterschiedlichen Variationen wiederholten. Auch in den aktuellen Nachrichten war die Rede - wie so häufig - von Cybercrime, also Hackerangriffe, die ganze Systeme lahmlegten oder für Datendiebstahl verantwortlich waren. Die KI-Stimme im News-Channel gab die Schlagzeile des Tages wieder: „Eine Cyberattacke auf die kommunale Infrastruktur der Bundeshauptstadt hat digitale Systeme in mehr als 30 Behörden lahmgelegt. Die zum Teil der Bundesverwaltung zugeordneten Behörden sind derzeit von den Folgen des Angriffs einer Schadsoftware betroffen. Es wird mit Hochtouren an der Bereinigung und

Wiederherstellung des Netzwerks gearbeitet. Der Pressesprecher der Bundesregierung ließ verlauten, dass es bisher keine Hinweise auf eine politisch motivierte Straftat gebe."

Das Erscheinungsbild der Kriminalitätsstatistik hatte sich in den letzten zwanzig Jahre drastisch verändert. Verbrechen fanden nun im Netz anstatt auf der Straße statt. Durch Überwachungskameras mit präziser Gesichtserkennungssoftware im öffentlichen Raum war nach der großen Wende mehr Sicherheit in den Städten eingekehrt. Es folgte das Gesetz der körpernahen Mitführung einer Smartwatch. Dieses Gadget löste das damalige Smartphone ab und war durch eine integrierte KI wesentlich leistungsstärker. Alle persönlichen Daten zur Identifikation, Gesundheit und Finanzen waren darauf hinterlegt. Auch wurden digitale Transaktionen jeglicher Art über die Smartwatch getätigt. Körperwerte konnten ermittelt und ausgewertet werden. Der dazugehörige Ohrclip vermittelte dezent die akustischen Signale zum Hören und Sprechen. Befand man sich zuhause, wurden die Daten an den Central Point übermittelt, so dass ein Arbeiten am Bildschirm oder die Kommunikation mit Cleo ohne zusätzliche manuelle Übertragung möglich war. Darüber hinaus hatten die Mittel der Moody-Zin und die Ablenkung über virtuelle Spielwelten der Game-Z zu einer Reduzierung von Gewalttaten im privaten Umfeld geführt. Das Netz war nun zum Spielfeld der Kriminellen geworden. Endlose Debatten über Motive und Identitäten der Täter beherrschten die Medien. Die Gründe des Cybercrimes waren so vielfältig wie die Methoden, die zur illegalen Manipulation des Netzes genutzt wurden. Trotz der umfangreichen Maßnahmen zur Bekämpfung und den Sicherheitsvorkehrungen der Cybersecurity war eher eine Zunahme als eine Eindämmung zu erkennen. Die kriminellen Aktionen auf digitaler Ebene waren weitestgehend umhüllt in einem Nebel der Anonymität und Spekulation. Es war ebenfalls nicht auszuschließen, dass einzelne KI-Systeme durch Replikationsfehler in der eigenen Software, Mutationen im Programm verursacht hatten. Diese könnten – laut Aussagen einiger IT-Experten - in dieser Form eine Eigendynamik entwickeln, die unberechenbare Folgen hätte. Ein solches Szenario stand bisher als reine Spekulation im Raum und war noch in keinem der aufgeklärten Fälle als Ursache festgestellt worden.

***

In der Bibliothek verbrachte Aurora einen ruhigen Arbeitstag und war zufrieden mit ihrem Fortschritt beim Lernen. Auch fand sie sich immer besser in den Räumlichkeiten zurecht und lernte weitere Kollegen kennen. Die Zeit verging wie im Fluge und sie bemerkte auf dem Nachhauseweg, dass sie kaum an ihre zwiespältigen Gefühle gegenüber dem Kontrollsystem zur Überwachung der Mitarbeiter gedacht hatte. *Einfach Kopf abschalten, ist vielleicht besser. Es tut mir ja keiner was. Alle sind nett zu mir und die Arbeit macht bisher Spaß. Ich schau einfach wie sich alles entwickelt. Und jetzt basta mit den ganzen Grübeleien.*

Sie klingelte auf ihrem Nachhauseweg mit ihrer Smartwatch bei Moritz an, um endgültig jegliche Ungewissheit auf beiden Seiten zu beseitigen und im Idealfall, auf eine freundschaftliche Basis zurückzukehren. Nach einem kurzen, klärenden Austausch war die Erleichterung bei beiden spürbar und sie entschieden, dass sie das gemeinsame Gespräch bei einer Tasse Tee bei Aurora fortsetzen wollten. Am Abend erschien Moritz gut gelaunt und er brannte darauf – genau wie Aurora – von seiner neuen Arbeitsstelle zu berichten. „Stell dir vor, wir haben sogar zwei Pflege-Humanoide bei uns. Für die besonders pflegeintensiven Senioren kommt dann so ein Typ und hilft beim Heben, Umlagern aber auch beim Austeilen der Medizin und der Kontrolle der Trink- und Essprotokolle. Eigentlich nicht schlecht, aber trotzdem gewöhnungsbedürftig. Im Großen und Ganzen versucht man alle Bewohner wie in einer Art Wohngemeinschaft zu integrieren. Jeder bekommt - soweit möglich - bestimmte Aufgaben. Auch die Kleinen helfen mit und es gibt einen prima Austausch zwischen den Generationen. Es ist ein richtig bunter Haufen und die Arbeit ist absolut abwechslungsreich und spannend. Jeder Tag ist anders aber auch herausfordernd durch die verschiedenen Behinderungen und Krankheiten der Leute. Manche Schicksale sind echt tragisch und da muss man selbst erst mal damit fertig werden. Vor allem die Kinder, die ohne Eltern sind oder aus dem Elternhaus aus verschiedenen Gründen herausgenommen wurden. Das Integrationshaus ist sozusagen das neue Zuhause für die Kinder und auch alle anderen. Konflikte gibt's dadurch auch jede Menge."

Moritz erzählte lebhaft von seinen Erlebnissen mit schwierigen Bewohnern und den Herausforderungen, mit denen das Personal konfrontiert war.

„Natürlich werden auch Psychopharmaka eingesetzt, aber ich hab´ nicht den Eindruck, dass die Bewohner nur ruhig gestellt werden. Aber so richtig kann ich es noch nicht beurteilen. Da hab´ ich bisher noch zu wenig Einblick. Aber jetzt erzähl mal, was du machst. Ich wette, du sitzt den ganzen Tag im Bibliothekssaal und darfst Bücher lesen", meinte Moritz schmunzelnd.

Aurora schüttelte lachend den Kopf. „Also den ganzen Tag über lesen – das wäre selbst mir zu viel, und nein, ich muss da tatsächlich auch arbeiten."

Aurora erklärte ihm ihre Arbeit am Scan-Robot und den anderen Tätigkeiten, die zukünftig von ihr zu erledigen waren, sobald sie die Einarbeitung abgeschlossen hatte. Rasch kam sie auf das Ampelsystem der Core Values zu sprechen und beschrieb Moritz die eindringlichen Worte des Direktors auch im Hinblick auf Gefühle und

Gedanken der Mitarbeiter. Moritz war keineswegs über die Situation verwundert. Er kannte ähnliches bereits aus seiner vorherigen Anstellung. Er beschrieb, wie er damals erlebte, dass diese strikte Trennung zwischen privaten und geschäftlichen Angelegenheiten, Unsicherheit bei den Mitarbeitern hervorrief. Dies führte dazu, dass die Angestellten aus Angst vor Sanktionen, Kontakte untereinander vermieden. Moritz erklärte, dass es laut Gesetz dem Arbeitgeber erlaubt war, stichprobenhaft auf die Daten der Smartwatch zuzugreifen, um mithilfe des Stimmungstrackers, Emotionen auszuwerten.

„Lies das mal in deinem Arbeitsvertrag nach, da müsste das drinnen stehen", schlug ihr Moritz vor. „Das ist doch schon längst alles messbar: Herzratenvariabilität, Hirnfrequenzen, Hormone und so weiter. Da gibt es Programme, die das auswerten und dann genau erkennen, wie es dir geht und ob du gerade an etwas Stressiges denkst oder etwas Positives. Nach deren Vorstellung sollte der Ausschlag der Messwerte weder zu hoch noch zu niedrig sein. Mit anderen Worten: Du sollst weder zu happy, noch zu deprimiert sein, sondern immer im mittleren Bereich. Genauso wie auch die Humanoiden. Die sind immer gleich drauf. Sie lächeln dich an oder können leicht die Stirn runzeln, wenn etwas nicht passt. Mehr gibt es da nicht. In einem Unternehmen oder in der Öffentlichkeit will man jegliche Aufregung oder Ärger vermeiden. Bei uns im Integrationshaus ist das was anderes. Schließlich sind bei uns alle gelandet, die in der Gesellschaft nicht optimal hineinpassen.

Aurora musste bei den offenen Worten von Moritz schlucken. Es war wohl genau so, wie er es sagte: Die Technik hatte zu Sicherheit und Bequemlichkeit in jeglichen Lebensbereichen geführt, aber gleichzeitig die Menschen zu einer Verlängerung der Maschine werden lassen. Sie war selbst nun ein Glied in der Kette von unendlichen Datenströmen geworden und so wie die Maschinen, ging es nun darum, so reibungslos wie möglich zu funktionieren.

Das Erwachen der Morgenröte

Auroras Einarbeitungsprogramm sah einen Schnuppertag in der Abteilung für Bestandspflege vor. Sie freute sich auf die Gelegenheit, vor Ort die Abläufe kennenzulernen. Jannik und Tarik waren in der Abteilung beschäftigt und Aurora war gespannt, ob sie die beiden zu Gesicht bekommen würde. Die Räumlichkeiten kannte sie bereits und so machte sie sich auf den Weg zum Büro der Abteilungsleiterin Frau Schönherr. Diese empfing sie mit einem herzlichen Lächeln, schien aber gleichzeitig auch etwas angespannt zu sein. Frau Schönherr machte sich ohne Umschweife auf, um Aurora bei einer Tour durch die Räumlichkeiten die verschiedenen Aufgaben der Abteilung zu erklären. Aurora fühlte sich ein wenig gehetzt, als Frau Schönherr mit schnellen Schritten durch die Gänge lief. *Vielleicht hat sie gleich noch einen wichtigen Termin, dass sie mich hier so durchjagt,* vermutete Aurora. Tatsächlich entschuldigte sich Frau Schönherr, als sie im Großraumbüro der Abteilung standen. Sie offenbarte, dass an diesem Tag – aufgrund von Krankheitsausfällen - wenig Gelegenheit für eine intensive Schulung zur Katalogisierungssoftware und den Archivierungstätigkeiten bestände, die eigentlich für sie angedacht gewesen sei. Aurora hatte bisher auch Jannik und Tarik nirgendwo entdecken können. *Da hab´ ich mich wohl zu früh gefreut,* dachte sie etwas enttäuscht. Frau Schönherr wirkte in der Tat ratlos, was sie mit Aurora machen sollte. Nachdenklich blickte sie im Raum umher, in dem mehrere Mitarbeiter am PC arbeiteten oder an Vergrößerungsgeräten die Bücher untersuchten. Alle waren völlig in ihrer Arbeit vertieft und Fr. Schönherr schien angestrengt über das weitere Vorgehen nachzudenken. Aurora fing an, sich etwas unwohl zu fühlen. Sie wollte niemanden zur Last fallen und auch nicht für das Dilemma sorgen, in dem Frau Schönherr gerade zu stecken schien. Sie setzte gerade an, um vorzuschlagen, den Termin der Schulung zu verlegen, als Frau Schönherr einen rettenden Gedanken zu haben schien. Sie führte Aurora hinaus auf den Flur und mit dem Aufzug ging es eine Etage tiefer. Dort betraten sie einen Raum, der von dicht aneinander stehenden Regalreihen durchzogen war. Die Regale waren mit Büchern gefüllt und versperrten somit die Sicht in den Raum hinein. Frau Schönherr begann in den dazwischenliegenden, schmalen Durchgängen nach jemanden Ausschau zu halten. Aurora fühlte sich inmitten dieser Büchermengen sofort wohl und hoffte inständig, irgendeine Aufgabe an Ort und Stelle zugewiesen zu bekommen. *Ich hoffe, sie lässt mich einfach hier. Egal, was ich machen soll. Hauptsache ich kann ein paar Bücher in die Hand nehmen und mich hier in Ruhe umschauen.* Frau Schönherr rief Aurora zu sich, die verträumt auf einzelne Bücher in den Regalen geblickt hatte.

„Ich möchte dir Herrn Niazi vorstellen. Er ist zwar selbst noch nicht so lange bei uns, aber er kann dir trotzdem einige seiner Tätigkeiten zeigen. Damit bist du nicht ganz umsonst hier und kannst dann alles andere an einem anderen Termin nachholen. Das geht doch in Ordnung, Herr Niazi?", fragte Frau Schönherr während Tarik überrascht auf Aurora blickte. „Ja, natürlich", erwiderte Tarik, der sich schnell von seiner Überraschung erholt zu haben schien und Aurora nun leicht schmunzelnd begrüßte. *Nicht schon wieder der,* dachte sich Aurora, die in keinster Weise damit gerechnet hatte, mit Tarik den Arbeitstag zu verbringen. Hätte sie in diesem Moment die Wahl gehabt, so wäre es ihr lieber gewesen, allein auf sich gestellt den ganzen Tag mit den Büchern eingesperrt zu sein. *Mist,* dachte sich Aurora, als sie mit einem gezwungenen Lächeln auf Tarik zuging.

Nachdem Frau Schönherr die beiden verlassen hatte, realisierte Aurora, dass sie Tarik nicht gerade freundlich begrüßt hatte.

„Tut mir leid, dass ich dir jetzt irgendwie aufgehalst wurde. Du hast bestimmt was Besseres zu tun, als mir hier deine Arbeit zu zeigen. Ich hab´ eigentlich gedacht, dass ich im Hauptbüro eingearbeitet werde. Aber da herrscht wohl etwas Stress", plapperte sie los und war sich im gleichen Moment bewusst, dass sie damit die Situation nicht besser gemacht hatte. Sie fühlte, dass ihr Kopf inzwischen heiß angelaufen war. *Was ist eigentlich los mit mir?*, dachte Aurora, die sich über sich selbst ärgerte.

„Du scheinst dir viele Gedanken zu machen. Ich hab´ kein Problem damit und jetzt entspann´ dich, sonst werden deine Messwerte den Glücks-Barometer der Abteilung nach unten rauschen lassen", erwiderte Tarik lächelnd, in dessen Stimme ein ironischer Unterton mitschwang. Aurora seufzte. Sie würde jetzt einfach die Zähne zusammenbeißen und das Beste aus der Situation machen. Eine Erwiderung lag ihr zwar auf der Zunge, aber sie besann sich eines Besseren und quittierte seine Aussage mit einem dezenten Nicken. Tarik begann ihr nun ausführlich die einzelnen Arbeitsschritte zu erklären. Er zeigte ihr, wie er den Strichcode der Bücher einscannte, um nach bestimmten Kategorie zu suchen. Danach sollten diese entsprechend einer vorgegebenen Einteilung in der Katalogisierungssoftware mit weiteren Daten erfasst werden. Aurora schwirrte nach einiger Zeit der Kopf. Grund dafür waren nicht nur die vielen

Informationen über technische Details, sondern auch Auroras Mangel an Konzentration. Sie ertappte sich dabei, dass ihr Blick an einzelnen Buchtiteln hängenblieb und ihre Gedanken um den möglichen Inhalt des Buches kreisten.

„Du bist nicht so der Computer Freak, oder?" fragte Tarik. Es war ihm nicht entgangen, dass Aurora die Bücher anblickte, als wolle sie deren Inhalt telepathisch aufsaugen. Sie begriff, dass es unfair von ihr war, ihm nur mit halbem Ohr zuzuhören und ihm dabei auch noch von seiner eigentlichen Arbeit abzuhalten.

„Es tut mir echt leid, ich bin tatsächlich mit meinen Gedanken kurz abgeschweift. Aber so viele Bücher auf einen Haufen habe ich schon lange nicht mehr gesehen. Und ich liebe diese alten Dinger einfach", fügte sie beschwichtigend hinzu.

Tarik nickte verständnisvoll. „Ok, ich versteh´ dich. Ging mir am Anfang nicht anders. Ich würde sagen, du schaust dich erst einmal in Ruhe um. Nachdem du sowieso nochmal in die Abteilung musst, um die richtige Schulung zu machen, verpasst du jetzt ja nichts. Und nachher erklär´ ich dir dann wieder ein paar der technischen Abläufe, damit ich auch mein Soll erfüllt habe. Aber mach´ hier nichts kaputt, sonst bekomm ich noch Ärger wegen dir." Tarik zwinkerte ihr zu und Aurora war wie ausgewechselt. Ihr Wunsch war in Erfüllung gegangen und auch Tarik schien ihr immer sympathischer zu werden. Sie war ihm dankbar, dass er ihr diese

Möglichkeit anbot. *So haben wir beide etwas davon,* dachte sich. *Er hat seine Ruhe und ich kann endlich hier nach Lust und Laune stöbern.*

Der Tag verging damit schneller als gedacht. Aurora hatte nicht nur Gelegenheit in das eine oder andere Buch hineinzulesen, sondern sie konnte Tarik bei seiner Arbeit über die Schulter schauen. Er gab ihr kleine Aufträge, bei denen sie Bücher in den weitläufigen Regalen heraussuchte oder Botengänge erledigte. Alles Dinge, die Aurora mit Begeisterung umsetzte und ihr das Gefühl gaben, nicht ganz unnütz zu sein. Tarik gab sich Mühe, ihr die Aufgaben in der Abteilung anschaulich zu erklären, ohne zu sehr in die technischen Details zu gehen. Aurora hatte das Gefühl, an diesem Tag mehr gelernt und verstanden zu haben als an so manchem Tag mit der Schulungssoftware. Am PC wurde die Wissensvermittlung ebenfalls mit Übungen und Erklärungen begleitet, aber es fiel Aurora schwerer, sich die vielen Informationen zu merken. *Es macht einen Unterschied, ob man etwas vor Ort sieht und tut, oder ob es über ein virtuelles Standardprogramm absolviert wird. Und Tarik kann gut erklären,* dachte sich Aurora, die sehr zufrieden auf den Tag blickte.

Kurz vor Ende der gemeinsamen Zeit, bot Tarik an, ihr noch etwas Besonderes zu zeigen. Er erklärte, dass sie dafür in einen anderen Abschnitt des Gebäudes gehen müssten. Aurora war neugierig geworden und freute sich auf die Entdeckungstour. Zusammen begaben sie sich zu den Aufzügen und Tarik klickte auf das unterste Geschoss der Anzeigetafel. Aurora war bisher noch nicht in diesen Bereich der Bibliothek vorgedrungen. Sie fragte sich, was es hier zu tun oder zu sehen gab, was mit der Bestandspflege in Verbindung stand. Tarik machte bisher keine Anstalten, sie darüber aufzuklären. Er gab ihr zu verstehen, etwas Geduld zu haben, nachdem er ihren fragenden Blick bemerkt hatte. Im Untergeschoss erreichten sie die Tiefgarage und von dort ging es weiter durch eine schwere, feuerfeste Tür, die Tarik mit den Zugangsdaten auf seiner Watch öffnete. Hinter der Tür war es fast stockdunkel und Aurora blieb ängstlich stehen. Im gleichen Moment erhellte die automatische Beleuchtung ihren Weg, so dass Aurora die Kellerräume und einen Flur erblickte, der in Richtung Innenhof zu führen schien. Tarik blickte über seine Schulter zurück auf Aurora und entschuldigte sich für das leicht unheimliche Ambiente.

„Keine Sorge, wir haben es gleich geschafft. Da vorne ist es schon", fügte er lächelnd hinzu.

In den einzelnen Ecken und Nischen konnte Aurora veralte Geräte, Regalwände und Aktenordner entdecken. Sie kam sich vor wie in einem Museum von alten Kuriositäten, die sie schon seit geraumer Zeit nicht mehr zu Gesicht bekommen hatte. Kurz vor dem Ausgang zum Innenhof bogen sie in einen weiteren Flur ab, von dem sie in eine garagenähnliche Halle gelangten. Tarik erklärte ihr, dass dies die Zwischenlagerung für die Bücher sei, die zur Weiterverwertung bestimmt waren. Die Container würden monatlich von Lastwägen geleert. Er zeigte auf die großen Garagentore, die nach draußen führten. Die Bücher stapelten sich in zwei Containern und mehreren Rollwägen entlang der Halle. „Morgen werden sie wieder geholt. Wenn du magst, such dir was aus. Aber es bleibt unter uns, ok?". Tarik schaute sie eindringlich an. Aurora nickte kurz und machte sich sofort auf die Suche. Es war wenig Licht und die Bücher lagen in jedem Container als bunter Haufen durcheinander. Gerne hätte sie in Ruhe ein Buch nach dem anderen in die Hand genommen, aber die Zeit drängte. Sie holte sich wahllos einen Stapel aus dem Container heraus und ging damit in eine Ecke, die am besten beleuchtet war. Jedes der Bücher war bereits an irgendeiner Stelle eingerissen oder geknickt. Sie entschied sich für ein schmales Buch, was noch vollständig zu sein schien und dessen Cover sie ansprach. Sie wollte Tarik nicht länger warten lassen und befürchtete, dass er wegen ihr Probleme bekommen könnte. Sie versteckte das Buch unter ihrer Kleidung und beide machten sich auf den Rückweg.

„Hat´ ich dir doch versprochen", meinte Tarik mit einem Zwinkern, als sie wieder im Fahrstuhl standen. Aurora stutzte, denn sie konnte sich an eine diesbezügliche Bemerkung von ihm nicht erinnern.

„Vorgestern in der Kantine. Da hast du gefragt, was mit

den Büchern passiert. Erinnerst du dich?"
Aurora nickte und jetzt fiel ihr auch wieder sein verschmitzter Blick dazu ein. *Frech, aber charmant dieser Typ,* dachte Aurora, in deren Gesicht nun ebenfalls eine verstohlenes Lächeln aufblitzte.

Kathi war überraschend auf einen spontan Besuch vorbeigekommen. Freitagnachmittags konnte sich ihr Mann um die zwei Kleinen kümmern. Auch für Aurora war ab Mittag die Arbeitszeit beendet und das Wochenende angebrochen. Bei Viola und Adrian standen Zwischentests in der nächsten Woche an, so dass beide mit der interaktiven Lernsoftware beschäftigt waren. Da das regnerische Wetter nicht zu einem Spaziergang einlud, machten es sich die zwei Frauen im Wohnzimmer mit einer wärmenden Tasse Tee gemütlich. Kathi erzählte von den Kindern und dem ganzen Trubel, der damit einherging. Aber sie war zufrieden mit ihrem Leben und konnte sich derzeit nicht vorstellen, wieder ins Angestelltenverhältnis zurückzukehren. Sie war damals nicht sehr glücklich gewesen, als sie als Psychologin in der Medienbranche tätig war.

Das Erwachen der Morgenröte

„Ich würde aus jetziger Sicht, den Beruf nicht mehr ausüben wollen. Ich hoffe, dass ich bald eine zündende Idee habe, wie ich mich – genau wie Marvin – auch selbständig machen kann. Bis es so weit ist, genieße ich die intensive Zeit mit den Kindern. Aber jetzt erzähl mal von deiner Arbeitswoche. Ich bin gar nicht mehr up-to-date. Wie läuft´s in der Bibliothek?", wollte Kathi wissen.
Aurora gab einen kurzen Überblick über ihre Tätigkeiten und dem Einarbeitungsprogramm. Schnell kam sie dabei auf die Core Values des Hauses zu sprechen und der – in ihren Augen – befremdlichen Erwartungshaltung Gegenüber den Gefühlen und Gedanken der Mitarbeiter.
„Was meinst du dazu? Glaubst du wirklich, dass sie auf die Daten der Smartwatch zugreifen und uns emotional überwachen?", wollte Aurora wissen.
Kathi seufzte. „Ja, das kommt mir bekannt vor. Ich habe auch von anderen schon davon gehört. Das setzt sich gerade überall auf dem Arbeitsmarkt durch. Sie argumentieren, dass die Fehlzeiten durch Krankheitsausfälle so überhandgenommen haben, dass sie durch eine bessere Überwachung der psychischen Gesundheit möglicherweise präventiv etwas optimieren können. Also dass der Arbeitgeber alarmiert ist, wenn die Daten auf der Smartwatch über einen bestimmten Zeitraum hinweg auf eine negative Gemütslage hinweisen. Dann könnte der Arbeitgeber zum Beispiel hingehen und dir nahelegen, einen Psychologen aufzusuchen. Manche Firmen haben zu diesem Zweck

einen Betriebspsychologen vor Ort. Der verschreibt dir im Handumdrehen bestimmte Mittel, damit du wieder gut drauf bist. Man weiß ja inzwischen, dass negative Gedanken und Gefühle auch den Körper krank machen. Deswegen handhabt man das so. Jemand der zufrieden ist, bringt auch eine bessere Arbeitsleistung und so weiter. Es gibt viele Gründe. Aber auf deine Frage zurückzukommen: Ja, es ist so. Wir werden letztlich alle in irgendeiner Form überwacht. Das Überwachungsgerät trägt ja jeder mit sich rum."

Kathi hob ihren Arm, um die Smartwatch ins Blickfeld zu rücken.

Aurora war von den Ausführungen Kathis nicht wirklich überrascht. Sie hatte sich ähnliches bereits selbst zusammengereimt. Auch der Blick in ihren zehnseitigen Arbeitsvertrag und den Beschreibungen im Einarbeitungsprogramm hatten das Ausmaß und die Legitimität der Mitarbeiterkontrolle bestätigt. Aurora fühlte sich trotzdem wütend und zugleich hilflos in Anbetracht dieser gesetzlich verankerten Übergriffigkeit.

„Heißt das nicht mit anderen Worten, dass wir Teil einer Maschinerie werden? Was bedeutet es dann noch, ein Mensch zu sein? Sind Humanoide inzwischen die besseren Menschen?"

Dieses Gefühl des Ausgeliefertseins nagte an ihrer Psyche. Sie fragte sich, wie es so weit hatte kommen können und warum die anderen Mitarbeiter anscheinend gelassener wie sie selbst damit umgingen. *Aber vielleicht*

täusche ich mich, und meine Kollegen fühlen sich genauso in die Enge getrieben. Vielleicht haben sie gelernt, sich am Arbeitsplatz hinter einer schützende Maske des Gleichmuts zu verstecken und jeglichen Zorn darüber zu verdrängen.
Kathi zuckte resigniert die Schultern.
„Alles hat seinen Preis, weißt du? Wir haben inzwischen gute Lebensbedingungen, keiner muss in Armut leben, alles ist sehr sicher geworden. Wir haben unsere Freiheit eingetauscht für Sicherheit und Ordnung. So ist das nun mal. Das lässt sich auch nicht rückgängig machen beziehungsweise – selbst wenn man es könnte – würden es die Menschen nicht wollen. Unsere Bequemlichkeit und unsere ganzen Sorgen und Ängste. In der Psychologie beschreibt man das auch als erlernte Hilflosigkeit. Wir haben uns zu 100% abhängig gemacht. Deswegen gibt es kein Zurück – höchstens ein darüber hinwegkommen."
Aurora war sich nicht sicher, was Kathi damit meinte, aber es blieb wenig Zeit für längere Gespräche. Sie würde beim nächsten Mal nachhaken. Kurz bevor sich die beiden verabschiedeten, fiel Aurora noch das Buch ein, was sie auf fast abenteuerliche Weise ergattert hatte. Sie holte es hervor und zeigte es Kathi.
„Schau mal, was ich hier aus dem Müll der Bibliothek gerettet habe. Es ist eigentlich verboten, aber vielleicht ist das meine erste rebellische Handlung gegen dieses System.", vertraute Aurora ihr schmunzelnd an.

Das Erwachen der Morgenröte

Kathis Neugier war sofort geweckt. „Zeig mal. Um was geht es in dem Buch?", fragte Kathi. Aurora musste zugeben, dass sie selbst noch keine Zeit gefunden hatte, sich mit dem Buch zu beschäftigen. Sie hatte das schöne Cover mit dem Sonnenuntergang betrachtet, aber der Titel war durch einen Aufkleber unleserlich geworden. Die Frauen blätterten zu zweit hinein und Kathi las vor: „Mehr denn je sind wir in der heutigen Zeit dazu aufgerufen, eine klare Entscheidung zu unserem Denken und Handeln zu fällen. Wir sollten nicht warten, bis uns eine Krise in die Knie zwingt. Eine bewusste Entscheidung zur Entfaltung unseres wahren Potenzials führt über den Weg der Selbsterkenntnis. Wir dürfen erkennen, wer wir sind, damit wir loslassen können, was wir nicht sind."
„Ok, das ist etwas, über das man nachdenken muss. Es passt ja gut zu unserem Thema. Wenn du mit Lesen fertig bist, dann sag´ mir Bescheid. Das würde mich auch interessieren."
Nachdem Kathi gegangen war, dachte Aurora über ihre Worte nach. Es drehte sich immer alles um Ängste und Sorgen und darum, herauszufinden, wer man eigentlich war. Vielleicht würde das Buch ein paar Hilfestellungen geben können. Sie war auf jeden Fall bereit, sich auf die Suche nach dieser Selbsterkenntnis zu begeben.

Das Erwachen der Morgenröte

Aurora war neugierig, ob das Buch tatsächlich Hinweise zur Lösung ihres Dilemmas zu bieten hatte. Der Beschreibung nach ging es darum, den Mensch ganzheitlich zu betrachten und eine spirituelle Komponente zu integrieren. *Vielleicht bringt es ja was. Ich muss auf jeden Fall ruhiger werden und mich nicht ständig verrückt machen. Irgendwas muss ich machen, damit ich nicht das Gefühl habe, in dieser Maschinerie festzustecken.* Durch das Gespräch mit Kathi kam sie zu der Schlussfolgerung, dass jeder für sich einen Weg finden musste, um mit den Gegebenheiten umzugehen. Dazu war es aber auch hilfreich, einen offenen Austausch mit andern zu führen. Schon das kurze Gespräch mit Kathi, hatte ihr wieder neue Sichtweisen eröffnet und das Gefühl gegeben, nicht allein auf diesem Weg der Sinnsuche zu sein. Sie hatte realisiert, wie leicht man

Gefahr lief, voreilige Schlüsse über seine Mitmenschen zu ziehen. *Obwohl man nur einen minimalen Ausschnitt aus dem Leben eines anderen zu Gesicht bekommt, lässt man sich schnell zu einem Urteil hinreißen.* Sie war sich inzwischen sicher, dass auch viele ihrer Kollegen, die Umstände am Arbeitsplatz als Belastung empfanden, aber vor Ort aus nachvollziehbaren Gründen das Thema mieden. Auch hatte sie ihre Einschätzung Tarik gegenüber revidieren müssen. *Ich hab´ ihn gleich in eine Schublade gesteckt, nur weil er an einem Tag gerade schlecht drauf war. Oder weil ich eine Erwartung hatte, dass er mich nett anlächeln und Small Talk mit mir führen muss, obwohl das natürlich Quatsch ist. Ich kann nicht Erwartungen an andere haben, obwohl ich gar nichts oder nur sehr wenig über denjenigen weiß. Außerdem will ich ja auch nicht, dass andere irgendwelche Erwartungen mir gegenüber haben und dann beleidigt sind, wenn ich diese nicht erfülle. So wie Moritz reagiert hat, weil ich seine Gefühle nicht erwidert habe.* Aurora musste daran denken, wie dankbar sie war, dass Moritz ihr die Freiheit gegeben hatte - unabhängig von seiner Wunschvorstellung – so zu sein, wie sie war. Nur dadurch war es überhaupt möglich, eine Freundschaft zu führen, ohne mit einem ständigen Erwartungsdruck konfrontiert zu sein. *Es sind unsere eigenen Gedankenwelten, die uns einengen. Und damit schneiden wir uns selbst von den anderen ab. Kein Wunder fühlen wir Menschen uns so oft allein und isoliert.*

Im Buch las sie ein weiteres Kapitel zu den Ängsten, die vorwiegend aus den eigenen Gedanken entsprangen. Letztendlich wurde dadurch das Denken und Handeln deutlich beeinflusst und so eingeschränkt, dass am Ende nur noch ein Tunnelblick übrigblieb. Mit diesem Tunnelblick verlor man nicht nur die Übersicht über das große Ganze, sondern wurde auch manipulierbar. Angst war in den meisten Fällen ein schlechter Ratgeber. Aurora dachte an frühere Gespräche mit Kathi, als sie über ihre Arbeit in der Werbeagentur berichtet hatte. Beeinflussung und Manipulation der Konsumenten durch Erregung starker Gefühle war nach ihren Worten das Tagesgeschäft dieser Branche. Aurora besann sich auf Kathis Beschreibung der erlernten Hilflosigkeit. *Wenn wir Hilflosigkeit erlernt haben, dann kann man es vielleicht auch wieder verlernen oder dazu lernen. Vielleicht hat sie das auch mit dem „darüber hinwegkommen" gemeint. So eine Art Bewusstseinserweiterung.* Schließlich ging es inzwischen nicht nur darum, Konsumenten zum Geldausgeben zu bewegen. Damals hatte man zumindest noch einen gewissen Radius der freien Entscheidung zur Verfügung gehabt und damit auch die Chance, Werbemedien zu meiden und alternative Wege des reduzierten Konsums zu gehen. Inzwischen waren Dimensionen hinzugefügt worden, die keine Alternativen zuließen. Aurora dachte an die Smartwatch, die jeder per Gesetz tragen musste. Legte man diese ab, ertönte nach einer kurzen Pause ein Alarm aus dem Central Point oder eines in der Nähe befindlichen Netzwerks. Zog man die Uhr nicht innerhalb weniger Minuten wieder an, wurde der Rettungsdienst alarmiert. Ein daran gekoppeltes Notrufsystem sollte für optimale Sicherheit sorgen. Die Smartwatch galt als lückenloser Allrounder: vom Bezahlen, zum Öffnen der Türen oder zum Ausweisen der Identifikationsnummer – nichts ging mehr ohne. Damit war man jederzeit vernetzt, erreichbar und damit auch sicher. Der Schritt der Gesetzgeber zum verpflichtenden Tragen war von der breiten Öffentlichkeit als logische Schlussfolgerung einer auf Technik basierten Lebenswelt gesehen worden. Da mithilfe der Watch jeder geortet werden konnte, hatte diese Maßnahme ebenfalls zur Reduzierung der Kriminalität beigetragen. Die Freiheitseinschränkung, die durch das „Zwangsarmband" entstanden war, stand demnach vielen Vorteilen gegenüber. *Außerdem gewöhnt man sich an alles – vor allem an die Annehmlichkeiten. Aber wieviel Freiheit ist uns geblieben?* Sie war sich nicht sicher.

Aurora hatte genug vom vielen Denken und hoffte mit der beschriebenen Übung zur Meditation in ihrem Kopf wieder für Ruhe und Frieden zu sorgen. Natürlich war Meditation ein alter Hut. Aurora kannte die geführten Meditationen mit der VR-Brille samt Hirnfrequenzbeschallung. Motiviert durch das Buch hatte sie sich nun entschieden, auf altmodische Art und Weise sich dem

Thema neu zu widmen und dabei auf jegliches High-Tech zu verzichten. Trotz der darin enthaltenen Hilfestellungen fiel es ihr schwer, einfach nur ruhig zu sitzen und ihren Körper und die Atmung wahrzunehmen. Etwas in ihr schien sich immer in den Vordergrund zu drängen: entweder Zweifel an ihrem Tun, Gedanken über ihren Alltag und daneben eine diffuse, innere Unruhe. Sie merkte, wie eine einfache Übung des inneren Stillwerdens – dieses sogenannte „im-Hier-und-Jetzt-sein" - eine gewaltige Herausforderung darstellte. Bilder der Vergangenheit schoben sich unablässig in ihr Bewusstsein und der gewünschte Zustand einer präsenten Wahrnehmung war kaum aufrechtzuerhalten. Aurora fragte sich, ob sie selbst über ihren Kopf und dem, was darin vorging schon keine Kontrolle mehr hatte. *Wenn wir verlernt haben, uns selbst innerlich auszurichten, dann werden wir mit unseren Gedanken natürlich in alle Richtungen abwandern. Daraus wird dann ein chaotischer Zickzack-Kurs oder etwas, was uns nur im Kreis drehen lässt.* Aurora hatte plötzlich das Bild eines Schiffs vor Augen. Sie stand darauf als Kapitänin – konnte es aber nicht steuern. Vor ihr lag der Horizont, auf dem sich nur die unendliche Weite des Meeres abzeichnete. Das Schiff war der Strömung und den Wellen ausgeliefert und schipperte ziellos umher. *Ja, so ist es tatsächlich! So fühle ich mich manchmal.* Aurora war verblüfft, dass diese Bilder und Impulse, wie im Traum vor ihrem Auge entstanden waren. *Die Wellen und die Strömung stehen dann für die äußeren Umstände im Leben. Vielleicht auch für die Dinge, die ganz gezielt auf uns einwirken.* Ein Schiff, was keinen richtigen Kapitän hat, ist leichte Beute für Piraten. Ja, wenn wir das Steuer unseres Bewusstseins aus der Hand gegeben haben, werden das wahrscheinlich andere für uns übernehmen.

Aurora fragte sich, wie sie es schaffen sollte, die richtigen Fertigkeiten zu erwerben, um diese Kontrolle zurückzugewinnen. *Jedenfalls fühlt es sich schon mal nicht schlecht an, zu meditieren.* Für Aurora war es klar, dass sie von innerer Ruhe noch meilenweit entfernt war. Aber es hatte sie in eine Richtung blicken lassen - dorthin wo ein kleines Licht am Horizont aufzugehen schien.

„Wie läuft's mit dem Lernen?" fragte Aurora die Kinder am Samstagmorgen beim Frühstück.
„Passt schon. Alles easy", meinte Adrian, der lieber auf andere Themen als Schule zu sprechen kommen wollte. „Kann ich nachher zu Leo? Wir wollen dann noch raus, Fußball spielen."
Aurora war jedes Mal erleichtert, wenn ihre Kinder nicht den ganzen Tag am Computer verbrachten und sie freiwillig an die frische Luft gingen. *Schule hin oder oder her, die Kids müssen auch mal abschalten können.*
„Ja, klar", erwiderte sie gut gelaunt. „Aber sag Bescheid, wenn ihr irgendwo anders hingeht." Adrian verdrehte die Augen. „Mama, du siehst doch auf deiner Watch, wo ich bin."
Das Thema „Bescheidgeben" stand regelmäßig zur Debatte, denn für Aurora reichte es nicht aus, den

Verbleib ihrer Kinder nur durch Daten am PC angezeigt zu bekommen.
„Es geht mir darum, dass wir miteinander kommunizieren und zusammen Absprachen treffen. Du weißt, dass mir das wichtig ist. Ich bin nun mal deine Mama und nicht irgendeine Maschine, die man mit Daten füttert."
Adrian zuckte mit den Schultern und zeigte wenig Interesse an weiteren Diskussionen. Das Essen stand auf dem Tisch und damit war für ihn die Welt in Ordnung. Auch Viola schien Appetit zu haben und schaufelte sich gedankenverloren ihr Essen in den Mund.
„Gehst du heute auch noch raus?", hakte Aurora nach.
„Ich weiß noch nicht. Eigentlich muss ich noch lernen. Unser Test ist nächste Woche und ich bin noch nicht durch mit dem Thema", antwortete Viola.
Aurora schlug ihr vor, zusammen eine Runde draußen zu drehen.
„Du könntest mir dabei erzählen, um was es bei eurem Test morgen geht. Wenn man nämlich jemand anderem etwas erklären will, merkt man erst, ob man es wirklich verstanden hat und welche Lücken noch bestehen. Was hältst du davon?"
Viola überlegte und wirkte nicht überzeugt. Nach einigem Hin und Her gelang es Aurora, sie zu einem kleinen Spaziergang zu überreden. Nach dem Essen machten sich alle auf den Weg in Richtung des Wohnblocks, in dem Leo mit seiner Familie wohnte.

„Jetzt ist aber gut", meinte Adrian etwas genervt, „ihr müsst mich nicht noch vor die Wohnungstür bringen. Ich kenn mich hier aus, ok?"
Aurora und Viola schmunzelten und winkten ihm nach während Adrian seine Augen verdrehte und in Richtung Eingang ging.
„Also, jetzt erzähl mal. Um was geht es bei deinem Lernstoff?", begann Aurora.
Viola holte tief Luft und versuchte mit verständlichen Worten wiederzugeben, was in ihrem Kopf bisher hängen geblieben war. „Es geht um das Thema Polarität. Vor allem in den Bereichen Physik, Chemie, Geografie und Philosophie. Aber Mathe spielt natürlich auch 'ne Rolle."
In der Schule wurde inzwischen fächerübergreifend unterrichtet. Einzelne Themenkomplexe wurden aus der Perspektive der verschiedenen Wissenschaften betrachtet und mehrsprachig unterrichtet. Die Kinder lernten spielerisch mit den neuesten Technologien umzugehen und eigene Programme zu erstellen. Die große Wende hatte für eine umfassende Schulreform gesorgt. Die Erkenntnisse aus Neurobiologie, Didaktik und den veränderten Ansprüchen der Arbeitswelt dienten als Grundlage der Reform. Mit anderen Worten: Man hatte verstanden, dass alles miteinander verbunden war. Ein Zeitalter der lückenlosen Vernetzung war angebrochen. Anstatt isolierte Wissenshäppchen zu reichen, wurden die Verknüpfungen zu anderen

Disziplinen gesucht.

Aurora musste zugeben, dass ihr zu dem Schulthema von Viola wenig einfiel. Einige Begriffe wie die elektrische Spannung zwischen zwei Polen oder die zwei Pole der Erde kamen ihr noch in den Sinn, aber damit war ihr Wissen dazu mehr oder weniger ausgeschöpft. Ihre Schulzeit lag schon viel zu weit zurück und sie war damals noch mit dem alten System unterrichtet worden.

„Was hat es denn mit der Polarität in der Philosophie auf sich?", fragte Aurora interessiert.

„Polarität steht für das Verhältnis von zwei Größen. Aber im Unterschied zum Dualismus, sind diese zwei Größen als Ergänzung zueinander zu sehen. Man spricht da von einem komplementären Verhältnis." Viola schaute zweifelnd zu ihrer Mutter. „Ok, ich geb´ dir mal Beispiele, damit du es besser verstehst", begann sie ihre Erläuterung. „Du kennst doch diese Gegensatzpaare: hell – dunkel, kalt – heiß, schwarz – weiß, Mann – Frau und so weiter. Das sind Pole von zwei gegenüberliegenden Enden derselben Sache. Zusammen bilden sie eine Einheit. Also sie können nur gemeinsam existieren, weil zum Beispiel der Tag im Kontrast zur Nacht definiert ist. Heiß gibt es nur, weil es auch kalt gibt. Verstehst du es jetzt besser?" Aurora nickte nachdenklich. „Und Polarität beschreibt dann diese Einheit zwischen den entgegengesetzten Polen?"

„Ja, so ist es", bestätigte Viola. „Und man kann diese

Das Erwachen der Morgenröte

Einheit in zwei entgegensetzte Untereinheiten trennen, wobei dann jeder Teil das Potenzial des anderen enthält."

Aurora schien verstanden zu haben. „Das hört sich ja spannend an, was ihr da lernt. Da würde ich fast wieder zurück in die Schule gehen wollen. Meine Schulzeit war nicht so interessant."

Viola fasste sich an die Stirn und schüttelte den Kopf. „Oh Mann. Das ist bei uns genauso langweilig. Also manchmal zumindest. Das war ja nur eine kurze Zusammenfassung. Ich zeig´ dir gerne daheim mal den ganzen ausführlichen Kram am PC. Vor allem mitsamt den Beschreibungen zu den physikalischen und chemischen Abläufen. Ich wette, da hast du keinen Bock drauf."

Ja, da wird sie wahrscheinlich Recht haben, dachte sich Aurora schmunzelnd und war gleichzeitig stolz auf ihre Tochter. *Sie ist ein tolles Mädchen. Sie hat so viel Lebensfreude und Optimismus. Ich hoffe, sie kann sich das bewahren.*

Am Abend dachte Aurora noch über das angeregte Gespräch mit ihrer Tochter nach. Sie hatte das Gefühl, dass dieses Gesetz der Polarität auch etwas mit ihrer Suche nach der wahren Essenz des Menschen zu tun hatte. *Gefühle können doch auch so gegensätzlich sein und einen selbst von einem Extrem ins andere ziehen. Wie bei einer Achterbahnfahrt. Mal geht es Richtung*

Himmel, wo man nur noch den blauen Himmel sieht und sich happy fühlt und danach geht's rasant bergab, so dass es einem den Magen umdreht. Laut der Definition von Polarität war dies keineswegs als fehlerhaft zu bewerten, sondern zeigte lediglich die Bandbreite einer übergeordneten Einheit an. *Was ist denn die übergeordnete Einheit, wenn ich mich mal super zufrieden und dann wieder richtig mies fühle?* Aurora entschied, Cleo nach der Definition von Gefühlen zu befragen. Cleo hatte als Sprachrohr des Internets die Antwort sofort parat: „Gefühle sind Teilaspekte von Emotionen. Eine Emotion besteht aus einer instinkt- oder reflexartigen Reaktion und Gedanken. Gefühle sind dabei das subjektiv wahrgenommene Erleben einer Emotion."
Ok, dachte sich Aurora, Emotionen sind also quasi der Überbegriff des Ganzen. Ich versteh´ auch, dass Emotionen wichtig sind, weil sie uns ja schützen und eine Art Richtschnur für das eigene Handeln bilden. Und wenn Emotionen mit Gedanken und unseren Instinkten und Reflexen zusammenhängen, dann kann ich mir auch ausmalen, warum Gefühle häufig wie eine Achterbahn sind. Das ist halt abhängig davon, was in unserem Gehirn so herumschwirrt. Das kommt dann aus dem Unterbewusstsein, wo unsere ganzen vergangenen Erfahrungen stecken. Alles, mit dem wir jemals konfrontiert wurden und uns irgendwie geprägt hat. Ganz zu schweigen von traumatisierenden Erlebnissen, mit denen wir unser ganzes Leben zu tun haben. Wie eine

Das Erwachen der Morgenröte

Art Energiemuster, was dann angeknipst wird, wenn das gleiche Energiemuster im Außen in Erscheinung tritt. Aurora blätterte in ihrem neuen Buch, um etwas über das Thema zu finden. Tatsächlich gab es hierzu einige Textstellen, die sie sich aufmerksam durchlas. An einer Stelle stand dazu: „Durch eine nicht wertende Einstellung unseren Gefühlen gegenüber gelingt es uns viel eher, bewusst darauf zu reagieren, anstatt von unbewussten Handlungen regiert zu werden." Es fiel ihr nun wie Schuppen von den Augen. *Natürlich! Jede Emotion ist eine komplexe Information, die mir auf dem Weg zur Selbsterkenntnis als Lernaufgabe dient. Solange ich meine Gefühle einfach nur auslebe und komplett davon mitgerissen werde, bleibt es im unbewussten Bereich der Instinkte und Reflexe. Die Gefühle beherrschen mich und schon beginnt die Achterbahnfahrt. Sobald ich anfange, mich selbst und mein Verhalten unter die Lupe zu nehmen, gehe ich bewusst damit um. Ich schau' mich dann selbst quasi als neutraler Beobachter an. Dann kann ich Auslöser und Muster erkennen, die mir helfen, mehr Gelassenheit und innere Balance zu finden. Außerdem heißt es beim Gesetz der Polarität doch, dass die eine Seite das Potenzial der anderen Seite in sich trägt. Das heißt wohl mit anderen Worten: wenn ich zum Beispiel wütend bin, dann steckt in der Wut irgendwo schon der Keim für Gleichmut. Ein Potenzial ist ja wie eine mögliche Chance. Je mehr ich also bewusst und reflektiert hinschaue, umso eher werde ich das wahrnehmen*

können.
Von dieser Erkenntnis beseelt, ging Aurora in eine Meditationshaltung über und ließ die Begriffe von Ruhe und Frieden als Kontemplation in sich wirken. Dabei war es laut Beschreibung des Buches nicht nötig in seinem Kopf für Leere zu sorgen. Man öffnete sich innerlich für die Bedeutung dieser Begriffe und ließ sich inspirieren. Durch diese aufmerksame Zuwendung konnte sich der Zustand von Ruhe und Friedens nach und nach entfalten. Mit einem zufriedenen Seufzer spürte sie, wie die Schwere ihrer Gedanken abnahm und sich eine angenehme Lebendigkeit in ihrem Körper ausbreitete. Für einen kurzen Augenblick vergaß sie dabei alles andere um sie herum. Mit dieser friedlichen Gelassenheit war alles in diesem Moment so, wie es sein sollte.

Das Erwachen der Morgenröte

Die Arbeitswoche verlief bei Aurora ruhig und wenig ereignisreich. Sie war zufrieden mit ihren Fortschritten der Einarbeitung und konnte Anna und ihren anderen Kollegen immer umfangreicher zur Hand gehen. Die Arbeit machte ihr Freude und sie versuchte, diesen Zustand nicht durch sorgenvolle Grübeleien ins Wanken geraten zu lassen. Die kurzen Plaudereien mit ihren Kollegen bezogen sich zwar weitestgehend auf die Arbeit, aber alles fand in einer ruhigen, angenehmen Atmosphäre statt. In der Mittagspause beschlich sie gelegentlich das Gefühl, dass eine gewisse Anspannung in der Luft lag. Sie stellte fest, dass sie so manchen Impuls etwas zu kommentieren oder bestimmte Fragen zu stellen, vorsichtshalber unterdrückte. Auch bei den anderen nahm sie wahr, wie sie versuchten, gewisse Themen zu umgehen oder nur oberflächlich zu behandeln. Einige Male war es geradezu offensichtlich, wie jemand ansetzte, um etwas zu äußern, sich dann aber eines Besseren besann. *Vieles bleibt ungesagt, steht aber dennoch im Raum,* reflektierte Aurora während dieser Zeit.

Am Abend ging sie ihrer neuen Routine mithilfe des Buches nach. Sie las darin, dass alles auf der Welt in Schwingung ist und auch Gefühle dadurch nach außen transportiert werden. *Das würde erklären, warum ich manchmal eine Anspannung bei den anderen spüre, obwohl sich im Verhalten nichts verändert hat. Außerdem ist es ja mit den neuen Technologien messbar. Und wenn etwas messbar ist, scheint ja eine Wirkung vom Körper auszugehen.* Im Buch steht, dass wir dadurch ständig in Wechselwirkung mit unserer Umwelt sind. Aurora las: „Je mehr ich in mir in Einklang bin, umso mehr wird sich diese Harmonie auch im Außen bemerkbar machen." *Das sind ja auch die Argumente, die von Staat und Werbemedien genutzt werden, um die Moody-Zin anzupreisen. Jeder weiß, dass alles von Gedanken und Gefühlen ausgeht. Darin liegt die Ursache für das, was im Außen dann als Wirkung entsteht. Mit den künstlichen Mittelchen auf Dauer für Gleichmut zu sorgen ist der einfache Weg. Hier muss man nicht an sich selbst arbeiten und über seine Gefühle reflektieren. Die Frage ist also, ob es auch dauerhaft sinnvoll ist und welche Folgen es hat, sich nicht mehr mit seinem Innenleben zu beschäftigen.* Aurora stellte fest, dass sie wieder auf die gleiche Frage zurückkam, die sie schon seit Längerem beschäftigte. In der Öffentlichkeit wurde es als selbstverständlich angesehen, mit Hilfsmitteln für das innere Gleichgewicht zu sorgen. Die Zahlen der Kriminalitätsstatistik in Sachen Gewaltdelikte sprachen eindeutig dafür. Delikte im Bereich der Cyberkriminalität waren dagegen deutlich gestiegen. Eine eindeutige Antwort konnte sie demnach daraus nicht ableiten. Sie konnte es drehen und wenden, wie sie wollte, es lief jedes Mal darauf hinaus, dass Emotionen als Teil des Menschseins eine wesentliche Rolle spielten. *Daran können auch die hochspezialisierten künstlichen Programme nichts ändern. Es sind im Prinzip zwei Eigenschaften, die uns von KI unterscheiden: die Emotionen und das Bewusstsein. Das Bewusstsein ist dabei immer noch unerforscht und wird genau wie der Begriff Seele unterschiedlich bewertet. Persönlich glaube ich definitiv daran, denn es ist dieses geistige Prinzip, was uns mit allem verbindet. Deswegen können wir mit anderen mitfühlen – uns mitfreuen oder mittrauern – selbst wenn es sich um fremde Personen handelt. Ganz zu schweigen von der Liebe, die sich oft jeglicher Logik entzieht.*

Das Telefonsignal unterbrach Auroras Gedanken. Anna Gebauer war im Display zu lesen. *Was Anna wohl von mir will,* fragte sich Aurora, als sie das Gespräch entgegennahm.

„Hi Aurora, hast du 'ne Minute? Sorry, dass ich bei dir so reinplatze, aber ich wollte dich was fragen und in der Arbeit, du weißt schon, da kann man ja nicht so viel reden. Ein paar Leute von der Arbeit treffen sich regelmäßig privat. Einfach 'ne Runde gemütliches Plaudern. Wenn du Lust hast…also das nächste Treffen ist Sonntagabend bei Sören um 18 Uhr. Jeder bringt 'ne Kleinigkeit zum Essen mit. Ich kann dich abholen, weil ich mit dem Bus eh an deiner Straße entlang komme."
Aurora freute sich über das überraschende Angebot und sagte ohne Zögern zu. Die Kinder konnten problemlos am Abend allein zurechtkommen. Und mal wieder eine gesellige Runde zu erleben – das hatte sie sich schon länger gewünscht. Auch unter Erwachsenen lief die soziale Interaktion inzwischen häufig online ab. Im Zuge der Technologisierung aber auch aufgrund von Umweltschutzgründen hatte sich dieser Trend mit der Zeit verfestigt. Man konnte sich mit der VR-Brille in eine virtuelle Welt begeben, sich dort mit seinen Freunden treffen und eine Vielzahl von extravaganten Aktivitäten unternehmen. Eine reales Treffen galt dagegen fast schon als altmodisch und langweilig.

***

Am Wochenende gesellte sich die Sonne zur guten Laune von Aurora und sie verabredete sich mit Kathi draußen auf dem Spielplatz. Marvin tobte dabei mit anderen

Das Erwachen der Morgenröte

Kindern auf den Klettergerüsten herum. Die kleine Lilly konnte inzwischen etwas laufen und hielt damit die beiden Frauen auf Trab. Bei dem guten Wetter hatten sich mehrere Kinder auf dem Spielplatz eingefunden und es herrschte ein fröhliches Durcheinander. Nach einiger Zeit wurde Lilly müde und wurde zurück in den Kinderwagen verfrachtet. Kathi und Aurora begannen nun einige Runden mit der quengelnden Kleinen zu drehen. Nach kurzer Zeit wurde sie ruhiger und die Augenlider fielen wie in Zeitlupe zu. Kathi und Aurora konnten nun ihr Gespräch fortsetzen, was am Spielplatz nur bruchstückhaft möglich gewesen war. Aurora berichtete von ihrer neuen Meditationsübung und dem kommenden Termin zu einem privaten Treffen einiger Arbeitskollegen. Kathi nickte erfreut.

„Na, läuft doch", kommentierte sie anerkennend.

Aurora fiel nun auch die Frage ein, bei der sie hoffte, dass Kathi ihr nützliche Anhaltspunkte liefern könnte.

„Wir haben doch das letzte Mal über die Bequemlichkeit und die Angst der Menschen gesprochen, und dass wir mit den ganzen Technologien uns sozusagen einen goldenen Käfig gebaut haben. Was meinst du, können wir irgendwie wieder ein Stück Freiheit zurückgewinnen?"

Kathi schaute nachdenklich zum strahlend blauen Himmel hinauf.

„Freiheit beginnt im Kopf", begann sie zögerlich. „Letztlich sind all diese Maschinen und KI eine Schöpfung des Menschen. Wir selbst haben sie mit unseren Wünschen, Bedürfnissen und Sehnsüchten ins Leben gerufen. Es ist keine Auseinandersetzung mit der Maschine, sondern immer nur mit uns selbst. Solange wir ständig vor allen möglichen Dingen im Leben Angst haben, werden wir nicht wirklich frei sein. Wir bauen uns dann quasi Schutzmauern auf, in denen wir selbst gefangen sind. Das gleiche gilt auch für diese ewige Suche nach dem Glück. Die Menschen meinen immer, das Glück läge irgendwo vergraben...dass es irgendwo zu finden ist, nur nicht da, wo man gerade ist."

Kathi schaute auf die spielenden Kinder, die gerade dabei waren, kleine Äste und andere Materialien zu sammeln. Anscheinend hatten sie ein gemeinsames Bauprojekt und waren völlig vertieft in ihrem Tun.

„Den Kindern fällt das leichter, so ganz im Hier und Jetzt zu sein. Sie denken gerade sicher nicht an die Vergangenheit oder die Zukunft. Sie sind am Spielen und sind zufrieden. Das sieht man ihnen an. Wir Erwachsene können nicht so leicht abschalten und zufrieden sein."

„Na ja", meinte Aurora, „das liegt nun mal daran, dass wir wesentlich mehr Verantwortung tragen. Wir können leider nicht mehr so in den Tag hineinleben. Wir müssen unser Leben gut planen und haben jede Menge Herausforderungen zu bewältigen."

Kathi erwiderte: „Ich glaube eher, dass uns das Maß verloren gegangen ist. Ein Zuviel an Angst, Sorgen und Kontrollstreben und ein Zuwenig von der Fähigkeit loszulassen und zu vertrauen."

Beide Frauen schauten nun still den spielenden Kindern zu. Aurora war sich nicht sicher, ob in Kathis Aussagen eine Lösung zu ihrer Frage zu finden war. Zumindest schien einiges Wahres darin zu liegen.

„Vielleicht ist genau das unsere Aufgabe im Leben: das richtige Maß zu finden. Ein jeder für sich", fügte sie daher den Aussagen von Kathi hinzu.

Das Erwachen der Morgenröte

Mit zwei Stangen selbstgebackenen Baguettes machte sich Aurora auf den Weg zum gemeinsamen Treffen. Durch die Eingabe über die Smartwatch konnten sich die zwei Frauen exakt lokalisieren, und Aurora wusste, dass Anna im herannahenden Bus auf sie wartete. Auch die Ankunft des Busses war minutengenau über die Watch einsehbar. Aurora freute sich auf den Austausch und war gespannt, wen ihrer Kollegen sie dort treffen würde. Anna hatte am Telefon keine weiteren Personen genannt und letztlich spielte es für Aurora keine Rolle. *Hauptsache es kommen gute Gespräche zustande und ich lerne den einen oder anderen kennen.* Als Aurora in den Bus einstieg, winkte Anna ihr vom hinteren Teil des Fahrzeugs bereits zu.

„Hey, schön, dass es geklappt hat", begrüßte sie Anna.

„Wir fahren jetzt erst Richtung Stadtmitte und müssen

dann umsteigen. Sören wohnt am östlichen Stadtrand im Bezirk 55-Y."

„Ich glaube, ich habe Sören noch gar nicht kennengelernt. In welcher Abteilung arbeitet er?", fragte Aurora.

„In der IT. Wie war dein Wochenende? Was hast du bei dem schönen Wetter gemacht?", fragte Anna eilig.

Aurora hatte das Gefühl, dass Anna vom Thema ablenkte und weder auf die Teilnehmer noch über den Zweck des Treffens näher eingehen wollte. Die weitere Busfahrt verbrachten die beiden mit lockerem Geplauder über allgemeine Themen. Im Bezirk 55-Y angekommen, stiegen sie aus, um den restlichen Weg zu Fuß zurückzulegen. Kathi erklärte, dass hier die Busse seltener fuhren und sie wahrscheinlich für die Rückfahrt auf eine Mitfahrgelegenheit angewiesen waren. Aurora war in diesem Stadtrandbezirk zuvor noch nicht gewesen. Die einzelnen Häuser standen größtenteils mit deutlichem Abstand voneinander und ermöglichten damit einen großzügigeren Blick auf die Umgebung.

„Man fühlt sich gleich viel weniger eingeengt", stellte Aurora fest.

Anna nickte. „Ja, hier sieht man nicht nur auf Betonmauern wie in der Stadt drinnen.

Gleich sind wir da. Da vorne, wo der Lieferwagen und die Autos parken, da wohnt Sören mit seiner Familie."

Im verblassenden Licht der Abenddämmerung konnte Aurora ein kleines Einfamilienhaus erkennen, vor dem sich ein kleiner Garten mit zwei Obstbäumen erstreckte. An der Haustür standen weitere Personen, die sie beim Näherkommen als Jolie und Jannik identifizierte. Freudig begrüßten sich alle und auch Sören stand bereits mit seiner Frau als Empfangskomitee bereit. Die beiden schienen ein paar Jahre älter wie Aurora zu sein und machten einen sympathischen Eindruck. Seine Frau Mia begrüßte alle herzlich und führte sie in die Küche, um das mitgebrachte Essen abzulegen. Danach folgten sie Sören, der die vier Gäste zu sich winkte. Er erklärte Aurora, dass es für ihn wichtig war, eine gewisse Privatsphäre zu wahren. Nur so sei ein offener Austausch hier im Haus möglich. Aurora war sich nicht sicher, auf was er genau hinauswollte, vermutete aber, dass es darum ging, nicht mit anderen über das Gesprochene zu reden. Aurora konnte das gut nachvollziehen, denn das bildete schließlich die Grundlage für offene Gespräche. Sören führte die vier die Treppe hinab in einen Raum, der wie eine Mischung aus Büro und Abstellkammer wirkte. Aurora fragte sich, was es hier zu tun oder zu sehen gab. Sie schloss aus dem Vorhandensein diverser Geräte und Computer, dass es sich um einen Arbeitsraum von Sören handelte. Durch die eingeschränkte Größe des Raums standen nun alle gedrängt zusammen. Die anderen schienen weniger verwirrt und legten ihre Ohrclips auf ein Tablett ab. Danach steuerte einer nach dem anderen zielstrebig ein Gerät an, während sie ihre Smartwatch vom Handgelenk lösten. Das klobige Gerät war mit einem

Display auf der Vorderseite versehen sowie einer Öffnung, durch die ihre Kollegen nun ihre Smartwatch vorsichtig hineinführten. Das Gerät gab kontinuierlich ein leichtes Brummen von sich. Sören blickte prüfend auf das Display und schien mit dem Ergebnis zufrieden zu sein. Er blickte nun zu Aurora, die es nicht wagte, die Stille durch ihre Fragen zu durchbrechen. Sie vertraute darauf, dass Sören und die anderen wussten, was sie taten. Sören zwinkerte ihr aufmunternd zu und auch Aurora begann nun ohne Zögern, ihren Ohrclip abzulegen und den Sicherheitsverschluss ihrer Smartwatch zu lösen. Ein ähnliches Gerät hatte sie bisher nur in Ämtern gesehen, die die Smartwatches und die Software auf die gesetzlich vorgegeben Features prüften. Die verpflichtende Überprüfung fand in regelmäßigen Abständen statt und war eine der wenigen Gelegenheiten, zu der die Watch ausgezogen wurde. Etwas unsicher blickte sie von oben in die Öffnung des Gerätes und sah eine Flüssigkeit, die zu vibrieren schien und von innen angeleuchtet wurde. Sie konnte die Watches der anderen vage erkennen und legte nun behutsam auch die eigene hinein. Nervös blickte sie auf das Gerät und hoffte, dass es reibungslos funktionieren würde. Es war ihr klar, dass sie hiermit die Grenze der Legalität überschritten hatte. Gedankenverloren starrte Aurora auf die Watch im Behälter. Anna legte beruhigend die Hand auf ihre Schulter und lächelte ihr zu.

„Mach dir keine Sorgen. Das funktioniert 100 %ig. Beim

ersten Mal hatte ich auch Bedenken, aber du wirst sehen, es passiert ja nichts." Auch die anderen lächelten Aurora freundlich zu und begannen wieder zurück nach oben zu gehen. Sie betraten ein großes Wohn- und Esszimmer, welches im Gegensatz zu den bisherigen Räumen hell beleuchtet war. Mia hatte das mitgebrachte Essen auf dem Tisch verteilt und drei weitere Gäste hatten bereits Platz genommen. Aurora erkannte sofort Tarik, der sie diesmal herzlich begrüßte und zwei weitere, die sie aus der Bibliothek vom Sehen kannte. Sie stellten sich als Jonas und Leonie vor. Tarik gab ihr zu verstehen, dass sie sich neben ihn setzen sollte, und Aurora freute sich über die Geste. Langsam löste sich ihre Nervosität und eine erwartungsvolle Neugier setzte stattdessen ein. Mia und Sören begrüßten nochmals alle Anwesenden und entschuldigten sich bei Aurora für die zurückhaltende Informationsweitergabe zu den Umständen und Gründen der Gruppe.

„Auch Tarik ist heute erst das zweite Mal mit von der Partie und wir hoffen, dass auch du Lust hast, hier regelmäßig einen geselligen Abend zu verbringen. Wichtig ist einfach nur, dass du bereit bist, über alles, was hier stattfindet, Stillschweigen zu bewahren." Sören blickte sie dabei prüfend an.

Aurora wollte gerade etwas erwidern, als Mia sie unterbrach: „Wir erzählen dir erst einmal etwas zu den Treffen. Sonst weißt du ja gar nicht, auf was du dich hier

einlässt. Schließlich ist alles gar nicht so dramatisch, wie es wirkt. Wir wollen einfach frei reden können. Ohne Zurückhaltung - ohne Zensur. Du kennst das ja von der Arbeit. An meiner Arbeitsstelle ist das nicht anders. Man fühlt sich überwacht und traut sich kaum noch, offen über seine eigenen Anliegen zu sprechen. Es gibt keinen Ort mehr, an dem man ungestört, sein Herz ausschütten oder seine ehrliche Meinung kundtun kann. Durch die Watch ist man immer Teil eines externen Netzes. Alle Messwerte deines Körpers werden passiv eingespeist plus deine Eingaben über Sprache. Aber auch das unbemerkte Zuschalten von externer Stelle liegt im Potenzial der Watch, was das Ganze wiederum so intransparent macht und zu Verunsicherung führt."
Sören nickte und ergriff wieder das Wort: „Die meisten Menschen haben sich mehr oder weniger damit abgefunden und verdrängen ihre Vorbehalte – aber vor allem auch ihre Ängste. Aber Verdrängung heißt nicht, dass diese Angst nicht in Körper und Psyche weiterwirkt. Fakt ist, dass trotz der medizinischen Fortschritte und trotz der Stimmungsoptimierer immer mehr Menschen krank werden. Die Anzahl der psychischen oder chronischen Erkrankungen ist zum Beispiel seit der großen Wende ständig gestiegen." Aurora wandte verblüfft ein: „In den Medien heißt es aber, dass die Menschen so gesund wie nie zuvor sind. Letztlich gab es doch die Dokumentation über verschiedene Krebsarten, die inzwischen quasi heilbar sind. Irgendwie klang das

alles es sehr überzeugend und positiv."
Mia nickte: „Es gibt wirklich gute Durchbrüche bei der Behandlung von einigen Erkrankungen. Aber irgendwie scheint es einen Schritt vor und zwei zurückzugehen. Ich arbeite in der Verwaltung des Krankenhauses und habe damit Einblick in die Daten zu Anzahl und Art der Erkrankungen. Ich könnte darüber 'ne Menge erzählen, aber das würde jetzt zu weit führen. Es ist auf jeden Fall richtig, was Sören gesagt hat. Wir erleben laut Statistik eher einen Anstieg der Kranken und keine positive Abflachung."

„Dass mit der psychischen Belastung ist ja nur ein Aspekt, warum wir ohne die Watch zusammenkommen wollen", meinte Jolie. „Du hast ja inzwischen selbst erlebt, dass am Arbeitsplatz manchmal so eine komische Stimmung herrscht. Man fühlt sich hin- und hergerissen, sich mitteilen zu wollen aber auch, keinen Ärger zu bekommen. Wir hatten den Eindruck, dass dir das auch zu schaffen macht und du – genau wie wir – dir viele Gedanken dazu durch den Kopf gehen."

„Es ist einfach wichtig, dass du nicht mit Außenstehenden über diese Sache hier sprichst", fügte Jannik hinzu. „Im Prinzip ist das völlig absurd, dass man zum Kriminellen wird, nur weil man hier zusammenkommt und ohne Abhörgerät reden möchte."

Aurora nickte. „Ihr braucht keine Bedenken zu haben. Ich werde niemanden davon berichten. Man weiß tatsächlich nie, wie die Daten gespeichert und verwendet

werden. Es ist schon unheimlich, wenn man darüber nachdenkt."
Jonas meldete sich zaghaft mit der Bitte nun endlich mit dem Essen loslegen zu können. Sein Magen brummte schon die ganze Zeit und man könne während des Essens auch noch weiter reden. Alle stimmten dem freudig zu und die Stimmung lockerte sich merklich. Beim Essen tauschte sich Aurora mit Jonas und Leonie aus, von denen sie erfuhr, dass sie sich um die Pflege der öffentlichen Multimedia-Angebote in der Bibliothek kümmerten. Sie waren befreundet und durch Jannik zur Gruppe hinzugekommen, der Jonas noch von der Schulzeit kannte. Danach erzählte sie Tarik von dem Inhalt des Buches, was sie mit seiner Hilfe entwendet hatte, und in dem sie nun jeden Tag las.

„Das war ein richtiger Glücksgriff mit dem Buch. Können wir das bald wieder machen? Ich meine, unten zusammen in den dunklen Keller gehen?"
Tarik schaute sie vergnügt an. Aurora wurde es bewusst, dass ihre Formulierung leicht seltsam geklungen hatte und schüttelte innerlich den Kopf über sich selbst.

„Ich würde sehr gerne mit dir in den Keller gehen", meinte Tarik mit einem charmanten Lächeln, „und unartige Sachen machen." Mit einem ernsteren Ton fügte er hinzu: „Aber bis auf einige wenige Bereiche ist alles videoüberwacht und ich darf keine anderen Mitarbeiter dorthin mitnehmen. An dem Tag war es eine Ausnahme, da ich dir ja alles zeigen sollte. Aber ich bring´

dir bei nächster Gelegenheit selbst ein Buch mit. Welche Genres interessieren dich?"
Aurora hatte seine zweideutige Anspielung nicht überhört und konnte sich ein Lächeln nicht verkneifen. „Ich überlass es dir und lass mich gerne überraschen" gab sie zur Antwort und versuchte sich zeitgleich zusammenzureißen. Es war ihr heute nicht das erste Mal aufgefallen, dass Tarik mit seinen dunklen Augen und dem selbstbewussten Blick einen gewissen Reiz auf sie ausübte. Sie wandte sich Anna zu, die sich gerade ein Stück des Baguettes in den Mund geschoben hatte. „Schmeckt´s?" fragte sie, um sich von ihren abschweifenden Gedanken über Tarik zu lösen. „Super", meinte Anna, die mit halbvollen Mund nicht viel artikulieren konnte. Aurora schob die nächste Frage nach, um das Gespräch in Gang zu halten: „Wie funktioniert das eigentlich mit dem Gerät? Also, dass kein Alarm ausgelöst wird?"
Anna, die nun fertig gekaut hatte, erklärte: „Die genauen Details musst du Sören fragen. Er ist ein richtiger IT-Freak und Bastler. Aber soweit ich das verstehe, werden von dem Gerät bestimmte Wellen ausgesendet. Diese Flüssigkeit im Gerät nennt man Metafluid und darin sind Metamaterialien enthalten. Vielleicht kennst du das aus den Medien. Sie ersetzen inzwischen viele Rohstoffe, die man zuvor noch aus der Natur entnehmen musste. Diese Metamaterialen kann man mit vielen verschiedenen Eigenschaften ausstatten. Sie lassen sich durch

elektromagnetische Wellen – also mit anderen Worten durch Licht aber auch durch Schall – manipulieren. In dem Gerät ahmen die Metamaterialien dann die Eigenschaften eines Körpers nach, und geben Signale über die Flüssigkeit an die Watch weiter."

„Klingt raffiniert", meinte Aurora. Physik und Technik zählten nicht unbedingt zu ihren Interessensgebieten. Dennoch war sie beeindruckt von der Möglichkeit, Informationen zu nutzen, um damit etwas Neues zu schaffen oder Vorhandenes zu beeinflussen.

Angeregte Gespräche – vor allem auch über die Situationen in den einzelnen Abteilungen der Bibliothek – füllten den Abend und sorgten dafür, dass die Zeit rasend schnell verging. Sonntagabends fuhr nun kein Bus mehr in Stadt zurück. Tarik und Leonie hatten daher vorgeschlagen, die restlichen fünf Personen auf die zwei vorhandenen Autos nach Wohnort aufzuteilen. Da Tarik - ebenso wie Anna und Aurora - im südlichen Teil der Stadt wohnte, fuhren die zwei Frauen bei ihm in seinem Lieferwagen mit. Während der Fahrt erklärte Tarik, dass er sich mit einem Freund den Wagen teilte, der damit beruflich unterwegs war. Aus diesem Grund lag eine Sondergenehmigung vor, so dass Tarik gelegentlich in der Stadt damit fahren durfte. Tarik setzte zuerst Anna und dann Aurora an ihrer Adresse ab. Bei der Verabschiedung schaute Tarik sie mit einem verschmitzten Lächeln an. „Sehen wir uns morgen?"

„Lässt sich wahrscheinlich nicht vermeiden", erwiderte

Aurora schmunzelnd.

Später im Bett dachte Aurora über die Erlebnisse des Abends nach. Dabei kam ihr auch die Autofahrt mit Tarik in den Sinn. Sie fragte sich, warum sie neben ihm eine ungewöhnliche Nervosität gefühlt hatte. *Vielleicht bilde ich mir das nur ein. Das ist ja lächerlich. Wahrscheinlich nur, weil ich es nicht mehr gewohnt bin, allein mit einem Mann abends durch die Gegend zu fahren.*

Das Erwachen der Morgenröte

Beim morgendlichen Wecksignal quälte sich Aurora mühevoll aus dem Bett. Auch die einsetzende Musik und die üblichen Ansagen von Cleo ließen ihre Benommenheit nicht vertreiben. Sie war es nicht mehr gewohnt, ihre abendliche Bettgehzeit zu überschreiten. *Bin auch nicht mehr die jüngste*, dachte sie sich. Die Erinnerungen des gestrigen Abends kamen ihr wieder ins Bewusstsein und sie fühlte sich mit einem Mal beschwingter. Die Tatsache, dass sie Anschluss an diesen Kreis gefunden hatte, aber auch das Vertrauen, was man ihr damit entgegenbrachte, stimmte sie zufrieden.

Die Kinder zeigten an diesem Morgen wenig Motivation und Aurora musste sie mühsam antreiben, damit sie bis zur Abfahrt des Busses fertig wurden. Die bevorstehenden Zwischentests an der Schule ließ die Laune der Kinder sinken. Aurora konnte das Verhalten der

Kinder in dieser Hinsicht kaum nachvollziehen. Die Schulreform hatte viele Erleichterungen für die Kinder gebracht und den Leistungsdruck entschärft. Ein Durchfallen – so wie noch zu Auroras Schulzeiten – war abgeschafft worden. Statt Noten wurden inzwischen nur noch Punkte verteilt. Das neue Punktesystem beinhaltete zwar auch eine Bewertung, war aber in einem anderen Kontext eingebettet. Je nach Punktzahl erreichte man bestimmte Level – ähnlich wie bei einem Computerspiel. Wer die Punktzahl für eine Stufe innerhalb einer vorgegebenen Zeit nicht erreichte, erhielt zusätzliche interaktive Übungsmöglichkeiten. Das Erlangen eines Schulabschlusses war abhängig vom Level, den man mit den interaktiven Tools bewältigt hatte. Nur wenige Tests wurden zur Überprüfung der Stufe umgesetzt. So gab es auch kein Durchfallen oder Wiederholen von gesamten Schuljahren mehr, sondern am Ende nur unterschiedliche Schulgrade. Jeder Schüler konnte sich damit in seinem individuellen Tempo den Lernstoff aneignen.

Aurora fuhr mit einem Bus kurze Zeit nach den Kindern in Richtung Stadtmitte. Von der Bushaltestelle Zentrum Ost waren es nur einige Meter zu Fuß bis zu ihrer Arbeitsstätte. Auf dem Weg zum Nebeneingang der Bibliothek bemerkte sie, dass in der Vorhalle des öffentlichen Bereichs keine Lichter brannten. Aurora wunderte sich, maß der Sache aber keine weitere Bedeutung zu. *Na ja, wird schon seinen Grund haben.*

Vielleicht machen sie heute später auf. Als sie um die Ecke bog, um zum Eingang für die Mitarbeiter der Verwaltung zu gelangen, stellte sie überrascht fest, dass ein Keil die Tür offenhielt. Beim Eintreten wurde sie von einem Mitarbeiter begrüßt, der ihr mitteilte, dass das Stromnetz lahmgelegt war. Eine Notstromversorgung war in Betrieb, würde aber nur die wichtigsten Prozesse in Gang halten. Sie solle trotzdem an ihren Arbeitsplatz gehen und dort auf Informationen der Vorgesetzten warten. Die Fahrstühle seien allerdings nicht in Betrieb. *Na, das fängt ja toll an*, dachte sich Aurora und ging die drei Stockwerke die Treppe hinauf. In ihrer Abteilung angekommen standen bereits einige ihrer Kollegen untätig herum und redeten miteinander. Aurora gesellte sich dazu und hörte zu, was die Kollegen zu berichten hatten.

„Es ist jetzt schon das dritte Mal, seitdem ich hier angefangen habe. Obwohl das Stromnetz doch eigentlich so gut abgesichert ist."

„Ist auch kein normaler Stromausfall. Hat ja auch nicht gewittert oder irgendwas in der Art. Wird wieder von wem gehackt worden sein. Vielleicht sind noch andere betroffen. Keine Ahnung. Hat jemand was mitbekommen?"

Alle schüttelten den Kopf. „Mal schauen, ob sie es bald beheben oder ob wir nach Hause gehen können. Wer weiß, wie lange das dauert."

Aurora fragte in die Runde: „Ich dachte, es wäre eine

Notstromversorgung aktiv. Aber bei uns sind die Geräte aus, oder? Was wird denn damit betrieben?"

„Die IT-Abteilung und vielleicht die PCs im Head-Office, also beim Webermann. Wahrscheinlich auch bei den anderen Abteilungsleitern und natürlich die Grundbeleuchtung, Klimaanlagen und einige relevante Zugänge."

„Inzwischen gibt's ja überall so eine Notstromversorgung. Auch bei uns in der der Wohnsiedlung hat man das installiert. Das Stromnetz ist beliebt bei den Hackern. Damit kann man größtmöglichen Schaden anrichten."

„Manche Hacker nutzen sogar einen Stromausfall, um an Daten zu gelangen oder eine Schadsoftware unbemerkt zu installieren."

In diesem Moment kam Florian hinzu, der zur Situation informierte. Er hatte gerade die Nachricht von Herrn Webermann erhalten, der die Mitarbeiter dazu aufforderte, sich in den Verwaltungs- oder Konferenzräumen zu versammeln. Dort sollten gemeinsam mit dem jeweiligen Abteilungsleiter anstehende, arbeitsbezogene Themen besprochen und die Zeit sinnvoll genutzt werden. Man hoffte, dass der Strom im Anschluss wieder zur Verfügung stände.

„Zur Ursache des Ausfalls ist noch nichts bekannt und so hoffen wir, dass alles in ein paar Minuten oder maximal einer Stunde behoben ist. Bis dahin können wir über das kommende Digitalisierungsprojekt im Großraumbüro

besprechen. Wir treffen uns dort in ca. fünf Minuten."
Florian und der Teamleiter hatten schnell improvisiert und präsentierten einige Themen, mit denen zu einer allgemeinen Gesprächsrunde übergegangen wurde. Nach einer knappen Stunde ging die Hauptbeleuchtung wieder an und die im Raum stehenden Geräte summten oder gaben einen kurzen Signalton von sich. Der Strom war zurück und alles lief wieder wie gewohnt. Nach ein paar abschließenden Worten des Teamleiters, kehrten die Mitarbeiter an ihren Arbeitsplatz zurück. Aurora half am Scan-Robot mit einigen Aufgaben, um die verlorene Zeit wieder aufzuholen. Dabei dachte sie über die Ursache des Stromausfalls nach. *Ob tatsächlich eine Cyberattacke dafür verantwortlich gewesen ist? Wenn dem so ist, was würden Hacker damit bezwecken wollen? Vielleicht ein Angriff auf die staatlichen Systeme - also politisch motiviert? Denn besondere Daten kann man von einer Bibliothek wohl nicht abgreifen.* Aurora gab ihre Grübeleien auf. Vielleicht konnte Jolie oder Sören aus der IT-Abteilung etwas in Erfahrung bringen. Sie würde beim nächsten Treffen darauf zu sprechen kommen. Leider fand dieses erst in zwei Wochen statt und in der Arbeit wollte sie die beiden nicht darauf ansprechen. Sie konnte sich vorstellen, dass sie über solche sicherheits-relevanten Themen keine Auskunft geben durften. *Vielleicht wird aber auch schon morgen ganz offiziell etwas darüber bekannt gegeben. Ich werde auf jeden Fall später mal die Nachrichten anschauen.*

Das Erwachen der Morgenröte

Die Zeit des restlichen Arbeitstags raste dahin. Alle gingen konzentriert ihrer Arbeit nach, fast als ob sie befürchteten, dass jeden Moment der Strom wieder stocken könnte. Nach Dienstschluss verließ Aurora erschöpft das Gebäude. Ihr Energielevel war auch durch die kurze Nacht zuvor nicht optimal gewesen. Auf dem Weg zur Bushaltestelle fuhr sie erschrocken herum, als eine Männerstimme hinter ihr ihren Namen rief. Tarik hatte sie eingeholt und begrüßte sie mit freudigem Lächeln.

„Hey, wusst' ich's doch, dass ich dich heute noch sehe", sagte er mit einem verschmitzten Ausdruck im Gesicht, während er aus seiner Tasche ein Buch herauszog.

„Hab' ich dir mitgebracht. Hoffe, es ist was für dich. Also ich find's gut. Und als ich es heute entdeckt habe – na da hab' ich gleich die Chance genutzt."

Aurora überkamen Schuldgefühle, denn sie dachte an ihre gestrige Aufforderung, weitere Bücher mitzunehmen. Jetzt würde er wegen ihr noch Probleme bekommen. Aurora blickte nervös um sich, ob andere Mitarbeiter der Bibliothek zu sehen waren.

„Ich hoffe, du handelst dir damit keinen Ärger ein. Ich will nicht, dass du wegen mir gefeuert wirst", sprach sie mit gedämpfter Stimme.

„Alles gut. Mach dir keine Sorgen. Es ist ein ausrangiertes Buch. Es würde ohnehin beim Shreddern landen. Außerdem war das heute easy mit dem Stromausfall. Die Videoüberwachung war ebenfalls aus."

„Woher willst du das wissen? Einige Geräte liefen über den Notstrom."
Tarik setzte wieder sein charmantes Lächeln auf und zwinkerte ihr zu.
„Ich muss jetzt los – und sag mir Bescheid, wie dir das Buch gefällt."
Tarik lief zur gegenüberliegenden Straßenseite, an der sein Bus bereits wartete. Aurora sah, wie er es gerade noch schaffte einzusteigen, bevor sich hinter ihm die Türen schlossen. Auch sie musste sich nun beeilen. Schnell steckte sie das Buch ein und reihte sich in die Schlange an ihrer Bushaltestelle ein. *Was für ein Typ*, dachte sie und merkte, wie ein breites Lächeln sie zum Strahlen brachte.

Das Erwachen der Morgenröte

Zuhause nahm Aurora das Buch zur Hand, was sie sicherheitshalber während der Fahrt gut verdeckt in der Tasche verwahrt hatte. *Was hat er wohl für mich rausgesucht?* Auf dem Cover las sie: „Durch einen Spiegel in einem dunklen Wort von Jostein Gaarder". *Das kommt mir bekannt vor. Hab´ ich schon mal gesehen. Vielleicht bei Kathi.* Aurora blättere ein wenig durch die Seiten und las: „Es ist bestimmt ein seltsames Gefühl, ein lebendiges Gehirn in einem Weltraum zu sein. Wie ein eigenes kleines Universum in dem großen Universum draußen. Denn in deinem Gehirn gibt es so viele Atome und Moleküle, wie es im Weltraum Sterne und Planeten gibt." *Wow, das ist schön beschrieben,* dachte sich Aurora und las weiter: „Und vielleicht ist der Weg in meine innersten Gedanken so weit wie der zu den äußersten Sternen am Rand des Weltraums?" Aurora legte das Buch zur Seite, um über die Zeilen nachzudenken. Ihr fiel dabei das Gefühl ein, was sich gelegentlich bei der Meditation einstellte. Hier war es, als ob sich in ihr ein unendlicher Raum ausbreiten würde. Je mehr sie bei sich ohne Gedanken verweilen konnte, je tiefer sank sie in diese Stille, die nur bei oberflächlicher Betrachtung leer erschien. Der Vergleich mit dem Universum gefiel ihr. *So kann man es tatsächlich betrachten. In uns selbst liegt ein Kosmos, den wir nie ganz erkunden werden. Und die innersten Gedanken, stehen dann für die Informationen aus dem Bereich des Unterbewussten. Von dort tauchen sie in unser Bewusstsein auf – wie Wolken vor der Kulisse des Himmels.* Sie erinnerte sich an eine ähnliche Aussage aus ihrem Buch über Ganzheit. Sie nahm es zur Hand, um die Stelle zu finden. Das Buch war bereits mit einer Vielzahl an Markierungen und Zetteln versehen, um an die Stellen zu gelangen, die sie sich wieder in Erinnerung rufen wollte. Nach einigem Blättern fand sie die Beschreibung. Hier hieß es zum Thema Meditation: „Ich schalte meine Außenscheinwerfer ab, um das Strahlen des unendlichen Sternenhimmels in mir aufleuchten zu lassen." Für Aurora schienen diese Aussagen immer mehr an Klarheit zu gewinnen. *Es ist wie eine Zweiteilung. Mit unseren Sinneseindrücken und Erfahrungen nehmen wir die kleine Welt der Erscheinungen im Außen wahr, die in uns zu noch kleineren Bruchstücken in Form von Bildern und*

Emotionen festgehalten werden. All das steckt in unserem Unterbewussten. Und aus diesen Bruchstücken werden Gedanken und Emotionen geformt, die ins Bewusstsein aufploppen. Und die uns Gefühle vermitteln oder auf Dinge reagieren lassen. Auf der anderen Seite sind wir verbunden mit etwas viel Größerem. Das spürt man dann in der Meditation, wenn man die kleine Welt des Sichtbaren außen vor lässt. Wenn man sich in diesem Kosmos auf die Reise macht, ohne an den Sternen und Planeten hängen zu bleiben. Dann erkennt man, wie unendlich groß dieser Raum ist. Der dennoch von etwas zusammengehalten wird, was sich unserem Verstand entzieht. So unerklärlich, dass wir uns selbst nicht vollständig erforschen und verstehen können. Vielleicht ist es die Liebe, die alles zusammenhängt. Aurora schaute verträumt aus dem Fenster. Die Abenddämmerung hatte den Himmel mit rosaroten Farbverläufen versehen. Aurora lächelte und ging zum Fenster. Sie wollte dieses eindrucksvolle Bild in sich aufsaugen. Es lag etwas Majestätisches und zugleich Hoffnungsvolles in diesem Himmelsspektakel. Sie dachte an Tarik. Mit seinen dunklen Augen schaute er sie mal provozierend frech und mal charmant an. Manchmal hatte sie von ihm wegblicken müssen, als sie das Gefühl bekam, so tief in seine Augen blicken zu können, dass sie darin zu versinken schien. *Es ist verwirrend mit ihm und so genau weiß ich nicht, was ich von ihm halten soll.* Er übte eine starke Anziehungskraft auf sie auf - das konnte sie nicht leugnen. Andererseits wusste sie bisher so wenig über ihn und wollte sich nicht unbedacht zu etwas hinreißen lassen, was sich dann als Enttäuschung entpuppen würde. *Ich weiß ja noch nicht einmal, was er über mich denkt. Es muss dieser verflixte Sonnenuntergang sein. Morgen früh, seh´ ich das Ganze wieder völlig nüchtern und meine Hormone haben sich wieder normalisiert.* Ein kurzes Signal im Ohrclip holte Aurora zurück in den Alltag. Viola zeigte mit ihrer Tracking App an, dass sie sich im Bus auf dem Heimweg befand. Aurora freute sich auf das gemeinsame Abendessen mit den Kindern und machte sich zugleich an die Vorbereitungen. Sie war dankbar für die Ablenkung. *Das Leben ist schon kompliziert genug. Ich werd´ mir jetzt nicht noch den Kopf von einem Mann verdrehen lassen. Ich muss mich erst mal selbst wieder richtig sortieren.*

Später im Bett nahm sich Aurora wieder das neue Buch vor. Es war leicht und mühelos zu lesen und nahm sie mit in die Welt der kleinen Cecilie. Nach einigen Kapiteln fielen ihr die Augen vor Müdigkeit zu.

Sie geht einen Berg hinauf. In Serpentinen führt der Weg immer weiter nach oben, bis es immer kahler um sie herum wird. Einige Berggipfel erscheinen am Horizont. Das meiste der Landschaft ist eingehüllt in Wolken. Mühelos geht es über Geröllfelder weiter bis zu einer Felsformation. Jetzt fängt sie an, über Steinbrocken zu klettern. Dann entdeckt sie einen Spalt im Felsen. Es sieht aus wie ein Eingang zu einer Höhle. Sie geht hinein und folgt einem schimmernden Licht. Ein alter Mann sitzt dort an einem Tisch und spielt Karten. Er blickt nicht auf, als sie näher kommt. Sie weiß, dass sie ihm eine Frage stellen kann. Ihr fällt nichts ein. Ihr Kopf ist leer. Sie blickt ihn nur an. Der alte Mann hält inne, als habe er etwas gehört. Er schaut sie zum ersten Mal an und hält ihr seine knöcherne Hand hin. In seinem Blick liegt liebevolle Fürsorge. Sie erfasst seine Hand. Plötzlich taucht sie ab. Sie fällt in die Dunkelheit. Aber sie spürt keine Angst. Sie fühlt sich so sicher und geborgen wie schon lange nicht mehr. Sie ist vollkommen im Vertrauen, während sie weiter fällt und fällt.

Aurora schreckte vom Wecksignal der Smartwatch auf. Es brauchte einige Zeit, bis sie ihre schläfrige Benommenheit abgeschüttelt hatte. Mühsam raffte sie sich auf, wobei das Buch zu Boden fiel. Sie erinnerte sich, dass sie gestern lange gelesen hatte und dabei wohl eingeschlafen war. Auch der Traum kam ihr nun ganz klar in Erinnerung ebenso wie dessen Botschaft. *Es geht irgendwie um Vertrauen. Ja, ich glaube, es hat mit meinen Fragen über den Sinn und dem weiteren Verlauf meines Lebens zu tun.* Über das Aufnahmeprogramm gab sie den Inhalt ihres Traums in ihr elektronisches Notizbuch ein. *Das Gefühl war so real. Ich wünschte, ich hätte jede Nacht solche aufschlussreichen Träume.*

Das Erwachen der Morgenröte

In der Arbeit wurde offiziell von einer Netzwerksicherheitsverletzung gesprochen, die für den Ausfall der Stromversorgung in der Bibliothek verantwortlich gewesen sei. Ein technisches Versagen konnte laut Herrn Webermann mithilfe der schnellen Analyse der KI ausgeschlossen werden. In den Medien wurde der Zwischenfall nur als Kurzmeldung in den Lokalnachrichten erwähnt, wobei hier eine Störung in der technischen Infrastruktur als Grund für die vorübergehende Schließung angeführt wurde. Weitere Gebäude oder öffentliche Einrichtungen seien dabei nicht in Mitleidenschaft geraten, hieß es von offizieller Seite. Alle wussten, dass der Begriff „Netzwerksicherheitsverletzung" nichts anderes bedeutete als „Hackerangriff" – es dadurch aber weniger bedrohlich klang. Jolie aus der IT-Abteilung setzte bei dem Gespräch in der Mittagspause einen ernsten Blick auf und wirkte angespannt. Der Rest der Runde blickte sich ratlos an, aber keiner fragte weiter nach. Es war allen klar, dass Jolie keine Details aus ihrer Abteilung ausplaudern durfte. Hatte Aurora es zu Beginn noch als frustrierend empfunden, nicht alles auszusprechen oder zu hinterfragen, so wusste sie, dass es bald wieder Gelegenheit gab, frei zu reden. Das nächste Treffen bei Sören stand erst in der kommenden Woche an, aber bis dahin würde sie sich gedulden können.

***

Der Geburtstag von Adrian rückte näher und es war vereinbart, an diesem Nachmittag die Planung in Angriff zu nehmen. Adrian berichtete zunächst von seinen Erlebnissen in der Schule. Aurora hörte aufmerksam zu und war froh, dass ihm dort offensichtlich keine Probleme zu schaffen machten. Durch die Schulreform waren viele positive Veränderungen für alle Beteiligten entstanden. Die Lerninhalte und Lernfortschritte orientierten sich nun an die individuellen Fähigkeiten und Interessen des einzelnen Schülers. So konnte jeder im eigenen Tempo den Unterrichtsstoff abarbeiten. Frontalunterreicht gab es dabei kaum noch. Jeder Schüler lernte weitestgehend selbständig am PC. Die Lehrer fungierten als menschliche Ansprechpartner und überwachten und koordinierten einige Abläufe. Ihre Funktion war verlagert worden auf pädagogische

Aspekte und weniger auf die Vermittlung von Fachwissen. Schulstreiche und der jugendliche Hang zum Chillen mussten dabei genauso wie früher durch anwesende Lehrer im Zaum gehalten werden. Adrian erzählte von einem Schüler, der das Programm zum Absturz gebracht hatte, indem er durch den Administratorenschlüssel zum Quellcode gelangt war.

„Wie konnte er an den Schlüssel rankommen?", fragte Aurora.

„Ich weiß es nicht", antwortete Adrian. „Ich hab´s nur von anderen gehört. Ich bin nicht befreundet mit dem. Keine Ahnung."

„Hat er dann eine Strafe bekommen oder was haben die Lehrer gemacht?", wollte Aurora genauer wissen.

„Weiß nicht. Ich glaube, die Eltern mussten zum Direktor kommen. Und Kemal meinte, dass er wohl eine extra Portion Moodys bekommen hat.", witzelte Adrian, der dabei kicherte und sich köstlich darüber zu amüsieren schien.

Aurora wusste nicht recht, was sie von der Geschichte halten sollte. *Die Kinder haben ja manchmal eine blühende Fantasie.*

Viola hatte sich inzwischen zu den beiden hinzugesellt.

„Bei uns war auch was Krasses: Irgendein Typ hat Nacktbilder auf ein Programm geladen. Die tauchten dann bei jedem auf, der an einer bestimmten Matheaufgabe arbeitete."

Adrian kicherte wieder vor sich hin. Aurora fand das alles

andere als witzig. Sie hatte tatsächlich schon von dem Vorfall gehört. Sie schüttelte nur den Kopf und dachte an ihre eigene Schulzeit. Auch damals gehörten Streiche zum Schulalltag dazu. Auf der anderen Seite konnten derartige Aktionen weitreichende Konsequenzen haben. Alles war inzwischen auf irgendeine Art und Weise eingebunden in ein Datennetz – und damit erreichbar auch für Personen mit zweifelhaften Absichten. Nun kam ihr auch der Stromausfall an ihrer Arbeitsstelle in den Kopf. *Ob da wohl auch irgendein Jugendstreich dahintersteckt?*

Aurora versuchte den Kindern zu erklären, dass mit solchen Handlungen viel Schaden entstehen kann - nicht nur auf materieller-, sondern auch auf menschlicher Ebene. Nachdem schließlich auch Adrian eingesehen hatte, dass möglicherweise nicht alles nur lustig war, wechselten sie das Thema und Aurora kam auf die Geburtstagsfeier zu sprechen. Adrian plapperte begeistert los und erzählte von den Plänen des Vaters, der ihm angeboten hatte, seinen Geburtstag bei ihm zu feiern.

„Papa will einen Erlebnistag im Wald mit Pferderitt organisieren. So ähnlich wie beim letzten Mal."

Weder Aurora noch Viola wussten von den Plänen und reagierten überrascht. Viola fühlte sich übergangen, da sie bei den Gesprächen nicht miteinbezogen worden war. Allerdings währte die Verärgerung nicht lange an und die Vorfreude auf einen abenteuerlichen Ritt durch den Wald überwog. Auch bei Aurora ließ eine kurze Flut der Empörung sie innerlich verkrampfen. Eine Absprache über sein Vorhaben hätte zuerst mit ihr stattfinden müssen. Sie nun vor vollendete Tatsachen zu setzen, empfand sie als Herabsetzung ihr als Mutter gegenüber. Sie versuchte dennoch ihren Ärger hinunterzuschlucken und die Freude der Kinder nicht durch ihre Befindlichkeiten zu schmälern. *Solange die Kinder ihren Spaß haben, soll es mir recht sein.* Schließlich beruhigte sie sich mit dem Gedanken, dass ein Ausflug aufs Land ein guter Ausgleich zum techniklastigen Alltag der Kinder sein würde. *Außerdem ist damit ein freies Wochenende für mich in Sicht,* versuchte sie sich zu trösten.

***

Nach dem Gespräch mit den Kindern, nahm sie sich zur Ablenkung ihr neues Buch wieder zur Hand. Vielleicht hatte das Lesen der inspirierenden Geschichte gestern zu dem beeindruckenden Traumerlebnis in der Nacht geführt. Sie ging das Ganze im Kopf nochmals durch: *Ich konnte mich einfach fallenlassen – ins Ungewisse hinein – und hab´ mich dennoch getragen gefühlt. Ein vollkommenes Vertrauen war da. Und dadurch war auch gleichzeitig ganz viel Frieden in mir. Vielleicht soll ich das auch in Bezug auf die Kinder lernen: loslassen und vertrauen. Ich hab´ nun mal keine Kontrolle über das, was ihnen im Leben alles begegnen wird und wie alles weiter geht. Weder bei mir im Leben - und noch weniger bei jemanden anderen. Vertrauen ist also notwendig, wenn ich mir nicht die ganze Zeit Sorgen über alles Mögliche machen will. Im Buch redet die kleine Cecilie mit einem Engel, der ihr die Angst vor dem Tod nehmen möchte. Da geht´s auch um Vertrauen. Das ultimative Vertrauen – bis in den Tod hinein. Im Traum bin ich einem alten Mann begegnet, vielleicht auch eine Art Engel. Und er hat mir die Hand gereicht. Ich musste sie nur ergreifen und schon war dieses unendlich schöne Gefühl da.*

Der Screen im Zimmer signalisierte einen eingehenden Anruf. Moritz meldete sich und fragte, ob sie am Wochenende schon etwas vorhatte. Er würde gerne mit ihr und ein paar anderen Arbeitskollegen einen Ausflug zu einem nahegelegenen Erholungsgebiet machen. Aurora war begeistert von der guten Idee und das perfekte Timing. Damit würde sie nun nicht mehr Gefahr laufen, am Tag von Adrians Geburtstag in ein Wechselbad von Melancholie und Selbstmitleid zu geraten. Außerdem verbrachte sie gerne Zeit mit Moritz. *Vielleicht kennen wir uns schon aus einem vorherigen Leben,* dachte sie sich. Die Tatsache, dass noch andere Personen bei dem Ausflug dabei sein würden, beruhigte sie zudem. Es sollte hoffentlich nie wieder zu einem Missverständnis zum Status ihrer Freundschaft kommen. Wenn es so etwas wie Liebe war, die sie empfand, dann jene, die man seinem Bruder entgegenbringt. Alles andere war ausgeschlossen.

„Na, wie läuft´s?", hörte Aurora eine Stimme, die sie von hinten ansprach. Sie hatte sich gerade einen Salat vom elektronischen Ausgabefach genommen, als Tarik herantrat und ihr lässig zuzwinkerte. Gemeinsam nahmen sie am Tisch Platz, an dem Anna mit zwei Kolleginnen bereits auf sie wartete. Aurora erwähnte beiläufig den philosophischen Roman, den Tarik ihr an der Bushaltestelle übergeben hatte: „Hab´ dein Buch schon fast ausgelesen. Ich nehme es zurzeit abends mit ins Bett ... und es lässt mich schön träumen."
Tarik schien daraufhin eine Bemerkung erwidern zu wollen, die ihn zum Schmunzeln brachte. Er besann sich wohl eines Besseren und nickte ihr – ohne ein Wort des Kommentars - nur lächelnd zu. Aurora, die aus seinen Zügen so manchen Gedanken lesen konnte, geriet leicht in Verlegenheit. Gleichzeitig musste sie sich ein Lachen verkneifen. *Warum schafft er es jedes Mal, mich auf*

irgendeine Art und Weise aus der Fassung zu bringen? Ich muss mehr meditieren, dachte sich Aurora, als sie ihn verstohlen von der Seite musterte. Die Befürchtung überkam sie, dass ihre Smartwatch gerade eine Menge ungewöhnlicher Hormonschwankungen aufzeichnete. Am Tisch konzentrierte sie sich auf Anna und das Gespräch, welches sie mit den zwei Kolleginnen führte. Es ging dabei um Besucher, die mit Florian, dem Personalchef, im Haus unterwegs gewesen waren. Sie berichteten von drei Personen, die danach mit Herrn Webermann und noch weiteren Teamleitern im Konferenzraum eine Besprechung abgehalten hatten. Aurora fragte sich, warum darüber so bedeutungsvoll gesprochen wurde. Die meisten Meetings wurden zwar in der Regel online durchgeführt, aber der eine oder andere externe Besuch, war nichts Ungewöhnliches. Aurora wartete auf weitere Erklärungen, um den ernsten Gesichtsausdruck der beiden Kolleginnen nachvollziehen zu können. Diese taten nun, als ob es hierzu nichts weiter zu sagen gab, und widmeten sich ihrem Essen. Tarik, der die Unverständnis in Auroras Gesicht bemerkt zu haben schien, flüsterte ihr ins Ohr:
„Das waren Kriminalbeamte – hab´ sie auch bei uns gesehen."
Aurora verstand nun das weitere Schweigen zu dem Thema. Mehr konnte hier nicht gesagt werden. Auch wenn die Neugier bei Aurora dadurch noch mehr geweckt worden war. Sie durfte zumindest hier im Haus

niemanden direkt dazu befragen. Sie überlegte angestrengt, ob es irgendeine Möglichkeit gäbe, mehr darüber ausfindig zu machen. Spontan fiel ihr ein, Anna nach der Arbeit anzurufen. Aber auch das schien riskant, denn man konnte nicht wissen, was das System aufzeichnete. Außerdem war sie sich nicht sicher, ob Anna überhaupt etwas über die Angelegenheit wusste. Aurora fragte sich, woher Tarik die Information über die Kriminalbeamten hatte. Er sprach davon, dass er sie in seiner Abteilung gesehen hatte. *Aber sie trugen keine Uniformen, sonst hätten die zwei aus der Personalabteilung das sicherlich erwähnt. Und Kriminalbeamte in Zivil kann man so nicht erkennen.*

Beim Aufbruch zurück in die jeweiligen Abteilungen wandte sich Aurora an Tarik.

„Was hältst du davon irgendwann die Tage mal am Abend zu telefonieren? Wir könnten über Literatur reden. Ich weiß zum Beispiel gar nicht, was du gerne liest. Also nur wenn du mal Zeit hast."

Tarik hielt kurz inne, als ob er seine Gedanken sortieren müsste. Gleich darauf war er wieder ganz der Alte und übertrug Aurora kurzerhand seine Kontaktdaten per Smartwatch.

„Ja, meld´ dich einfach. Bin abends meistens zuhause."

Noch am gleichen Tag meldete sich Aurora bei Tarik. Sie war etwas aufgeregt, als sie seine Nummer anwählte.

Tarik meldete sich über Videocall und auch Aurora ließ die Kamera an. Sie hatte festgestellt, dass es ihr zunehmend leichter fiel, Emotionen und Gedanken aus dem Gesicht des anderen herauszulesen. Diese Zwischentöne – wie sie es nannte – ergänzten dann das Gesagte und führten erst dazu, ein umfassenderes Verständnis zu erhalten. Und manchmal kam es genau auf diese Zwischentöne an oder auch auf die Stille, die zwischen den Worten lag.

Eine gewisse Anspannung war bei beiden zu spüren und so versuchten sie, mit allgemeinem Small Talk, eine lockere Stimmung aufzubauen. Aurora begann einige Fragen zu seinen Lieblingsbüchern, sowie über seine Erfahrungen als Lektor zu stellen. Als sie merkte, dass Tarik das Thema wechseln wollte, fügte sie eilig hinzu: „Wie siehts mit Kriminalromanen aus? Da gibt ja ein paar Klassiker. Ich denke dabei gerade an ein ganz bestimmtes Buch. Mir fällt bloß der Titel gerade nicht ein."
Tarik schaute sie verwirrt an, denn er hatte keine Ahnung, auf was sie hinauswollte. Auch hatte er die leichte Nervosität in ihrer Stimme bemerkt. Ihr Blick ließ erkennen, dass sie mit der Frage auf etwas Wichtiges hinauswollte. Rasch führte sie ihre Erläuterungen aus: „Vielleicht kennst du ja die Geschichte. Es geht dabei um ein Unternehmen, in dem sich ein Verbrechen abspielt. Keiner weiß so genau, was los ist. Und dann tauchen plötzlich Kriminalbeamte auf, um den Fall zu lösen. Der

Protagonist des Buches hat dabei irgendwas in Erfahrung gebracht, aber er muss schweigen, um sich und andere nicht in Gefahr zu bringen. Ein Klassiker der Weltliteratur. Hast du bestimmt auch gelesen. Weißt du noch, wie da die Geschichte weitergeht? Ich kann mich momentan überhaupt nicht mehr erinnern."
Tarik rollte mit den Augen und schüttelte leicht ungläubig den Kopf. Aurora befürchtete, dass er ihre Taktik einfach nur haarsträubend empfand und gleich auf „disconnect" drücken würde. Nach einem Moment des Schweigens räusperte sich Tarik und begann den Ball aufzunehmen, den sie ihm mit der Geschichte zugeworfen hatte.
„Ich meine mich erinnern zu können, dass der Protagonist mit einer vorwitzigen Dame zu tun hatte, die in der Geschichte für eine gewisse Dramatik sorgte. Außerdem ging es um Diebstahl wertvoller Sachen."
Aurora erschrak bei seinen Worten. Sie musste an die zwei Bücher denken, die sie und Tarik letztendlich nicht ganz korrekt entwendet hatten. *War das womöglich der Grund für den Besuch der Kriminalbeamten gewesen und müssen wir nun mit strafrechtlichen Folgen rechnen?* Tarik schaute sie inzwischen amüsiert an, als ob er ihre Gedanken hatte lesen können.
„Es ging dabei um Diebstahl im großen Stil. Da war ein organisiertes Netz im Spiel - soweit ich mich erinnere: ein Netz, auf dem dann etwas weggeschmuggelt wurde. Aber mehr fällt mir jetzt beim besten Willen nicht mehr

dazu ein. Ach ja, und dass diese weibliche Protagonisten ganz schön sexy war – aber auch ein wenig grausam und kalt."

Tarik blickte sie sichtlich vergnügt über seine kreative Ausgestaltung der Geschichte an. Auroras Augen funkelten empört, aber sie riss sich so gut es ging zusammen. Sie musste sich wohl oder übel auf sein Spiel einlassen, und emotionale Reaktionen vermeiden.

„Ach ja?", meinte sie daher. „Da sieht man mal wieder, wie jeder ein Buch anders interpretieren kann."

Tarik nickte und meinte zwinkernd:

„Und vielleicht gab´s in der Geschichte sogar ein romantisches Happy-End."

Aurora dachte an dem Abend noch lange über Tariks Worte nach. Sie hatte seine diversen Anspielungen irgendwann mit Humor aufnehmen können und beide beendeten das Telefonat mit einem Gefühl der komplizenhaften Verbundenheit. Sie war auf der einen Seite erleichtert, dass Tarik ihr diese unkonventionelle Befragung nicht übel nahm. Auf der anderen Seite hatte nach seiner Beschreibung in der Bibliothek ein bedeutsamer Diebstahl stattgefunden, was sie mit Besorgnis erfüllte. Aurora dachte an die alten Manuskripte und antiken Bücher, die im Archiv gelagert wurden. *Da sind sicher einige wertvolle Stücke dabei, die auf dem Schwarzmarkt viel Geld einbringen. Oder jemand hat von den High-Tech Geräten etwas mitgehen lassen. Die lassen sich wahrscheinlich noch einfacher zu Geld machen.* Aurora fiel ein, dass Tarik mehrmals von einem

Netz gesprochen hatte. *Das hat sich komisch angehört, als er davon gesprochen hat. Aber ich glaube, dass er dieses Wort bewusst genutzt hat. Was er wohl damit gemeint hat? Ein kriminelles Netzwerk? Ein Netz, auf dem etwas weggeschmuggelt wird...* Aurora ließ Tariks Worte weiter in ihrem Kopf klingen. *Er muss das Internet meinen und vielleicht auch das Stromnetz. Schließlich würde das zeitlich zusammenpassen. Also doch wieder ein Cybercrime und es muss sich um Daten handeln, die geklaut wurden. Aber welche? Da gibt es schließlich unendlich viele und was wollen die Hacker damit anfangen?* Aurora kam an diesem Punkt nicht weiter mit ihren Überlegungen. Sie wusste allerdings, wer die Wissenslücke möglicherweise schließen konnte: Sören und Jolie, die in der IT beschäftigt waren. In eineinhalb Woche fand das nächste Treffen bei Sören statt und sie war sich sicher, dass der Vorfall in der Bibliothek das Hauptgesprächsthema werden würde. *Vielleicht gibt es aber bis dahin auch vom Direktor nähere Informationen. Wir werden sehen.*

***

Die restlichen Arbeitstage vergingen, ohne dass der Stromausfall oder ein vermeintlicher Diebstahl von offizieller Seite erwähnt wurden. Auch zwischen den Mitarbeitern schien das Thema abgehakt zu sein. Aurora begann an der Geschichte von Tarik aber auch an sich selbst zu zweifeln. *Vielleicht wollte Tarik mir einen Bären aufbinden? Er ist bisher der Einzige gewesen, der von Kriminalbeamten und von Diebstahl gesprochen hat. Vielleicht hat er meinen erfundenen Kriminalroman beliebig weitergesponnen und ich habe es fälschlicherweise für die versteckt vermittelte Information gehalten.* Aurora schloss es inzwischen nicht mehr aus, dass sie die Vorkommnisse falsch interpretiert hatte und ihre Fantasie mit ihr durchgegangen war. Hatte Tarik sie während des Telefonats nicht sogar als „Drama-Queen" beschrieben? *Letztlich kann es mir egal sein. Ich werde einfach abwarten und das Ganze nicht mehr ansprechen.* Sie versuchte an etwas anderes zu denken, um sich nicht über ihre eigene Naivität zu ärgern. Also ging sie ihre Pläne für das Wochenende durch. Sie würde bereits in einer Stunde die Kinder zum Bahnhof bringen. Der Abschied von den Kindern - selbst für ein kurzes Wochenende – ließ sie schwermütig werden. Sie dachte daran, wie gerne sie Anteil an dem Lachen und der Freude der Kinder gehabt hätte, die die bevorstehende Geburtstagsfeier bringen würde. Aber auch hier hieß es, loszulassen. Melancholische Gedanken würden sie nur noch weiter in einen Strudel der Negativität ziehen. Rein rational gesehen gab es hierfür keinerlei Veranlassung. Ganz im Gegenteil: Allen ging es gut und auch sie selbst konnte sich auf einen schönen Ausflug am Wochenende freuen. Außerdem würde sie zuhause die Ruhe genießen und weiter in ihren Büchern lesen können. *Alles ist gut so, wie es ist*, wiederholte

Aurora gedanklich, um sich mit positiven Affirmationen zu stärken.

***

Das Wetter am Samstag war perfekt geeignet für die Outdooraktivität im Grünen. Aurora hatte sich nach Rücksprache mit Moritz mit Wanderkleidung, Proviant und guter Laune ausgestattet. Gemeinsamer Treffpunkt war die zentrale Bushaltestelle in der Stadtmitte. Dort trafen die beiden auf die fünf anderen von Moritz´ Arbeitsstelle. Die zwei Frauen etwa in ihrem Alter strahlten beide eine ansteckende Freude aus. Die drei Männer der Runde wirkten etwas älter aber in gleicher Weise sympathisch. *Eine bunte Mischung – auch vom Aussehen*, dachte sich Aurora beim Betrachten der Gruppe. Alle schienen angesichts des bevorstehenden Ausflugs in bester Stimmung zu sein. Der Bus, der sie zum Naherholungsgebiet bringen sollte, war gefüllt mit anderen sonnenhungrigen Stadtflüchtigen. Sie verteilten sich auf die freien Sitzplätze des Busses, so dass es Aurora während der Fahrt vorerst nicht möglich war, mit den anderen ins Gespräch zu kommen. So ging sie ihren Gedanken nach und ließ ihren Blick auf die vorüberziehenden Gebäude und Straßenzüge schweifen. Es herrschte auch am Wochenende ein reger Verkehr aus Fahrradfahrern, Bussen und Liefertransporten. Durch die Schließung der meisten Geschäfte des Einzelhandels hatte sich das Shoppen fast vollständig auf das Internet verlagert. Das Shopping-Erlebnis stand nun realitätsgetreu mithilfe der virtuellen Welt zur Verfügung. Ohne seine eigenen vier Wände zu verlassen, war es jedem möglich, durch endlose Areale einer virtuellen Shopping-Mall zu schreiten und alle materiellen Wünsche befriedigen zu können. In der virtuellen Konsumwelt bereitete man den Besuchern ein individuelles Shopping-Erlebnis - begleitet von interaktiven Entertainment-Angeboten. Alles war zugeschnitten auf die persönlichen Vorlieben und Gewohnheiten des einzelnen Nutzers, welche während jeder Online-Aktivität aufgezeichnet wurden. Aus diesem Grund war es gelungen, dass die inneren Bereiche der Stadt mit einem Verbot für Privatfahrzeuge belegt werden konnten. Im Prinzip hatte man damit zwar für freie Parkplätze gesorgt, nicht aber für freie Straßen. Der Lieferverkehr und öffentliche Personentransport war nun anstelle der einzelnen Autos getreten und sorgte an manchen Tagen ebenfalls für stauähnliche Verhältnisse.

Nach und nach lichteten sich die Straßenzüge und der Blick fiel auf landwirtschaftliche Betriebe mit riesigen Flächen für den Anbau von Getreide. So weit das Auge reichte war nichts anderes als Ackerboden zu erkennen, der noch trostlos und nackt, sich schier unendlich dahin zog. Die Fahrt durch diese menschenleere Ödnis dauerte genauso lang wie die Strecke durch die gesamte Stadt, was Aurora nun aber wie eine Ewigkeit vorkam. Nach gut

einer Stunde Busfahrt nahm sie erleichtert eine Abwechslung wahr. Es tat sich eine hügelige und bewaldete Landschaft auf, die das baldige Erreichen des Ziels ankündigte. Ein Waldgebiet erstreckte sich nun auf beiden Seiten der Straße. Die Endstation lag an einer touristisch aufbereiteten Raststätte, an der es neben den elementaren Versorgungsmöglichkeiten auch das Navigationsprogramm zum Download zu kaufen gab. Eine blinkende Werbetafel machte auf das Angebot aufmerksam. Das Programm sollte für Orientierung im Naturschutzgebiet sorgen und beinhaltete verschiedene Routenvorschläge samt Erklärungen über Flora und Fauna. Keiner in der Gruppe machte Anstalten sich in die Menschenschlangen einzureihen, die sich vor den Ladestationen des Navigationsprogramms bildeten. Die Gruppe steuerte im flotten Tempo einen der schmaleren Pfade an, die in den Wald hinein führten. Der Älteste der Gruppe namens Kai wandte sich an Aurora:
„Wir wollen gerne ein wenig Abstand von der Menschenmenge haben und gehen deswegen erst einmal zügig voran."
Aurora war das recht. „Hauptsache, ihr kennt euch hier aus, damit wir auch wieder zurückfinden und rechtzeitig den letzten Bus erwischen", erwiderte sie ihm.
Kai nickte beruhigend: „Wir sind regelmäßig hier. Also die zwei Jungs – Philip und David. Die anderen – Birte, Salome und Moritz – sind heute erst zum zweiten Mal dabei. Aurora hatte ein gutes Gefühl bei Kai und

vertraute ihm auf Anhieb. Er strahlte eine Autorität aus, die auf Erfahrung und Wissen zu basieren schien. Gleichzeitig war eine innere Ruhe und Gelassenheit zu spüren, die sich angenehm auf Aurora übertrug. Sie genoss es, nun endlich wieder ihren Körper in Bewegung zu bringen und dabei die gute Luft des Waldes in sich aufzusaugen. Bei dem Tempo, den die Gruppe vorlegte, war es viel Luft, die sie benötigte, um Schritt zu halten. Aber es war ihr egal, dass in ihrem Körper nun alles auf Hochtouren lief und erste Schweißtropfen über ihre Stirn rannen. Die gemeinsamen Gespräche beschränkten sich bei Aurora auf kurze Sätze und Erwiderungen, um zwischendurch nach Atem schnappen zu können. Sie merkte, dass sich die anderen beim Sprechen nicht so schwertaten und problemlos über Stock und Stein marschierten. *Das wird mich motivieren, wieder mehr Sport zu treiben. Selbst Kai, der um einiges älter ist, läuft hier leichtfüßig wie eine Gazelle.*
Nach einiger Zeit machten sie Halt an einer Raststelle und Aurora erfuhr, dass sich die Gruppe nicht nur zusammengefunden hatte, um Ausflüge zu unternehmen, sondern sie weitaus mehr verband: Alle liebten Musik, die Natur und die Meditation. Moritz hatte sich vor kurzem von seinen Kolleginnen dazu inspirieren lassen und sprach von seinen meditativen Übungen, die er zuhause oder mit den anderen praktizierte. Hier im Wald hatten sie durch den ortskundigen Kai einen abgelegenen Platz gefunden, an

dem sie alle drei Komponenten verbinden konnten: In der Natur zu singen und zu meditieren. Aurora war sehr neugierig, was sie erwarten würde. Ihr Weg führte sie jedoch zuerst noch weiter, bis sie auf einer kleinen Anhöhe den nächsten Stopp einlegten. Einige umgefallene Baumstämme dienten hier als Sitzplatz und der mitgebrachte Proviant wurde ausgepackt. Von der kleinen Anhöhe aus sah man auf die Baumwipfel des Mischwalds und ein Bach war zu erkennen, der sich weiter unten durch das Waldgebiet schlängelte. Während sich alle zufrieden ihrem Essen widmeten, war das Rauschen des Baches deutlich zu hören. Aurora genoss diesen ruhigen Moment mit all ihren Sinnen. Ihr Körper fühlte sich durch die ungewohnte Anstrengung gleichzeitig ausgepowert, aber auch lebendiger an. Die Waldluft hatte ihren Körper aufleben lassen - genauso wie die Farben, Formen und Klänge dieser Landschaft. *Es braucht eigentlich so wenig, um glücklich zu sein. Schade, dass man solche Momente nicht konservieren kann, um sie mitzunehmen, für später, wenn man wieder zurück im hektischen Alltag ist.*

Nach dem Essen führte Salome in eine gemeinsame Meditation über. Aurora fand es angenehm, von einer beruhigenden Stimme mit kleinen Impulsen angeleitet zu werden. Sie konnte damit ganz auf eigene Gedanken über die richtige Vorgehensweise verzichten und sich vertrauensvoll von der sanften Stimme führen lassen. Irgendwann begann Philip einen Ton zu summen. Auch die anderen stimmten darin ein. Es war ein tiefer Ton, der nun von allen in der jeweiligen Stimmlage wiedergegeben wurde. Auch Aurora verspürte in diesem Moment keinerlei Hemmung, sich darin zu versuchen, und summte einen Ton, der sich in den allgemeinen Klang einfügte. Musikalität schien hier keine Rolle zu spielen, denn jedes Summen hörte sich anders an und spiegelte eher die spezifische Ausdrucksweise und Energie des Einzelnen wider. Es folgten mehrere Wiederholungen des tiefen Tons, der nur durch das Luftholen der Summenden kurz unterbrochen wurde. Irgendwann stimmte Philip den nächsten höheren Ton an, der dann wiederum von allen stimmlich begleitet wurde. So kletterten die Summenden die Tonleiter hinauf, bis ein hoher Klang die Gruppe vereinte. Aurora hatte das Empfinden, dass sie die Vibration ihres Summtons an unterschiedlichen Stellen ihres Körpers spüren konnte. Der letzte hohe Ton war in ihrem Kopf zu spüren und sie merkte erstaunt, wie ihre Nasennebenhöhlen durch die Vibration frei geworden waren. Nach dem kuriosen Summkonzert blieben alle noch eine Weile mit geschlossenen Augen in der Stille sitzen. Aurora fühlte sich so entspannt, dass sie vergaß, wo sie war und was sie hier machte. Beim Öffnen der Augen schien es, als ob sie aus einer anderen Welt auftauchen würde. Sie blinzelte zu den anderen hinüber, die nun ebenfalls nach und nach ihre Augen öffneten. Jeder schien mit frischer Energie aufgeladen zu sein und die Gruppe machte sich vergnügt auf den Rückweg. Aurora nutzte die Gelegenheit, um auch mit Moritz noch einige Worte zu wechseln.

„Danke übrigens, dass du mich hierzu eingeladen hast. Ich wusste gar nicht, dass du inzwischen meditierst. Ist ja eine super Idee, dafür in die Natur zu kommen. Sag´ mir Bescheid, wenn ihr das nächste Treffen plant. Es hat wirklich gut getan. Würde ich gerne öfters machen."

Moritz lächelte: "Ja, gerne doch. War mir klar, dass das voll dein Ding ist. Für mich ist das ja absolut Neuland. Aber ich merke, dass es mir gut tut. Da haben mich die Mädels auf den Trip gebracht. Sie geben im Integrationshaus - aber auch nebenberuflich - Kurse für Entspannung. Hätte ich nicht gedacht, dass das selbst bei mir Hitzkopf funktioniert."

Das Erwachen der Morgenröte

Aurora schloss die letzte Lektion ihres Schulungsprogramms ab. Laut Einarbeitungskonzept stand für diesen Tag ein Feedbackgespräch an, was bereits mit ihrem Teamleiter und Florian, dem Personalleiter für den Nachmittag terminiert war. Aurora war in jeder Hinsicht zuversichtlich, und freute sich auf das Gespräch mit den beiden. Letztlich hatte sie alle Lektionen schnell bewältigt und war auch sonst motiviert und hilfsbereit ihren Kollegen zur Hand gegangen. *Ich glaube, dass sie mich loben werden.* Gedanklich ging Aurora das Gespräch durch und sah sich bereits in ihrer Vorstellung, zwei lächelnden Männern gegenüber, die ihr dankend die Hand schüttelten und ihr eine Gehaltserhöhung gaben. *Ok, das ist übertrieben. Aber träumen darf man ja*, dachte sie sich vergnügt.

Im Büro von Emil, dem Abteilungsleiter für

Digitalisierung, war Florian bereits eingetroffen und die zwei Männer winkten Aurora herein. Nach einem kurzen, auflockernden Wortwechsel gingen sie einige Fragen entsprechend eines vorgegebenen Formulars durch. Aurora sollte dabei die Einarbeitungsphase kommentieren und einige Erfahrungen schildern. Die beiden Männer nickten zufrieden über ihre positive Rückmeldung. Dann begann Emil am PC etwas zu suchen. Aurora wartete geduldig, während die beiden Männer aufmerksam den Bildschirm betrachteten. Sie machte sich keine weiteren Gedanken darüber und blieb entsprechend ruhig und gelassen. Florian räusperte sich und begann, Aurora über die Informationen aufzuklären.

„Wie du ja schon weißt, werden hier im Haus bestimmte Core Values als Leitprinzip unserer Arbeit betrachtet. Die genauen Inhalte dieser Werte kennst du inzwischen vom Schulungsprogramm. Von der Leitung wird die Umsetzung der Values in jedem Team in Form eines Glücksbarometers dargestellt. Hier fließen verschiedenste Messwerte zusammen, die dann am Ende zeigen, wie weit das Team vom Erreichen seines maximalen Potenzials entfernt ist. Hier geht es natürlich auch um die Qualität der Arbeitsleistung, also zum Beispiel um die Fähigkeit, kreative Lösungen für Probleme zu finden, flexibel auf Herausforderungen eingehen zu können oder sich Gegenseitig zu unterstützen. Auf der anderen Seite werden stichprobenartig Daten über die körperliche und psychische Verfassung der Mitarbeiter gesammelt. Wir wissen ja alle, dass diese einen ganz entscheidenden Einfluss auf die Motivation und die Leistungsfähigkeit haben. So liegt es der Leitung natürlich besonders am Herzen, dass rundum glückliche Mitarbeiter bei uns ihre Arbeit umsetzen. In der Probezeit werden diese Daten namentlich erfasst. Nach der Probezeit fließen sie anonymisiert in einen Datenpool und erzeugen zusammen mit den anderen Faktoren der Leistungsmessung die Werte des Glücksbarometers. Bei dir haben wir vor einiger Zeit eine Stichprobe per Smartwatch durchgeführt. Diese ergab, dass der Biomarker für Depression und Angstzustände leicht erhöht war. Hast du hierfür eine Erklärung? Gab es an dem Tag vielleicht einen besonderen Vorfall?"

Schockiert über seine Aussage und entsetzt über diesen Eingriff in ihre Privatsphäre, starrte Aurora die beiden Männer sprachlos an. Sie hoffte, dass es sich um einen schlechten Witz handelte, den die beiden gleich lachend zu erkennen gaben. Die ernste Miene der Männer ließ ihr Fünkchen Hoffnung zugleich erlöschen und so war Aurora an der Reihe, sich eine Erwiderung einfallen zu lassen. Florian, der ihre Verwirrung bemerkte, gab ihr noch das Datum der Stichprobenmessung durch.

„Vielleicht kannst du dich an den Tag erinnern? Es war der 5. März, also dein dritter Arbeitstag hier."

Aurora überlegte nun fieberhaft. *Was soll an diesem Tag gewesen sein? Ich muss irgendeine Begründung finden, sonst bin ich womöglich meinen Job los.* Es fiel ihr ein, dass dies der Tag nach dem Meeting mit dem Direktor gewesen war. Sie hatte in der Nacht schlecht geschlafen, und das Thema der Mitarbeiterüberwachung hatte in dieser Zeit besonders an ihr genagt. *Das kann ich als Begründung aber nicht angeben. Höchstens, dass ich eine schlechte Nacht hatte.*

„Also, ich kann mich erinnern, dass ich leichte Kopfschmerzen hatte und auch die Nacht unruhig geschlafen habe. Am Tag davor war das Meeting mit Herrn Webermann und der Tag war einfach so aufregend und spannend gewesen. Vielleicht kam dann einiges zusammen. Ach ja, und mein Sohn war auch ein wenig krank. Und jetzt sind wir wieder alle gesund. Ich bin wirklich alles andere als depressiv. Mir geht es wahnsinnig gut und ich bin sehr zufrieden hier. Das habe ich ja vorhin auch schon beschrieben."

Aurora plapperte ohne Punkt und Komma vor sich hin und Florian hob beschwichtigend die Hand.

„Alles gut", meinte er. „Aber du weißt schon, dass genau deswegen die Einnahme von Moody-Zin empfohlen wird? Jeder ist ständig mit Belastungen körperlicher oder psychischer Art konfrontiert. Wenn wir uns dem einfach nur passiv aussetzen, ohne uns kontrolliert wieder ins Gleichgewicht zu bringen, dann wird irgendwann jeder seine Probleme nicht mehr in den Griff bekommen. Ich bitte dich wirklich, dafür zu sorgen, dass dich die alltäglichen Herausforderungen nicht aus der Bahn werfen. Du schadest dabei nicht nur dir selbst, sondern

auch alle anderen in deinem Umfeld. Wir haben hier auch eine Verantwortung den anderen Mitarbeitern und der Öffentlichkeit gegenüber. Ich werde einen Termin bei der Betriebsärztin für dich arrangieren. Sie wird dich einmal durchchecken und kann dich wegen der Moody-Zin bestens beraten. Wir geben dir den Termin dann bekannt. Wir sind ansonsten sehr zufrieden mit deiner Leistung. Wenn die Betriebsärztin ihr okay gibt und du zukünftig besser auf dich achtest, dann freuen wir uns weiterhin auf eine gute Zusammenarbeit."
Aurora nickte nur noch und fühlte sich wie ein Kind, auf das man mit erhobenem Zeigefinger einredet, nachdem es am Tisch gekleckert hatte. Sie konnte sich auch über das ausgesprochene Lob von Florian nicht freuen.

Zurück an ihrem Arbeitsplatz setzte sie ihre Tätigkeit am Scan-Robot fort. Sie wollte momentan an nichts denken und sich einzig auf die Arbeit konzentrieren. Sie prüfte am PC die zuletzt digitalisierte Seite und schob das Buch zurück an die Markierung. Der Scan-Robot nahm die Bewegung des Scannen und des Blätterns wieder auf. Kurze Signale deuten auf Fehlermeldungen durch unleserliche Stellen hin. Aurora prüfte am Screen durch die Vergrößerungsoptik. Nahm Ergänzungen vor. Stoppte den Prozess und startete erneute den Mechanismus. *Keine Gedanken*, dachte sich. *Keine Gedanken.*

Zuhause angekommen, packte sie ihre Sportkleidung

zusammen, sammelte Adrian ein und machte sich auf den Weg in Richtung Fitnesshalle des Funparks. Adrian liebte den Funpark und war über ihre Idee sofort hellauf begeistert. Die Wanderung hatte sie daran erinnert, dass Bewegung und vor allem Sport, eine befreiende Wirkung auf Körper und Geist ausübte. Die spannungsgeladenen Energien, die sich durch den Arbeitstag in ihr aufstauten, wollte sie nun so schnell wie möglich aus sich verbannen. Ein unbändiger Drang zu rennen, zu schwitzen und dabei Herz und Lunge ans Limit zu bringen, hatte ihre neu gefundene Motivation in einen felsenfesten Entschluss verwandelt: sie wollte einen gesunden Geist in einem gesunden Körper haben. *Aber ohne Hilfsmittel wie Gleichgültigkeitspillen und Gehirnwäsche.*

Nachdem sie Adrian im Funpark abgesetzt hatte, marschierte sie zielstrebig in Richtung Fitnesshalle. Wie in einem klassisches Fitnessstudio waren dort die Sportgeräte für Kraftaufbau und Ausdauer zu finden. Anstelle einer Mitgliedschaft checkte man mit seiner Smartwatch ein und zahlte für die Nutzung auf Stundenbasis. An der Einlasssperre des Areals bestätigte man lediglich den Haftungsausschluss des Betreibers und stimmte der eigenverantwortlichen Nutzung zu. Alles war vollautomatisiert und vollüberwacht.

Das Erwachen der Morgenröte

Am Morgen bemerkte Aurora, dass ihr Körper nicht nach Aufstehen zumute war. Arme und Beine lagen schwer wie Zement auf der Matratze. Nur mühsam und in Zeitlupe brachte sie sich dazu, das gemütliche Bett zu verlassen. *Das war vielleicht doch etwas zu viel des Guten*, dachte sich Aurora, die sich mit schmerzerfülltem Gesicht aufraffte. Sie hatte sich am Vortag an den Kraftgeräten ausgetobt, nachdem sie auf dem Laufband um die Wette mit ihrer schlechten Laune gerannt war. Sie hatte das Rennen gewonnen, musste nun aber den Preis in Form eines heftigen Muskelkaters dafür zahlen. Die morgendliche Begrüßung von Cleo beinhaltete diesmal eine Empfehlung für Moodys speziell für Energie und Dynamik. Aurora stöhnte auf und stolperte ins Bad. Sie wusste, dass es ein mühevoller und nie endender Weg sein würde, um körperlich fit zu sein. Auch für die

Psyche galt das Gleiche: es brauchte eine kontinuierliche Bereitschaft an sich zu arbeiten. *Ich schaffe das,* ermutigte sie sich selbst. *An jeder Herausforderung wächst man und lernt dazu. Ich bin auf einem sehr guten Weg. Vor allem, weil ich nun Unterstützung habe. Ich bin ja nicht allein. Wenn man zusammenhält, wird alles viel leichter.*

Mittlerweile war es zur Gewohnheit geworden mit positiven Affirmationen in den Tag zu starten und den Fokus auf das Gute zu lenken. Sie merkte, wie ihr Mindset davon abhing, welche Gedanken sie willentlich in ihrem Kopf zum Verweilen einlud. Konzentrierte sie sich auf die Schmerzen in ihrem Körper, so spürte sie diese intensiver und fühlte sich damit noch elender. Freute sie sich stattdessen, dass sie ihre Bequemlichkeit überwunden und ihren guten Vorsatz in die Tat umgesetzt hatte, rückten die Schmerzen in den Hintergrund. Daneben wirkten auch die kalte Gesichtsdusche und ein heißer Kaffee kleine Wunder. Aurora dachte darüber nach, wie heilsam sich das gestrige Auspowern auf ihren Gemütszustand ausgewirkt hatte. Das Gespräch mit ihren Vorgesetzten hatte sie zu einem schockähnlichen Zustand des Ausgeliefertseins und der Machtlosigkeit gebracht. Die intensive körperliche Belastung half ihr, dass sich diese inneren Starre sozusagen in Schweiß auflöste. Die gestrige Situation war damit nicht vergessen, sondern verlor in ihrem Körper an Intensität. Hatte sich diese zuvor noch wie ein Klammergriff angefühlt, der ihr den Brustkorb einschnürte, war es nunmehr nur noch eine von vielen Herausforderungen im Leben, denen sie sich stellen würde. Außerdem war sie am Abend so erschöpft zu Bett gegangen, dass der Schlaf nicht lange auf sich hatte warten lassen. Aurora plante die nächsten Sporteinheiten auf dem Tablet, das in der Tischplatte des Wohnzimmers integriert war. Sie wollte es nicht dem Zufall überlassen, wann sie ihr Sportprogramm fortsetzen würde. So nahm sie sich vor, von nun an mindestens dreimal die Woche in die Fitnesshalle zu gehen und ihre schlaffen Muskeln aufzupäppeln. *Beim nächsten Mal lass´ ich es nur etwas langsamer angehen*, nahm sich Aurora vor, als sie schwerfällig in Richtung Bushaltestelle trottete.

***

Am Arbeitsplatz fand sie in der Übersicht für Meetings- und Projektplanung bereits die Benachrichtigung über ihren Termin bei der Betriebsärztin. Dieser war für den kommenden Freitag angesetzt. Aurora nahm sich vor, sich keinerlei Sorgen mehr über die Angelegenheit zu machen. *Alles kommt, wie es kommt - ob ich mir darüber den Kopf zerbreche oder nicht. Außerdem lass ich mir meine gute Laune nicht mehr so schnell verderben. Ich kenn´ schließlich die besten Gegenmittel für Ängste und Sorgen. Mit Meditation, guter Gemeinschaft, frischer Luft und regelmäßigem Sport bin ich von nun an bestens aufgestellt,* sprach sie sich erneut Mut zu.

Die Mittagspause wollten Aurora und Anna diesmal mit einem Spaziergang durch die umliegenden Straßen verbinden. Bei dem sonnigen Wetter war der Gang nach draußen eine angenehme Alternative zur lärmenden Umgebung der Kantine. Außerdem hoffte Aurora, eine Begegnung mit Tarik dadurch zu vermeiden. Seine Aussagen über einen Diebstahl im Haus hatten sich bisher nicht bestätigt. Aurora schloss es nicht aus, dass er sich einen Spaß auf ihre Kosten gemacht hatte. *Alles wäre so einfach, wenn man Dinge beim Namen nennen könnte. Wie soll man für klare Verhältnisse sorgen, wenn jeder nur um den heißen Brei herumredet?* Obwohl sie seit dem Wochenende kaum noch an die Angelegenheit gedacht hatte, brannte es ihr nun wieder unter den Nägeln, Licht in die Sache zu bringen. Beim Spaziergang mit Anna begann sie daher einige Andeutungen in das Gespräch einfließen zu lassen.

„Man weiß ja noch nichts über die Schäden, die der Stromausfall verursacht hat. Zumindest wurde nichts bekannt gegeben. Ist das schon öfter vorgekommen?"

Anna nickte und berichtete von zurückliegenden Ereignissen.

„Damals waren das - soweit ich weiß - technische Störungen, die mehrere Gebäude oder auch den ganzen Stadtteil betrafen. Diesmal scheint es wirklich ein gezielter Hackerangriff gewesen zu sein. Aber viele Infos wurden dazu nicht herausgegeben. Man weiß nicht, wieviel die Behörden dazu schon in Erfahrung bringen konnten. Wenn die Untersuchungen noch laufen – und das scheint der Fall zu sein – werden die uns wahrscheinlich nichts Näheres darüber mitteilen."

„Ja, das verstehe ich", meinte Aurora, „aber was könnte der Grund für so einen Hackerangriff sein?"

„Da musst du am besten jemanden fragen, der sich damit auskennt", antwortete Anna und zwinkerte Aurora zu. „Ich hab´ da überhaupt keine Ahnung."

Aurora verstand, dass Anna damit das kommende Treffen bei Sören meinte. Es blieb ihr nichts anderes übrig, als die Sache wieder auf sich beruhen zu lassen.

Aurora wechselte resigniert das Thema und begann von dem Feedbackgespräch mit Florian und dem Teamleiter zu berichten. So neutral wie möglich beschrieb sie, wie der Vorwurf eines depressiven Zustands ihr gegenüber geäußert wurde. Kurz und knapp gab sie die vorgenommene Stichprobenmessung und die Empfehlung von Florian wieder.

„Mach dir keine Sorgen", meinte Anna beschwichtigend, „das bekommst du schon hin. Du bist ja schließlich kein Troublemaker oder so was. Und die Betriebsärztin ist okay, solange du dich natürlich an ihre Empfehlungen hältst."

Aurora entnahm daraus, dass sie bei dem Untersuchungstermin alle Ratschläge bereitwillig annehmen sollte und den Verordnungen ohne Widerspruch zustimmen musste. Genauso hatte sie es auch geplant. Sie war Anna dennoch dankbar für den diskreten Hinweis.

***

Am späten Nachmittag bekam Aurora zuhause unerwarteten Besuch von Kathi. Sie trug ein breites Lächeln im Gesicht und hatte Aurora ein paar Stücke ihres selbstgebackenen Kuchens mitgebracht. Ihre gute Laune wirkte sofort ansteckend und die beiden machten es sich am Esstisch bequem. Kathi hatte Neuigkeiten, die sie sofort loswerden wollte.

„Weißt du was? Ich hab' dir doch mal davon berichtet, dass ich nach einer Idee für eine selbständige Tätigkeit suche? Jetzt hat sich tatsächlich schon etwas ergeben, und zwar durch die Geschäftskontakte von Marvin. Per Zufall kam er durch ein Gespräch mit einer Geschäftsführerin eines Unternehmens, für das er gelegentlich Projekte übernimmt, auf das Thema. Dabei ging es um den Bedarf nach einer psychologischen Beratung für die Mitarbeiter. Mentale Gesundheit steht ja immer mehr im Fokus, aber leider auch deswegen, weil mehr und mehr Angststörungen und Depressionen diagnostiziert werden. Auf jeden Fall soll diese psychologische Beratung dann Gespräche und Übungen beinhalten, um die Sorgen und Zweifel der Mitarbeiter zu adressieren und mentale Stärke aufzubauen. Etwas

Ähnliches gibt es ja bereits auf dem Reintegrationsmarkt - du weißt schon – diese Maßnahmen, die zur Verfügung stehen, um einen für den Arbeitsmarkt wieder flott zu machen. Also besonders für die Leute, die ihren Job aufgrund der KI verloren haben und sich neu orientieren müssen. Hier gibt es neben den Umschulungen auch das Angebot der psychologischen Unterstützung. Inzwischen merkt man aber, dass ein Bedarf genauso bei Beschäftigten besteht."

„Woher meinst du, kommt diese hohe Zahl an psychischen Störungen?", fragte Aurora.

„Da gibt es verschiedene Erklärungsmodelle. Ein Grund ist sicherlich der Technostress. Darunter fallen solche Aspekte wie das Überfordertsein vom Tempo der Maschine oder durch Multitasking. Alles ist so komplex geworden, dass man immer weniger Einblicke in die einzelnen Arbeitsprozesse hat. Verunsicherung entsteht auch durch die ständigen Veränderungen. Die Interaktion mit der Maschine oder den Humanoiden kann sich ebenfalls als Technostress auswirken."

„Ja", bemerkte Aurora, „darüber habe ich mir auch schon einige Gedanken gemacht. Irgendwie hat man das Gefühl, selbst zur Maschine zu werden, wenn man die ganze Zeit damit zu tun hat."

Kathi stimmte ihr zu. „Wir sind als Mensch nun mal so konzipiert, dass Emotionen Teil unseres Denkens und Handelns sind. Wir benötigen Emotionen für das menschliche Miteinander. In dieser Form ist ein

Austausch mit einem Humanoiden aber nicht möglich. So bleiben wichtige Anteile unseres menschlichen Wesens im Hintergrund. Das kann zu Stress und Erkrankungen führen, wenn wir keinen entsprechenden Ausgleich vornehmen: zum Beispiel bei den Menschen, die wenige soziale Kontakte haben. Wir alle brauchen Beziehungen zu realen Menschen, die man persönlich trifft, und mit denen man sich über alles austauschen kann. Auch Berührungen spielen eine Rolle. Man weiß ja, dass durch Hautkontakt, bestimmte Wohlfühlhormone ausgeschüttet werden."

„Ja, das klingt absolut einleuchtend", meinte Aurora. „Wir nehmen ja auch in unserem Gegenüber ständig Informationen aus der Körperhaltung, der Mimik und der Gestik wahr. Das fällt natürlich auch flach bei einem Humanoiden."

„Absolut", bestätigte Kathi. „Und dazu kommen dann noch die Belastungen durch die Überwachung von Arbeitsleistung und der Gesundheitsdaten über die Sensoren der Smartwatch."

Aurora nickte. „Ok, ich verstehe. Und du willst dann quasi als freiberufliche psychologische Beraterin in Unternehmen deine Tätigkeit anbieten?"

„Ja, das schwebt mir im Moment so vor", antwortete Kathi. „Zuvor muss ich noch einiges erledigen und auch eine Fortbildung dazu machen. Aber ich denke ab Herbst kann ich starten. Marvin findet es prima und ich könnte das meiste von zuhause aus umsetzen."

„Hört sich gut an und ich weiß, dass du das drauf hast", bestätigte ihr Aurora. „Da besteht auch bei in uns der Bibliothek Bedarf. Uns schickt man allerdings noch zur Betriebsärztin beim Verdacht von psychischen Problemen. Die wird wahrscheinlich nichts anderes machen, als einem eine Packung von irgendwelchen Pillen in die Hand zu drücken. Ich freu´ mich ja schon riesig auf meinen Termin am Freitag", meinte Aurora sarkastisch und verdrehte dabei ihre Augen.

„Du musst auf jeden Fall bis dahin noch an deinem Gesichtsausdruck arbeiten", erwiderte Kathi scherzend. „Nicht mit den Augen rollen, wenn sie redet, sondern die ganze Zeit lächeln. Dieses monotone Lächeln eines Humanoiden, weißt du? Dann wird sie glauben, dass du eine Überdosis Moodys genommen hast und zufrieden sein."

Die Frauen lachten, wobei Aurora die Idee gar nicht so abwegig fand. *Ich werde das Roboterlächeln vor dem Spiegel heute Abend mal üben,* kam ihr in den Sinn, während sie Kathi zur Tür begleitete.

Das Erwachen der Morgenröte

Aurora hatte sich eisern an ihre geplanten Sporteinheiten gehalten. Die Schmerzen des Muskelkaters, den sie sich in der Vorwoche zugezogen hatte, ließen nur langsam nach. Ihre Muskeln schienen sich weiterhin gegen die neue Beanspruchung zu sträuben. In der Fitnesshalle war ein Fitnessplan durch KI in Sekundenschnelle erstellt. Alle Geräte waren miteinander vernetzt und wurden über die Smartwatch aktiviert. Dabei übertrug sich der individuelle Trainingsplan auf das Gerät und die Umsetzung der Übung wurde gemessen. Je nach Fortschritt passte das Computerprogramm den Plan an. Man war dadurch vollständig von der richtigen Funktionsweise des Gerätes abhängig, die sich auch auf Größe und Gewicht des jeweiligen Nutzers ausrichtete. Persönliche Betreuung durch geschultes Personal war überflüssig geworden. Die

Maschine zeigte auf einem Screen, die exakte Durchführung der Übung. In der Fitnesshalle herrschte eine anonyme Atmosphäre. Jeder blieb für sich und konzentrierte sich auf den eigenen Bewegungsablauf am Gerät. Vereinzelt war ein gegenseitiges Zunicken die einzige Form der Kontaktaufnahme, mit dem man signalisierte, dass man den anderen zumindest wahrgenommen hatte. Aurora ignorierte die unpersönliche Stimmung und war sogar froh, dass sie im Kraftraum mehr oder weniger ihre Ruhe hatte. Dort war es zudem weniger überfüllt als in den benachbarten Räumen, in denen man durch Elektrostimulation den Muskelaufbau beschleunigte. Die Anwendung war mit weniger schweißtreibender Mühe und Zeitaufwand verbunden und vor allem bei den Frauen beliebt. Aurora zog es vor, sich ungestört in der Krafthalle auszutoben. Sie hatte beim Training ihr Ziel klar vor Augen: ihren Körper in Form zu bringen und überflüssige Gedanken und Grübeleien zu eliminieren. Nach jeder Trainingseinheit fühlte sie die starke körperliche Beanspruchung, war aber gleichsam in bester Laune durch die Ausschüttung von Endorphinen in ihrem Körper. Sie verstand nun gut, warum manche Menschen exzessiv Sport trieben. Dieser Hormoncocktail war tatsächlich mit einem angenehmen Glückszustand verbunden.

Mit der täglichen Meditation war eine weitere, neue

Routine in ihr Leben gekommen. Meistens beschränkte sie sich dabei auf fünfzehn Minuten, die sie leicht am Morgen oder am Abend in den Alltag integrieren konnte. Anders als beim Sport hatte sie dabei nicht ein konkretes Ziel vor Augen. Es reichte ihr, sich auf den eigenen Atem zu konzentrieren oder sich mit geführten Klangreisen und Visualisierungen sanft, wie auf einen Fluss, treiben zu lassen. Auch das Summen einzelner Töne band sie nun gelegentlich mit ein. Sie war fasziniert, wie diese minimalen Handlungen dazu führten, den eigenen Körper besser wahrzunehmen, und den Blick nach innen lenken zu können. Während im Alltag ihre Gefühle zwischen hocherfreut und tief bestürzt schwankten, erreichte man in der Meditation den eigenen Ruhepol. Aurora fiel hierzu das Bild eines Pendels ein. Sie sah sich selbst, wie sie auf dieser überdimensionierten pendelförmigen Schaukel saß, die sie in der Bewegung des Auf und Abs gefangen hielt. In der Meditation veränderte sich der Pendelausschlag dann zu einem sanften Wiegen im Ruhepol. Aurora hoffte, dass es ihr irgendwann gelingen würde, die Ausschläge des Pendels damit nach und nach auch in ihrem Alltag abzuflachen.

Sie hatte mit Moritz ausgemacht, dass sie bei der nächsten Übungsstunde von Birte und Salome teilnehmen würde. Die beiden gaben Kurse für Meditation und Atemtechniken und Aurora war neugierig, was es hier noch zu entdecken und lernen gab.

Das Erwachen der Morgenröte

***

Donnerstagmorgen war eine gewisse Aufregung in der Arbeit spürbar. Aurora merkte beim Gang zu ihrem Arbeitsplatz sofort, dass etwas in der Luft lag. Ihre Kollegen schauten ungewöhnlich ernst und einige standen im Gespräch zusammen. Verschiedene Szenarien gingen ihr durch den Kopf. *Vielleicht zeigt das Glücksbarometer der Abteilung ein schlechtes Ergebnis an? Oder es wurde jemand gekündigt?* Sie überprüfte am Screen das Gesamtergebnis des Barometers und stellte erleichtert fest, dass dieses noch - wie zuvor - den Wert für „verbesserungswürdig" aufzeigte. Am PC öffnete sie die Mailbox des Intranets. Tatsächlich war eine Rundmail des Direktors an die Mitarbeiter darin zu finden. Aurora flog über den Inhalt: ... im Rahmen des Stromausfalls ... ein Cybercrime .... große Datenmengen an digitalisierten Manuskripten gestohlen ...wertvolle antike Schriften ... Strafverfolgungsbehörden sind eingeschaltet ...Hinweise werden erbeten ...Öffentlichkeit ist unterrichtet."

Aurora schluckte. Tarik hatte mit seinen Andeutungen Recht gehabt. Ein Mix aus Erleichterung und Erschrecken erfasste sie. Der Gedanke, dass Tarik sich über sie lustig gemacht haben könnte, hatte sie mehr belastet als sie zugeben wollte. Diese unangenehme Vorstellung fiel ihr nun wie ein Stein vom Herzen. Auf der anderen Seite fühlte sie sich betroffen und unsicher. Der Diebstahl schien der Beschreibung nach von größerem Ausmaß zu sein. Aurora fragte sich, ob möglicherweise Sicherheitsvorkehrungen nicht beachtet wurden und nun die Schuld bei den verantwortlichen Mitarbeitern gesucht wurde. *Vielleicht hat jemand von uns einen Fehler gemacht? Irgendeinen wichtigen Schritt bei der digitalen Archivierung vergessen? Oder werden sogar Mitarbeiter verdächtigt? Werden wir jetzt noch umfangreicher abgehört und durchgecheckt?* Auch am Blick ihrer Kolleginnen meinte Aurora eine gewisse Sorge und Betroffenheit zu erkennen. Kleine Grüppchen bildeten sich, um über das Ereignis zu diskutieren. Jeder schien nun Redebedarf zu haben oder auf Informationssuche zu sein. Auch Aurora gesellte sich zu ihren KollegInnen, um Näheres zu erfahren.

„..mir ist bisher nichts als fehlend angezeigt worden."

„Bei uns ist alles als korrekt eingestuft. Es wird ja von der KI überprüft, die uns Rückmeldung gibt, falls was nicht passt."

„Das müssen wohl ältere Sachen sein, also keine Bücher, die wir zuletzt digitalisiert haben. Er schreibt ja, dass es um antike Schriften geht. Die sind vor längerer Zeit digitalisiert worden. Aber nicht von uns."

„Genau, bei uns geht es mit Beständen ab Mitte 20. Jahrhundert los. Unsere Abteilung hat damit auf jeden Fall nichts zu tun."

„In der E-Mail steht, dass es Manuskripte sind, die in analoger Form nur noch unvollständig vorliegen. Das wäre richtig tragisch, wenn die einzig erhaltenen digitalen Replikate nun auch weg sind."

Aurora verstand immer noch nicht, was so wertvoll an diesen Dateien sein sollte und fragte in die Runde: „Gibt es denn keine Sicherheitskopien? Und was wollen die Hacker überhaupt mit den Dateien?"

„Wir nutzen eine Blockchain-Technologie zur Speicherung dieser Daten. Normalerweise ist das damit sehr sicher. Aber natürlich sind auch Hacker nicht von gestern. So genau weiß man nie, was denen möglich ist. Aber wenn es sich um ältere Dateien handelt, dann sieht das anders aus."

Die Diskussion der Gruppe wurde von dem Teamleiter unterbrochen, der durch die Büros lief und die Mitarbeiter dazu aufforderte, wieder ihrer Arbeit nachzugehen.

„Ich verstehe ja die allgemeine Aufregung. Aber es besteht kein Grund, sich darüber den Kopf zu zerbrechen. Es wird morgen Vormittag ein kurzes Online-Meeting für alle Mitarbeiter dazu geben. Herr Webermann wird dabei für Fragen und Anliegen zu dem Vorfall zur Verfügung stehen. Bitte geht nun wieder eurer Arbeit nach. Schließlich gibt es genug zu tun und Spekulationen bringen uns nicht weiter."

Im Kalender ihres PCs sah Aurora, dass das Online-Meeting mit dem Direktor bereits hinterlegt war. Dieses überlappte mit dem Termin der Betriebsärztin. Sie schrieb Florian eine Nachricht, um nach einer möglichen

Terminverschiebung der Untersuchung zu fragen. Florian bestätigte ihr kurz darauf die Priorität des Online-Meetings. Der Untersuchungstermin sei gecancelt und sie würde Bescheid bekommen, sobald ein neuer Termin feststände. Aurora fühlte sich nun schon zum zweiten Mal am heutigen Tag sichtlich erleichtert. *Vielleicht fällt er ja ganz weg*, dachte sie sich hoffnungsvoll.

Das Erwachen der Morgenröte

Freitagmorgen vor Beginn der allgemeinen Öffnungszeit fanden sich die Mitarbeiter erwartungsvoll vor ihrem PC ein. Pünktlich schaltete sich Herr Webermann zu, neben dem sein humanoider Assistent zu erkennen war. Auf einer weiteren Kamera begrüßte der IT-Abteilungsleiter die Anwesenden. Neugierig begutachtete Aurora den Humanoiden, der freundlich lächelnd auf einer der zwei offenen Kameras zu sehen war. Er war unauffällig mit Anzughose und Hemd bekleidet und die täuschend echt aussehenden Haare waren präzise in Form gebracht. Die künstliche Gummihaut bedeckte die zusammengesetzte Struktur aus elektronischen Bauteilen und Hochleistungs-Prozessoren. Von dieser Nähe aus betrachtet, war das roboterhafte Erscheinungsbild klar erkennbar. Während in den Gesichtern der anderen beiden Männer die dezente Mimik und eine Lebendigkeit in den Augen bereits für eine nonverbale Kommunikation sorgte, übertrug sich vom Gesicht des Humanoiden nur eine seelenlose Leere. Aurora wandte ihren Blick von diesem künstlichen Wesen ab. Sie fand in dessen Gesicht nichts, was Interesse erregte oder zum Verweilen der Augen einlud. Ihre Aufmerksamkeit war nun auf Herrn Webermann gerichtet, der ohne Umschweife auf den Hackerangriff zu sprechen kam. Neben den Angaben, die er bereits in seiner E-Mail genannt hatte, kamen nur wenige neue Details hinzu. Aurora, die einen ausführlichen Bericht über den gesamten Ablauf erwartet hatte, war nach der kurzen Stellungnahme des Direktors fast enttäuscht. Ein wesentlicher Punkt war allerdings zur Sprache gekommen: die Hacker hatten die Dateien gestohlen, um Lösegeld für die Rückgabe zu fordern. Aurora verstand endlich den Sinn hinter der Aktion, auf die sie sich bisher keinen Reim hatte machen können. Die Frage nach Sicherheitskopien wurde von dem IT-Leiter geklärt, der im Anschluss an Herrn Webermann das Wort ergriff. Er beschrieb, wie die modernen Sicherheitssysteme – bestehend aus Verschlüsselung und Blockchain-Technologie - es fast unmöglich machten, komplette Datenpakete vollständig zu entwenden. Bei den gestohlenen Manuskripten sollte es sich allerdings um zentral gelagerte Dateien handeln mit älteren Verschlüsselungstechniken. Sicherheitskopien wären dafür auf anderen Servern vorhanden gewesen. Die Hacker verfügten allem Anschein nach über spezielle Software, mit der man Kopien im Netz identifizieren und löschen konnte. Nach einigen technischen Erläuterungen, denen Aurora nicht ganz folgen konnte, beendete der IT-Leiter seinen Part. Herr Webermann lud die Mitarbeiter dazu ein, in den Chatbereich Fragen einzugeben. Der eingegebene Text war dabei nur für die Veranstaltungsleiter sichtbar. Der Humanoid hatte die Aufgabe, die Fragen der Mitarbeiter auszuwerten und die häufigsten Anliegen zusammenzufassen. Die Teilnehmer hatten einige Minuten zum Eingeben in das Chatfenster zur Verfügung. Die Auswertung des Humanoiden dauerte dagegen wenige Sekunden. In perfekt ausformulierten Sätzen fasste dieser die Fragen zusammen, die daraufhin der Direktor oder der IT-Leiter beantworteten. Aurora empfand die Ausführungen der beiden Männer mehr oder weniger schwammig. Auf die weitere Vorgehensweise wurde aus Sicherheitsgründen nicht eingegangen und damit blieb es unklar, ob es bereits eine Spur der Täter gab oder ob das Lösegeld bezahlt werden würde. Im Großen und Ganzen war in den Antworten hauptsächlich der Versuch zu sehen, die Mitarbeiter zu beruhigen und auf die Corporate Values hinzuweisen. *Das scheint sein Lieblingsthema zu sein*, dachte sich Aurora, die bei den abschweifenden Ausführungen des Direktors langsam den Faden verlor. *Er hätte auch Politiker werden können. Viel reden, ohne etwas zu sagen*, schoss es ihr noch durch den Kopf, nachdem das Meeting beendet war. *Ein Glück findet heute das Treffen bei Sören statt. Ich bin gespannt, ob sich aus den Informationen der anderen ein klareres Bild der Situation ergibt.*

Aurora fieberte den restlichen Tag der gemeinschaftliche Runde entgegen. Ein schlechtes Gewissen Tarik gegenüber regte sich. Sie war ihm die Woche bewusst aus dem Weg gegangen. Sie hoffte, dass ihre Vermeidungstaktik für Tarik unbemerkt geblieben war.

***

Aufgrund einer Störung auf der Buslinie gelangte sie mit Anna etwas verspätet zum Treffpunkt bei Sören und Mia. Die anderen Besucher waren bereits eingetroffen und so gesellten sich die beiden Frauen nach dem Ablegen ihrer digitalen Gadgets rasch zu den Wartenden. Mit einer kurzen Umarmung begrüßten sie jeden der Anwesenden und nahmen auf den verbliebenden freien Stühlen Platz. Aurora meinte eine gewisse Kühle bei Tarik zu spüren, war sich aber nicht sicher, ob dies lediglich ihrem schlechten Gewissen geschuldet war. Links und rechts von ihr saßen Jolie und Anna, so dass eine diskrete Unterhaltung mit Tarik erst einmal warten musste. Die Gruppe hatte bereits angefangen, sich über die Ereignisse des Tages auszutauschen. Allerdings war es nicht die spektakuläre Meldung der Bibliothek, die dabei thematisiert wurde, sondern ein neuer Hackerangriff, der

Das Erwachen der Morgenröte

die öffentlichen Verkehrsmittel betraf. Aurora waren die Meldungen zu einzelnen Ausfällen und Verspätungen im Busverkehr aufgefallen, aber sie war auf ihrem Arbeitsweg nicht direkt davon betroffen gewesen. Erst durch Anna hatte sie während der gemeinsamen Fahrt von dem Ausmaß der bundesweiten Störungen erfahren.

Jolie fuhr mit dem Thema fort: „Die Aufklärungsrate bei Cybercrime ist nicht besonders hoch. Soweit ich weiß, liegt sie vielleicht maximal bei 30 %. Das ist der Gesamtschnitt, wobei es hier eine große Bandbreite bei Täterprofil und den Motiven gibt. Bei den sogenannten Jugendstreichen ist die Aufklärungsrate eher höher, während kriminelle Organisationen, die vielleicht sogar vom Ausland agieren, wesentlich seltener identifiziert werden."

„Die Öffentlichkeit weiß doch letztendlich nie so richtig, was passiert ist", vermutete Mia. „Gerade bei politisch motivierten Taten wird viel geheim gehalten."

Sören richtete sich an Anna und Aurora: „Bevor ihr gekommen seid, habe ich den anderen erzählt, dass ich über das Darknet manchmal die eine oder andere Info bekomme, die nicht in den allgemeinen Medien durchgegeben wird. Anscheinend ist heute ein größerer Anschlag gerade noch durch Zufall verhindert worden. Auf einer Bahnstrecke soll es durch den Hackerangriff Änderungen im Leitsystem gegeben haben. Eigentlich wäre es dadurch zu einem katastrophalen

Zusammenstoß zweier Züge gekommen. Normalerweise wird ja durch KI die korrekte Signalschaltung überwacht. Anscheinend wurde die aber unbemerkt lahmgelegt und nur durch eine zufällige Prüfung eines Technikers gerade noch rechtzeitig erkannt. Der hat dann glücklicherweise die Katastrophe abwenden können. Ich glaube nicht, dass wir davon noch in den Medien erfahren werden. Das würde die Bevölkerung zu sehr verunsichern. Und da „Sicherheit" als ständige Parole unserer Regierung dient, werden die uns auch weiterhin das Gefühl vermitteln wollen, dass sie alles im Griff haben."

„Na ja, lass uns mal abwarten", wandte Tarik ein. „Genauso gut kann es sein, dass sie darüber berichten, um dann wiederum weitere Maßnahmen zu rechtfertigen, die der Überwachung und Kontrolle der Bevölkerung dienen. So war es schließlich auch in der Vergangenheit."

„Das ist natürlich auch möglich", meinte Sören achselzuckend. „Aber wahrscheinlich nur, wenn der Bericht geleaked wird – also wenn es irgendwie ans Tageslicht kommt und unstritig im Zusammenhang mit dem Hackerangriff in Verbindung gebracht wird. Erst dann werden die es zugeben und für ihre Zwecke nutzen. Wir werden sehen."

Aurora wollte nun endlich auf den Cybercrime am Arbeitsplatz zu sprechen kommen.

„Kann es sein, dass du auch zum Vorfall in der Bibliothek etwas über das Darknet erfahren hast?"

Das Erwachen der Morgenröte

Sören schüttelte bedauernd den Kopf.

„Nicht wirklich. Alles, was ich dort gefunden habe, war rein spekulativ. Aber natürlich habe ich in unserem Netzwerk auf der Arbeit geforscht. Das war ja auch meine Aufgabe – zum Teil zumindest", gestand er augenzwinkernd. „Deswegen habe ich bereits zwei Tage nach dem Stromausfall von dem Fehlen der Dateien Kenntnis gehabt. Erstmal war ja die gesamte Abteilung mit den Folgen des Stromausfalls gut beschäftigt. Das hat den Hackern dann auch die Möglichkeit gegeben, unbemerkt die Software aufzuspielen, die sie für die Suche der Sicherungskopien genutzt haben."

„Kannst du uns das genauer erklären", fragte Anna. „Ich dachte ja, die haben das während des Stromausfalls gemacht?"

Sören nickte lächelnd.

„Ja, so hat man früher einen Laden ausgeraubt: Ohne Strom – keine Videoüberwachung und Alarm – und dann kamen die Einbrecher, um die Kasse zu leeren. Aber bei einem Cybercrime benötigt man ja Strom, denn sonst kommt man auch nicht ins Netz. Aber man kann durch so einen Stromausfall für Chaos sorgen und damit unbemerkter im System unterwegs sein. Also Folgendes: Nach dem Stromausfall mussten wir wieder alle Systeme ordentlich zum Laufen bringen. Da muss auch das eine oder andere Programm neu aufgesetzt werden. Und erst dann konnte der KI-Assistent sein Sicherheits-Checkup initiieren. Man kann da nicht alles auf einmal machen, sondern geht da Schritt für Schritt vor. In der Zeit konnten sich die Hacker dann austoben und haben im digitalen Archiv bestimmte Dateien entwendet und dann mit einer Software die Sicherungskopien erspäht und anscheinend gelöscht. Der Assistent hat dann später durch den Abgleich die fehlenden Megabyte erkannt. In der IT mussten wir an dem Tag fast bis Mitternacht arbeiten. Es war echt heftig. Nachdem die fehlenden Manuskripte identifiziert werden konnten, war es klar, dass es kein Zufall sein kann, dass genau zu diesen Büchern die Kopien verschwunden sind. Damit lag es auf der Hand, dass hier Hacker am Werk gewesen sein mussten. Die Polizei wurde informiert und irgendwann die Woche haben sich diese Typen anscheinend mit einer Botschaft an den Direktor gemeldet. Darüber weiß ich aber nichts Näheres. Also nur das, was ihr auch schon wisst.

Außerdem glaube ich nicht, dass wir jemals alle Details dazu erfahren werden oder auch, ob die das Lösegeld zahlen. Meistens wird das geheim gehalten, damit nicht andere Kriminelle dadurch ermutigt werden."

Jonas und Leonie, die im öffentlichen Bereich der Bibliothek arbeiteten, berichteten daraufhin von den Problemen, die der Stromausfall im Multimedia-Bereich verursacht hatte. Auch hier hatte es den ganzen Tag gedauert, bis alle Geräte wieder reibungslos funktionierten. Leonie fragte in die Runde: „Weiß jemand, wieviel die Hacker für die Herausgabe der

Dateien verlangen?"

Die anderen schüttelten den Kopf. Niemand wusste irgendetwas zu den Tätern oder zum Stand des Ermittlungsverfahrens.

Lebhafte Diskussionen über die möglichen Szenarien füllten den restlichen Abend. Erst beim Heimweg bekam Aurora die Gelegenheit sich direkt an Tarik zu wenden. Er fuhr wie beim letzten Mal die beiden Frauen mit seinem Lieferwagen nach Hause. Aurora vermutete, dass Tarik die Informationen zu dem Cybercrime von Sören erfahren hatte. Sie konnte darauf ohnehin nicht mehr eingehen, da die Smartwatches wieder angelegt waren. Das Thema war zu brisant, um ein Risiko einzugehen. Auf jeden Fall wollte sie auf das Telefonat zu sprechen kommen, um zumindest ansatzweise für Klärung zu sorgen.

„Du hast mir bei unserem Telefonat schon die richtigen Andeutungen gemacht. Danke, dass du auf diese komische Inszenierung von mir eingegangen bist."

Tarik nickte und schaute konzentriert auf die Fahrbahn. Aurora fluchte innerlich, dass sie sich nicht während des Abends direkt an Tarik gewandt hatte. *Ich hätte mit Anna im Wohnzimmer den Platz tauschen sollen, dann hätte ich besser mit ihm reden können.*

Nachdem sie Anna an ihrer Adresse abgesetzt und sich von ihr verabschiedet hatten, fuhren sie zu zweit in angespannter Stimmung weiter. Tarik räusperte sich und sprach nach einem kurzen Moment des Schweigens:

„Kann es sein, dass du mir die ganze Woche aus dem Weg gegangen bist? Hat dich das echt so krass beleidigt, dass ich beim Telefonat ein paar Witze gemacht habe?"
Aurora war über seine Direktheit und seine vorwurfsvollen Worte schockiert. Es waren in ihrer Erinnerung lediglich zwei oder drei Situationen gewesen, in denen sie ihm bewusst aus dem Weg gegangen war. Schließlich arbeiteten beide in getrennten Abteilungen und eine zufällige Begegnung war damit nicht zwangsläufig zu erwarten. Trotzdem hielt sie etwas davon ab, sich aus der Lage herauszureden. Das Bedürfnis, für klare Verhältnisse zu sorgen und ehrlich die Gefühle mitzuteilen, überwog.

„Es tut mir leid. Ja, du hast Recht, ich hab´ eine Begegnung mit dir diese Woche vermieden. Mir gingen viele Gedanken durch den Kopf - nicht nur über den Vorfall und unser Telefonat – sondern auch mein Personalgespräch hat mich irgendwie mitgenommen. Und dann hatte ich das Gefühl, dass du mich vielleicht während des Calls auf den Arm genommen hast. Irgendwie hörte sich das unglaubwürdig an. Jetzt weiß ich ja, dass es stimmt mit dem Diebstahl in der Bibliothek."

„Versetz´ dich mal in meine Lage", erwiderte Tarik. „Erst gibst du unter einem Vorwand an, dass du mit mir telefonieren willst. Dann merk´ ich, dass du eigentlich nur deine Neugier zu dem Vorfall befriedigen willst und versuchst, aus mir irgendwelche Infos rauszubekommen.

Und das auch noch zu einem Fall, der gerade sowieso im Fokus der Strafverfolgung liegt und das am Telefon! Würde sagen, das war nicht unbedingt das, was ich mir von dem Telefonat erwartet hatte. Aber ok, ich versteh´ ja, dass du wissen wolltest, was los ist und zumindest hast du ´ne Menge Kreativität an den Tag gelegt, um mich auszuquetschen und mich skrupellos zu benutzen." Während des letzten Teils seines Satzes deutete er mit seinem schelmischen Lächeln auf die spaßhafte Übertreibung an. Tarik war inzwischen in der Straße von Aurora angekommen und parkte in der Nähe des Hauseingangs. Er schaute mit einem Zwinkern in den Augen zu Aurora hinüber, was sie als Zeichen eines Friedensangebots deutete. Aurora konnte seine Sichtweise nachvollziehen und kam sich inzwischen mit ihrem Verhalten fast etwas lächerlich vor. Dennoch war er nicht so ein Unschuldslamm, wie er jetzt mit seinem süßen Lächeln vorgab. Jedes Mal fühlte sie sich von ihm provoziert. Auch jetzt schwankten ihre Gefühle zwischen dem Wunsch ihn zu ohrfeigen, die Flucht zu ergreifen, oder etwas anderes, was sie sehr schnell aus ihrem Kopf verbannte.
„Ok, du Opfer, es tut mir leid", konterte sie. „Ich würde sagen wir sind quitt. Schließlich bist du so frech, dass ich irgendwann nochmal Herzrhythmusstörungen wegen dir bekomme."
„Also dann," meinte Tarik, „nehm´ ich die Entschuldigung an – vorausgesetzt, wir treffen uns Montagmittag in der

Kantine."

Aurora war erleichtert und zugleich beschwingt über die unverfängliche Verabredung. Nachdem sie aus dem Auto gestiegen war, hörte sie Tarik noch rufen: „Und das mit deinem Herzen, fass´ ich mal als Kompliment auf."

Bei seiner Bemerkung schüttelte sie mit gespielter Entrüstung den Kopf, konnte sich aber auch ein Lächeln nicht verkneifen.

In der Nacht hatte sie nur schwer in den Schlaf gefunden. Die vielen Eindrücke des Tages waren ihr – wie eine zu üppige Abendmahlzeit – schwer und geräuschvoll im Kopf gelegen. Dort nahmen sie so viel Platz ein, dass die herbeigesehnte Leere und Ruhe erst nach einigen Stunden zum Schlaf führten. Neben dem gehaltvollen Input war es auch ein elektrisierendes Gefühl der Hochspannung gewesen, was ihren Körper vom Schlaf abgehalten hatte. Immer wieder durchlebte sie dabei gedanklich die Szene im Auto mit Tarik und ihre Empfindungen, die – wie sie meinte - aus einem entgleisten Hormonhaushalt entwichen sein mussten.

Am Morgen quälte sie sich aus dem Bett, um das gemeinsame Frühstück zu richten. Für den Vormittag war ein virtueller Shopping Trip mit den Kindern geplant. Beide – Viola und Adrian - legten Wert auf ihren ausgewählten Look und waren zudem noch in der Wachstumsphase. *Eine schlechte Kombination für Konsumverzicht,* dachte sich Aurora. Das Online-Einkaufserlebnis bot – vor allem für die Kinder – eine abwechslungsreiche und gemeinschaftliche Aktivität. Jeder trug dabei eine Virtual-Reality-Brille, die mit dem Central Point verbunden war. Zusammen betrat man – ähnlich wie bei einem Computerspiel – eine dreidimensionale, realitätsgetreue Scheinwelt. Mit dem Betreten der Shopping Mall war alles auf Konsum und Entertainment ausgerichtet. Die Eingabe von präzisen Suchbegriffen führte direkt in das passende Geschäft. Dort konnten Viola und Adrian ihren Avatar alles anprobieren lassen. Der Avatar lag dem Programm bereits vor und war mit den jeweiligen Proportionen des Nutzers geformt. In Sekundenschnelle konnte dieser die ausgewählten Kleidungsstücke anprobieren und von allen Seiten dem Betrachter präsentieren. Es war damit nicht mehr nötig – so wie früher – tatsächlich vor Ort durch viele Geschäfte zu wandern, mühevoll Regale und Kleiderständer durchzusuchen und sich in engen Garderoben umzukleiden. Das Programm sammelte die eingegebenen Kriterien und Informationen zu bisherigen Kaufgewohnheiten und stellte damit beim nächsten Shopping Trip die passenden Vorschläge für die Kunden zusammen. Aurora verspürte dennoch wenig Freude in dieser künstlichen Umgebung. Immer wieder flimmerten zusätzliche Werbeangebote als animierte Videos überall

im Geschäft auf. Virtuelle Personen erschienen in regelmäßigen Abständen, die freundlich auf Entertainment-Angebote und Trendprodukte hinwiesen. Diese virtuellen Verkäufer waren dem Äußeren nach entsprechend des Nutzers angepasst. So kamen zu Adrian eher „cool" wirkende Jugendliche, die ihm Produkte entsprechend seinen Hobbys und Interessen anboten. Bei Viola waren es vorwiegend perfekt aussehende Mädels in ihrem Alter, die sie zum Kauf der neuesten „Must-haves" überzeugen wollten. Und bei Aurora erschienen Männer mittleren Alters, die mit durchtrainiertem Körper und charmanten Auftreten ihr Abos für Fitness-Kurse anboten. Die zum Teil sehr aufdringliche Werbung – ob als Video an der Wand oder in Form eines virtuellen Menschen - konnte erst nach einigen Sekunden weggeklickt werden. Die Kinder amüsierten sich über die genervten Reaktionen von Aurora, die ungeduldig auf die Entfernen-Taste hämmerte, sobald die virtuellen Verkäufer anrückten.
„Jetzt wissen wir, was du im Internet machst", kicherte Viola. „Bei dir erscheinen immer durchtrainierte Männer."
„Ja, genau", stimmte Adrian ein, „immer nur Männer, die dich anhimmeln."
Die Kinder freuten sich über die Gelegenheit, ihre Mutter auf die Schippe zu nehmen. Aurora schmunzelte über die Bemerkungen, tat aber so, als ob sie die Sache ernst nehmen würde: „So eine Frechheit! Mit diesen

Männern...das ist ja unverschämt! Was wollen die von mir?", entgegnete Aurora mit gespielter Entrüstung. Die Kinder kringelten sich vor Vergnügen und auch Aurora konnte ihr Lachen nicht mehr zurückhalten. *Sie haben ja Recht. Manche Dinge im Leben, die man nicht ändern kann, sollte man mit Humor nehmen, anstatt sich darüber aufzuregen.*
Am Ende verbrachten die drei mehr Zeit im virtuellen Shoppingbereich als gedacht und Aurora gab mehr Geld aus als geplant. *Hauptsache, die Kinder sind zufrieden*, dachte sie sich mit einem Seufzen.

***

Am Nachmittag holte sie Moritz ab, um gemeinsam am Entspannungskurs von Birte und Salome teilzunehmen. Eine kleine Gruppe hatte sich dazu an der Adresse von Salome eingefunden. Bei schönem Wetter diente der Gemeinschaftsgarten des Mehrfamilienkomplexes als Treffpunkt. Mehrere Personen saßen bereits auf Sitzkissen am Boden, darunter auch David, den sie ebenfalls von der letzten Wanderung kannte. Salome und Birte begrüßten die Ankommenden und Moritz und Aurora suchten sich einen freien Platz am Boden. Der Garten war im Innenhof des großen Gebäudes angelegt und bot durch das Grün der Bäume und den liebevoll arrangierten Blumenbeeten eine idyllische Kulisse. Aurora war sich nicht sicher, ob es ihr hier gelingen würde, völlig abzuschalten und zur Ruhe zu kommen.

Unsicher wandte sie sich an Moritz: „Ist das nicht komisch, wenn man weiß, dass andere hier vom Gebäude einem zuschauen können?"

„Ach, das macht nichts. Die kennen das ja schon", meinte Moritz ganz lässig.

David, der schon erfahrener mit den Entspannungsübungen war, erklärte ihr: „Hier ist es in der Regel recht ruhig. Aber selbst wenn Leute schauen oder vorbeilaufen, kannst du das einfach ignorieren. Außerdem lernst du so noch besser, ganz bei dir zu sein und dich nicht von Dingen im Außen ablenken zu lassen. Wenn dich was ablenkt, dann komm mit der Aufmerksamkeit wieder zurück zu deinem Atem. Und wenn es mal nicht klappt – auch kein Problem. Hier gibt es ja nichts zu erreichen. Letztlich wirst du merken, wie es mit Mal zu Mal für dich einfacher wird, deinen Fokus bewusst zu steuern und abzuschalten."

Ähnliche Worte hörte sie nun auch von Birte, die allen Teilnehmern etwas zur Atmung und über das bewusste Wahrnehmen vom gegenwärtigen Moment erklärte. Danach schlossen die Teilnehmer die Augen und begannen den ruhigen Worten von Salome zu lauschen, die eine Fantasiereise anleitete. Birte begleitete die Worte mit Klangschalen und anderen Instrumenten, die sich für Aurora wie ein helles, facettenreiches Glockenspiel anhörte. Die Gedanken an die Shoppingtour drängten sich ihr in den Kopf. Die Flut an visuellen Eindrücken, aufdringlichen Geräuschen und manipulativen Reizen war noch immer zu präsent. Sie dachte an die Ratschläge von David und Birte. Entschlossen lenkte sie ihren Fokus auf den Atem und konzentrierte sich auf die Bewegung ihres Brustkorbs. Sie spürte, wie kühle Luft durch ihre Nase strömte und sich dabei die Nasenflügel leicht nach außen dehnten. Der Brustkorb weitete sich für einen kurzen Moment und sorgte für eine gewisse Spannung im Oberkörper, die unmittelbar danach in die Entspannung und das Ausatmen überging. Nun nahm Aurora auch wieder die Stimme von Salome wahr. Sie beschrieb mit ihren Worten eine wunderschöne Landschaft, die sich die Teilnehmer vor dem inneren Auge vorstellen sollten. Aurora sah gedanklich, die beschriebene Blumenwiese und die Bäume, deren Blätter sich sanft im Wind bewegten. Die Töne der Instrumente untermalten dabei die Worte von Salome und halfen durch den sphärischen Klang, in die eigene Welt der Fantasie zu gelangen. Die Bilder aus ihrer Vorstellungskraft wurden dabei immer klarer und präsenter, bis Aurora sich vollständig von dieser Fantasie-Landschaft umgeben sah. Nach zwanzig Minuten dieser inneren Reise führte Salome die Teilnehmer wieder zurück in die äußere Wirklichkeit. Danach ging es stehend weiter und es wurden Lockerungsübungen mit Qi Gong Elementen durchgeführt. Aurora war inzwischen so ruhig und entspannt, dass sie selbst bei den Bewegungsabläufen nicht mehr daran dachte, dass jemand sie dabei beobachten könnte.

Sie genoss vielmehr den Anblick der Pflanzen um sich herum und die harmonische Energie der anderen Teilnehmer. Alle schienen mit ihrer Aufmerksamkeit ganz bei sich zu sein und die fließenden Bewegungen des Qi Gongs mit Leichtigkeit umzusetzen. Auch Aurora fand gut in die ruhigen Bewegungsabläufe hinein, die den Körper eher entspannten als anstrengten. Es fühlte sich fast so an, als ob sie sich im Wasser befände und die Strömung sie wie von allein in die Bewegung führte. Aurora war überrascht, wie wohltuend diese körperlichen Übungen auch auf den Geist wirkten. Obwohl sie online bereits geführte Meditationen mitgemacht hatte, war die Wirkung hier in der Gemeinschaft und in der unmittelbaren natürlichen Umgebung doch eine andere. *Vielleicht sind es die Schwingungen, die jeder Mensch ausstrahlt und auch von den Instrumenten ausgesendet werden.*

Auf dem Nachhauseweg sprach sie mit Moritz über ihre Gedanken.

„Ich hätte nie gedacht, dass es bei diesen ganzen Entspannungsverfahren so viel zu entdecken gibt. Man glaubt ja am Anfang, dass man nur irgendwie rumsitzt oder liegt und krampfhaft versucht, an nichts denken. Aber dann merkt man, dass es vielmehr um das Loslassen geht – von Erwartungshaltung und alten Überzeugungen. Und dann kann so eine Leichtigkeit sich ausbreiten. Einfach der Hammer."

„Ja, absolut", erwiderte Moritz. „Ich mach das ja auch

erst seit Kurzem, aber ich merk´, dass es mir wahnsinnig guttut. Ich weiß auch, dass da noch ein langer Weg vor mir liegt, bis ich so komplett in diese Ruhe und den Frieden eintauchen kann, aber – wie heißt es so schön: Der Weg ist das Ziel."

„Auch die Kombi mit den Instrumenten ist faszinierend. Also nicht irgendein Gedudel sondern diese ganz besonderen Klänge. Ich weiß gar nicht so richtig, was da vor sich geht. Aber schon im Wald vor Kurzem, wo wir gemeinsam gesummt haben, war ich echt geflasht von der Wirkung. Und heute mit den verschiedenen Klanginstrumenten – das war so wohltuend. Wie so ein fliegender Klangteppich, der einen in eine andere Welt transportiert."

„Da gibt es wohl eine ganze Wissenschaft, die das untersucht", berichtete Moritz. „Darüber habe ich mich mit den anderen letztlich unterhalten. In unserem Körper ist ja auch alles in Schwingung. Deswegen nutzt man z. B. die Technologien zur Gehirnwellenoptimierung. Durch das Summen oder die Klanginstrumente verhilft man dem Körper dann in ganz sanfter Weise selbst in die Frequenz zu kommen, die man braucht, um in Balance zu sein. Die Wirkung auf das gesamte Nervensystem ist ja selbst wissenschaftlich schon nachgewiesen. In spirituellen Kreisen geht man da einfach noch ein paar Schritte weiter und schließt damit die Lücke, die in der Wissenschaft besteht. Also diese unerklärbaren Phänomene wie z. B. verbesserte Heilungsverläufe und psychedelische Zustände.

„Wow, du weißt ja echt viel inzwischen! Da hast du dich in letzter Zeit richtig intensiv damit auseinandergesetzt, oder?", fragte Aurora beeindruckt.

„Na ja, ursprünglich komm´ ich ja aus der technischen Ecke. Daher hat mich besonders interessiert, ob im Bereich der Akustik Anhaltspunkte zu finden sind. Und da gibt es tatsächlich Experimente, wo z. B. Schallwellen auf Flüssigkeiten geleitet werden und man die Bewegung darauf sichtbar macht. Schau´ dir mal die Videos im Netz dazu an. Das findest du unter dem Begriff Kymatik. Da sieht man, wie diese Frequenzen bestimmte Bilder auf dem Wasser bilden. Also kein chaotisches Schwirren, wie man meinen könnte, sondern richtige geometrische Figuren, so wie Mandalas. Ja, und du hast Recht, bei dem Thema gibt es so viel zu entdecken, vor allem auch bei sich selbst. Dazu hatte ich mit Salome schon einige schöne Gespräche, seit ich sie auf der Arbeit kennengelernt habe."

Aurora erkannte bei der letzten Bemerkung den verträumten Blick in Moritz Augen. Vergnüglich stellte sie sich die beiden als Paar vor. Damit wären auch die deutlichen Veränderungen bei Moritz besser nachvollziehbar. Sie hoffte, dass sie mit ihrer Vermutung richtig lag und Moritz diesmal vor allem auch auf die passende Resonanz stoßen würde.

Das Erwachen der Morgenröte

Auf der Arbeit wurden Sicherheitsupdates installiert und Änderungen an bestehenden Programmen vorgenommen. Für Aurora und ihre Kollegen entstanden dadurch Verzögerungen an ihren laufenden Projekten. Auch die Einarbeitung in die neuen Prozessschritte sorgte für einigen Unmut, da es den bisherigen Arbeitsablauf durcheinanderbrachte. Es lag auf der Hand, dass die IT-Abteilung alles daran setzte, mögliche Sicherheitslücken im Netzwerk zu schließen. Nervös blickte Aurora auf die Uhrzeit. Sie wollte auf keinen Fall die Verabredung mit Tarik verpassen oder auch nur zu spät kommen. *Ich muss ja mal zur Abwechslung einen guten Eindruck machen und nicht nur für peinliche Situationen sorgen.* Schnellen Schrittes eilte sie kurz nach zwölf in die Kantine und kam leicht außer Atem an die Ausgabestelle, wo Tarik bereits sein Essen entgegennahm.

„Hey, bist du gerannt?", fragte Tarik schmunzelnd. „Oder bist du einfach aufgeregt, weil du mich siehst?"

„Sei froh, dass ich mich wegen dir beeilt habe. Normalerweise müsste ich jetzt noch an einer Datei arbeiten. Falls ich jetzt noch mehr Probleme bekomme, weil mein Puls leicht erhöht ist, dann werde ich sagen, dass du schuld bist", erwiderte sie scherzhaft.

„Ok, das kann ich nicht riskieren. Dann ruh´ dich jetzt aus. Ich bring´ dir dein Essen und lad´ dich ein", erwiderte Tarik mit einem charmanten Lächeln.

„Na gut", meinte Aurora, die seine Einladung als Kompensation zu seinen spöttischen Bemerkungen annahm.

Beim Essen ging es im lockeren Plauderton weiter und Aurora spürte, dass sich ihre Angespanntheit ihm gegenüber löste. Tarik begann über seine Aktivitäten am Wochenende zu berichten, über seine achtjährige Tochter, die am Wochenende zu Besuch kam und über seine Leidenschaft des kreativen Schreibens. Aurora war fasziniert von den privaten Einblicken, die Tarik ihr in sein Leben gewährte. Bisher hatte der gemeinsame Austausch sich auf berufliche oder politische Themen konzentriert und sie merkte, wie wenig sie tatsächlich von ihm wusste. Hinter seiner frechen Art schien ein tiefsinniger Mensch zu stecken, der ebenso wie sie selbst, Phasen des Umbruchs und der Neuorientierung durchlebt hatte.

Während des kurzen Austauschs war ein ebenso kurzer Moment des gegenseitigen Erkennens eingetreten – wie ein Vorhang, der sich für einen Augenblick öffnet und den Blick auf tiefere Ebenen freigibt. Das Lächeln, das sie sich gegenseitig zum Abschied schenkten, brachte die neugewonnene Verbindung zum Ausdruck. Diese besondere Energie setzte sich in Auroras Körper wellenförmig fort und sorgte für einen wohligen Schauer. Gedankenverloren machte sie sich auf den Rückweg und setzte beschwingt ihre Arbeit am PC fort. Neben ihr hörte sie einen Kollegen leise vor sich hin fluchen. Einige Programme liefen noch nicht korrekt und verursachten reihenweise Fehlermeldungen. Aurora verstand die Aufregung gar nicht. *Das Leben kann doch so schön sein,* sinnierte sie verträumt.

***

Beim gemeinsamen Abendessen kamen sie auf den Geburtstag von Marcel zu sprechen. Antonia hatte für das Wochenende die Feier geplant und es waren wie üblich auch Viola und Adrian dazu eingeladen. Die Kinder waren nur lose in Kontakt mit ihrem Cousin und sahen sich hin und wieder bei Familienbesuchen und Feierlichkeiten. Dennoch freuten sie sich auf die Gelegenheiten des Zusammentreffens.

„Tante Antonia hat uns eine Einladung geschickt", erzählte Adrian. „Es wird eine Beachparty."

„Ah, sie haben ein Motto. Na, das hört sich doch

spannend an. Wo findet das statt?", fragte Aurora.

„Na ja am Strand, Mama" kicherte Adrian.

Viola zog ihrem Bruder eine Grimasse. „Du bist so lustig", bemerkte sie ironisch und wandte sich dann an ihre Mutter: „Es ist eine Online-Party mit virtueller Strandkulisse und dem ganzen Kram."

„Eine Online-Party?" Aurora fiel aus allen Wolken. „Seid ihr euch da sicher? Vielleicht ist es nur ein Missverständnis?", fragte sie ungläubig.

„Viele Kinder feiern inzwischen online", erklärte Adrian. „Da kann man supercoole Sachen machen. Das wirkt wie echt. Vor allem in der Premium-Variante. Aber wir haben noch nicht das neue Headset, damit würde es noch cooler sein. Können wir das vorher noch kaufen? Bitte Mama!"

Aurora schüttelte ungläubig den Kopf. „Unsere Headsets sind fast neu. Weißt du eigentlich, wie teuer dieses ganze Equipment ist? Außerdem gibt es wichtigere Dinge, als nur in dieser künstlichen Welt abzuhängen."

„Die sind genau eineinhalb Jahr alt", korrigierte sie Viola.

„Ja, genau – total alt", ergänzte Adrian.

Aurora ignorierte die letzten Kommentare. „Was ist denn so toll daran, dass jeder für sich daheimsitzt und nur über den PC mit den anderen Kontakt aufnimmt? Das macht ihr doch sonst auch? Was hat das mit einer Geburtstagsfeier zu tun?"

Viola verdrehte ihre Augen: „Mama, das ist halt heutzutage so. Früher hat man sich irgendwo draußen getroffen und jetzt halt immer mehr virtuell. Weißt du, da muss man keinen Raum finden und braucht kein gutes Wetter. Das ist weniger Arbeit für die Eltern. Jetzt gibt es diese Party-Pakete. Die kann man buchen und dann werden die Teilnehmer in der Location zusammengeführt und können verschiedene Spiele machen. Man sieht die anderen Kinder dann als Avatar. Die sind super realistisch gemacht. Auf der Beachparty gehen wir dann zum Beispiel mit Delfinen schwimmen. Wir sind dann im Meer und können sogar tauchen und sehen die Unterwasserwelt."

„Ich kenn´ diese Angebote aus der Werbung. Das ist mir schon klar. Aber erstens sind die richtig teuer und zweitens …", Aurora seufzte, „war deine Geburtstagsfeier nicht super? Im Tierparadies – mit all den Kindern und den Spaß, den ihr hattet zusammen? Und bei dir Adrian, bei deinem Papa und dem spannenden Ausflug mit den Pferden, den ihr gemacht habt?"

Adrian nickte zustimmend: „Ja, das war so cool!"

Und auch Viola bestätigte, dass die letzten Geburtstage ein voller Erfolg gewesen waren.

„Natürlich, waren die klasse", meinte Viola. „Aber ich war auch schon auf Live-Geburtstagen, wo es irgendwann langweilig wurde. Das ist bei den Game-Z-Sachen eigentlich nie der Fall, weil man sich das raussucht, was einem Spaß macht und ständig Action ist. Außerdem haben die meisten in meinem Freundeskreis total kleine Wohnungen. Da kann man sich auch schlecht treffen. Da muss man irgendwohin und das kostet dann meistens auch wieder Geld. Weißt du, im Tierparadies konnten wir die Location günstiger nutzen, weil ich da die Ausbildung mache. Ansonsten wäre es auch ganz schön teuer geworden, oder?"

„Ja, schon richtig", bestätigte Aurora. „Und das mit den Wohnungen versteh´ ich auch. Wenn ich zurückdenke an das Haus, wo wir früher gewohnt haben. Da gab es viel mehr Räume und einen großen Garten. Selbst auf dem Land gibt es diese großzügigen Häuser immer weniger und hier in der Stadt schon fast gar nicht mehr. Es ist trotzdem schade und ich werde nachher Antonia mal anrufen, um zu erfahren, was sie dazu bewegt hat."

Nach dem Essen machte sich Aurora in einem Sessel gemütlich und bat Cleo die Verbindung herzustellen. Der Screen vor ihr aktivierte sich und kurze Zeit später war auch das Gesicht von Antonia darauf zu sehen. *Sie sieht irgendwie müde aus*, war der spontane Eindruck beim Anblick ihrer Schwester. Antonia kam von sich aus auf die Geburtstagsfeier zu sprechen, wobei sie die besonderen Vorzüge und exklusiven Zusatzaktivitäten des Premium-Geburtstag-Pakets mit aller Ausführlichkeit beschrieb. Sie erwähnte, dass Marcel sich das Programm ausgewählt hatte und er sich besonders auf das Schwimmen mit den Delfinen freute. Sie hätten – wie immer – keine Kosten gescheut, um für ihn einen unvergesslichen Moment zu schaffen. Antonias Ausführungen hielten nun schon zehn Minuten an, was Aurora mit einem Blick auf die Uhr feststellte. *Es ist fast so, als ob sie mich von ihrer Entscheidung überzeugen wollte, obwohl ich die überhaupt noch nicht in Frage gestellt habe. Sie scheint wahrscheinlich selbst nicht ganz überzeugt zu sein, sonst würde sie nicht versuchen, mich davon zu überzeugen,* grübelte Aurora, die ihrer Schwester inzwischen nur noch mit halbem Ohr zuhörte. *Es wird also keinen Zweck haben, irgendeine kritische Anmerkung zu machen. Sie ist schon jetzt völlig in der Defensive. Vielleicht gibt es da im Hintergrund ein Problem. Sie sieht auf jeden Fall nicht gut aus.* Aurora entschied daher vom Thema Geburtstagsfeier wegzukommen. Sie wollte hinter die Maske blicken, die Antonia mit ihrer betonten Euphorie aufgesetzt zu haben schien. Aurora unterbrach daher ihre Schwester in einer kurzen Sprechpause und fragte: „Irgendwas sagt mir, dass etwas nicht stimmt. Ich kenn´ dich, Antonia, du brauchst mir nichts zu verheimlichen. Du siehst sehr müde aus. Was ist los? Geht es dir nicht gut?"

Im Gesichtsausdruck von Antonia schien sich für einen kurzen Moment ein abwehrender Protest abzuzeichnen, der nach einem ruckartigen Luftschnappen in ein erschöpftes Seufzen abklang.

„Ja, du hast Recht. Es läuft gerade nicht alles so ideal. Sieht man mir das wirklich so an? Aber, es stimmt, du kennst mich schließlich. Also, eigentlich wollte ich nicht darüber reden aber ..." Ein weiteres Seufzen war zu hören, diesmal verbunden mit einem langen Ausatmen, als ob sie endlich ihre schwere Maskerade der „Rundum-zufriedenen-Antonia" ablegen durfte. „Sebastian und ich...wir kommen gerade nicht mehr klar. Also, eigentlich schon länger, aber mittlerweile wird es immer schwieriger. Ich ertrag' das bald nicht mehr, ständig diese dicke Luft. Es ist nicht unbedingt so, dass wir viel streiten – es ist eher das Nicht-Kommunizieren, das Schweigen. So als ob jeder in einer anderen Welt lebt. Und glaub' mir, ich nehm' genügend Moodys, daran liegt es nicht. Und dann kommt noch Marcel dazu, der immer wieder seine hyperaktiven Phasen hat, die mich völlig stressen. Momentan ist mir einfach alles zu viel."

Das Erwachen der Morgenröte

Das Gespräch mit ihrer Schwester hatte Aurora betroffen und nachdenklich zurückgelassen. Sie stellte fest, wie ahnungslos sie gewesen war. Nichts hatte für sie bisher darauf hingedeutet, dass ernsthafte Beziehungsprobleme die Ehe ihrer Schwester ins Wanken brachten. Vor diesem Hintergrund konnte sie Verständnis für die Wahl einer Online-Party aufbringen. Sie dachte an die viele Arbeit, die für den Geburtstag von Viola angefallen war. Das hatte nicht nur Geld und Zeit sondern natürlich auch Nerven gekostet. Die virtuelle Party kostete vermutlich nicht gerade wenig, aber dafür konnte Antonia den gesamten Ablauf bequem an Game-Z übergeben. *Es zeigt mir wieder, wie schnell man jemanden verurteilt oder in Schubladen steckt. Jeder macht immer das, was in dem Moment möglich ist. Auch Antonia will das Beste für Marcel. Aber sie ist auch nur ein Mensch und keine Maschine. Und letztlich haben die Kids ja recht. Der Trend geht nun mal in Richtung Onlinemeetings, Online-Dating, Online-Partys. Die Kinder sind da flexibel. Sie machen immer das Beste draus. Sie sind da offener wie wir Erwachsene, und auch für Marcel wird es ok sein. Nur mit den Moodys – das will sie noch nicht einsehen, dass die unsere Probleme nicht lösen. Eher im Gegenteil - wenn die beiden nicht mehr richtig miteinander reden, sondern sich stattdessen mit Moodys in Gleichgültigkeit hüllen... Das schafft doch noch mehr Distanz. Vielleicht wird damit der eine oder andere Streit vermieden, aber eine Aussprache erfolgt auch nicht. Gefühle müssen doch gezeigt werden. Vielleicht nicht gerade ein heftiger Gefühlsausbruch aber einfach die eigenen Empfindungen, um dem anderen zu zeigen, was los ist. Was passt und was nicht passt. Aber ok, das ist eine Aufgabe, der ich mich selbst genauso stellen muss. Das ist bei mir auch noch nicht perfekt. Aber die Erkenntnis ist der erste Schritt zur Besserung.*

Aurora machte sich auf den Weg zur Arbeit und freute sich darauf, was der Tag ihr bringen würde. Für einen kurzen Moment wunderte sie sich über ihre innere Ausgeglichenheit. Einerseits taten ihr Antonia aber auch Sebastian und Marcel leid. Andererseits brachte sie durch das offene Gespräch wieder mehr Verständnis für ihre Schwester auf. Und auch ihre eigenen kleinen Weisheiten, die sich aus der Reflexion der Situation offenbart hatten, vermittelten ihr eine gewisse Zufriedenheit.

Am Arbeitsplatz sah sie im PC, dass für den kommenden Donnerstag der neue Termin bei der Betriebsärztin eingetragen war. *Schade*, dachte sie seufzend – akzeptierte dann aber schulterzuckend, dass sie um den Termin nicht herumkommen würde. *Ich werde also mal mein Roboterlächeln üben*, dachte sie mit einem Hauch von Ironie.

Mittags saß sie mit Anna und Jolie beim Essen. Das Wetter war verregnet und der Plan, eine Runde spazieren zu gehen, wurde aufgegeben. Von Jannik oder Tarik war nichts zu sehen. Jolie vermutete, dass die Abteilung für Bestandspflege gerade mit den Neuerungen der IT zu tun hatte.

„Ich habe gestern bis spät abends an der Implementierung der neuen Programme gearbeitet", meinte Jolie. „Ich fürchte, das wird heute auch nicht besser werden. Zumindest krieg´ ich die Überstunden gut geschrieben und bekomm dann hoffentlich nächste Woche ein oder zwei Tage dafür frei."

„Warum kann das eigentlich nicht die KI alles selbständig umsetzen?", fragte Anna.

„Ja, eigentlich sollten wir nicht so viel Arbeit damit haben. Das Problem ist, dass gerade das Amt für Cybersecurity unsere KI überprüft. Das wird wohl immer so gehandhabt, wenn es irgendwo einen Cybercrime gegeben hat. Schließlich müssen alle Sicherheitslücken aber auch mögliche Zusammenhänge ausfindig gemacht werden. Die KI hat ja Zugang zu allem und muss deswegen auch einer Überprüfung unterzogen werden. Aber mehr kann ich in dem Fall auch nicht sagen."

"Nichts sagen können" heißt hier wahrscheinlich „nichts sagen dürfen", dachte sich Aurora und bohrte – genauso wenig wie Anna – bei Jolie weiter nach.

Auf dem Rückweg sahen sie Tarik und Jannik, die den Frauen aus der Ferne zuwinkten.

„Da sind sie ja die beiden. Jetzt dürfen sie doch noch Pause machen. Aber sie wirken gestresst, die Armen", lautete Annas Kommentar.

„Sehr schade, dass wir sie verpasst haben. Es ist immer lustiger, wenn sie mittags dabei sind", erwiderte Aurora, die ein wenig enttäuscht beim Essen nach Tarik Ausschau gehalten hatte.

„Hey, das war letzte Woche aber noch anders, kann ich mich erinnern. Da wolltest du unbedingt immer raus und mittags deine Ruhe haben. Apropos: Warum hast du gestern eigentlich mit Tarik abseits von uns an einem Tisch gesessen? Ihr habt euch so angeregt unterhalten, ihr hattet gar keine Augen für uns."

„Oh sorry, das war nicht so gemeint...also ja, klar, wir wollten ein paar Sachen klären und nun ist auch alles bereinigt. Und letzte Woche war ich einfach nicht gut drauf. Manchmal ist das halt so. Jetzt ist alles wieder paletti."

Anna schmunzelte und winkte lässig ab: „Hauptsache

keinen Zoff, alles andere ist mir egal." Die restliche Arbeitszeit schien sich an diesem Tag besonders in die Länge zu ziehen. Unruhig blickte Aurora auf die Uhr am Screen. Seit der bundesweiten Einführung einer 35-Stunden-Woche war zwar der Arbeitstag kürzer geworden, aber selbst diese sieben Stunden konnten sich wie eine Unendlichkeit anfühlen. Aurora holte sich einen weiteren Kaffee und versuchte, sich auf ihre Aufgabe am PC zu konzentrieren. Nach einer Weile wanderten ihre Gedanken wieder ab und landeten bei den neuen Plänen von Kathi. *Die Selbständigkeit kann ich mir bei ihr so gut vorstellen. Sie hat ja nicht nur das Knowhow, sondern auch die Disziplin und die Motivation etwas Eigenes auf die Beine zu stellen. Und wenn dann mal so ein Durchhänger kommt wie bei mir gerade – dann geht man frische Luft schnappen bis der Kopf wieder durchgelüftet ist.* Aurora blickte aus dem Fenster. Es hatte aufgehört zu regnen und sie wünschte sich, nach draußen zu gehen, um den Geruch der Luft zu genießen. *Nach einem Regenschauer riecht es immer etwas nach Glück. Aber dann würde ich wahrscheinlich nicht mehr zurück ins Büro wollen.* Überhaupt konnte Aurora es kaum erwarten, später in der Fitnesshalle ihren Bewegungsdrang ausleben zu können. Dienstagsabend war Trainingszeit und Aurora hatte routiniert ihre Sporttasche schon am Vortag fertig gepackt und zuhause in Sicht- und Griffweite abgestellt. Diesen Trick hatte Cleo ihr mitsamt einer ganzen Liste von Ratschlägen genannt, als sie nach Motivationstipps für das Umsetzen neuer Gewohnheiten gefragt hatte. Wenn man alles perfekt für die Aktivität vorbereitet hätte, würde man weniger Ausreden finden, um sich vor der Umsetzung zu drücken, hieß es unter anderem. *An fehlender Motivation hapert es bei mir nun wirklich nicht – zumindest was den Sport anbelangt. Aber man muss auch alles zeitlich auf die Reihe bringen können. Mit Beruf und Kindern ist das nicht selbstverständlich. Kreativität gehört auch dazu - um neue Wege einzuschlagen und Unterstützung zu finden. Mit etwas Organisationstalent und der Hilfe von Familie oder Freunden kann man viel hinbekommen. Da kann ich - was meine Situation anbelangt – absolut dankbar sein.*

***

Auf dem Weg zur Fitnesshalle dachte sie an Tarik. *Er ist Single wie ich. Seine Beziehung ist vor einigen Jahren in die Brüche gegangen und seine achtjährige Tochter Milly verbringt fast jedes Wochenende bei ihm. In der Hinsicht haben wir ja einiges gemeinsam. Praktisch, dass seine Ex-Freundin auch hier in der Stadt wohnt. Damit kann die Kleine ohne großen Aufwand hin- und herpendeln. Er ist gar nicht so übel, wie ich am Anfang dachte... aber eine Beziehung mit ihm? Ich weiß nicht. Ich will auch gar nicht darüber nachdenken. Diese ganzen wirren Emotionen kann ich jetzt nicht brauchen. Jetzt heißt es erst einmal volle Power das Workout durchziehen.*

Das Erwachen der Morgenröte

Aurora legte ihre Smartwatch auf die Einlassschranke der Fitnesshalle. Normalerweise war es ein schnelles Prozedere: ein paar Bestätigungsklicks zur Zahlung und zu den Sicherheitshinweisen und schon konnte man loslegen. An diesem Tag leuchtete bei jedem Versuch eine Fehlermeldung auf. Die Zahlung konnte nicht durchgeführt werden. Aurora kannte diese Art von Rückmeldung von früheren Bezahlvorgängen. Manchmal hakte es an der Verbindung zur Plattform der Krypto-Börse. Aus diesem Grund besaß jeder mindestens zwei Wallets auf verschiedenen Bezahlplattformen. Auch Aurora probierte es schließlich mit ihrem zweiten Wallet und die Verbindung gelang ohne Probleme. Erleichtert setzte sie ihren Weg zu den Sportgeräten fort. *Die Plattform wird vielleicht gerade nicht zu erreichen sein. Kommt schon mal vor.* Ein ungutes Gefühl blieb dennoch bestehen. Das abgelehnte Wallet diente als Hauptkonto für die Gehaltszahlung. Darin hatte sie den Großteil ihres Geldes hinterlegt und von dort gingen auch die regelmäßigen Zahlungen ab. *Hoffentlich gibt es kein Problem mit dem Konto. Aber erst mal nicht drüber nachdenken. Damit werde ich mich später befassen.*

Das Erwachen der Morgenröte

Auch von zuhause aus, konnte Aurora ihr Wallet nicht abrufen. Sie erhielt die Nachricht über Cleo, dass die Plattform nicht erreichbar sei. Über eine Servicenummer versuchte sie herauszufinden, wie lange ihr Wallet nicht zugänglich sein würde. Ohne diese Bezahlfunktion ihrer Watch war sie quasi handlungsunfähig. Alle Aktivitäten – angefangen von der täglichen Busfahrt, zum Mittagessen in der Kantine oder der Wocheneinkauf wurden darüber abgewickelt. Auf der Servicenummer ließ eine KI-Stimme verlauten, dass mit Nachdruck an der Behebung der technischen Störung gearbeitet würde. Es wurde um Geduld gebeten. *Na, die sind ja lustig! Falls das morgen immer noch nicht klappt, sieht's bald eng aus.* Aurora hatte vor kurzem die Beiträge der Gesundheitsdienste und der Cyber-Versicherung aus ihrem zweiten Wallet getätigt. Die

Das Erwachen der Morgenröte

wenigen Kryptos, die dabei übrig geblieben waren, würden nur für wenige Tage reichen. *Apropos Cyber-Versicherung! Vielleicht können die mir weiterhelfen,* erinnerte sich Aurora. „Cleo! Was deckt meine Cyber-Versicherung ab?", fragte sie nervös. Cleo zählte daraufhin stichpunktartig eine Liste auf, die übersät mit Fachbegriffen und umständlichen Formulierungen war. Aurora brummte der Kopf vom konzentrierten Zuhören. *Also, wenn ich das richtig verstanden habe, sollte die Summe auf meinem Konto abgesichert sein – im Falle, dass durch einen Hackerangriff oder sonstiges technisches Versagen mein Geld futsch ist.* Aurora fühlte eine Spur der Erleichterung. Sie war froh, dass sie sich vor einiger Zeit durchgerungen hatte, diese teure Versicherung abzuschließen. Trotzdem hoffte sie inständig, dass sich das Problem zeitnah von allein löste. *Falls mein Geld wirklich weg sein sollte und ich die Versicherung in Anspruch nehmen muss, wird es sicherlich dauern, bis ich die Summe zurückerhalte. Aber auch wenn das Konto weiterhin nicht erreichbar ist – irgendwo muss dennoch Geld her. Dann werde ich mir etwas leihen müssen. Wahrscheinlich bei Antonia. Hoffentlich kommt es nicht so weit. Mal schauen, wie es morgen aussieht.*

***

Auch am nächsten Morgen war die Lage unverändert. Sie sprach am Frühstückstisch mit den Kindern über die missliche Lage. Die beiden schlugen vor, mit ihrer Smartwatch für die Busfahrt von Aurora zu zahlen.

„Das ist total lieb von euch – aber für heute wird es sicher noch reichen. Und außerdem könnt ihr mir das Ticket mit eurem Konto nicht bezahlen. Es ist an eure ID geknüpft, damit ihr den Schülertarif erhaltet. Eine Fahrkarte für Erwachsene könnt ihr damit nicht kaufen. Ich werde jetzt gleich den Vorgang bei der Plattform melden und auch die Versicherung im Laufe des Tages benachrichtigen. Das wird schon wieder. Macht euch keine Sorgen."

Trotz der besonnenen Worte den Kindern gegenüber fühlte sich Aurora in Wahrheit deutlich unter Stress. Die Situation führte ihr die hundertprozentige Abhängigkeit von der Technik wieder schmerzhaft vor Augen. Nachdem die Kinder aus dem Haus waren, beeilte sich Aurora, um rasch einige Nachrichten zu versenden. Selbst etwas in die Hand zu nehmen, und den ganzen Rahmen der eigenen Möglichkeit auszuschöpfen, schien ihr das einzige Gegenmittel gegen das Gefühl der ohnmächtigen Abhängigkeit. *Es ist egal, welche Steine mir in den Weg purzeln. Ich werde die nur nutzen, um darauf zu klettern und damit immer weiterzukommen*, sprach sie sich selbst als mutmachende Affirmation zu.

***

Auf dem Weg zur Kantine stupste Anna sie von der Seite an. Mit einer Kopfbewegung signalisierte sie in Richtung des Raumes.

„Schau mal, wer da sitzt!"

Aurora konnte Tarik und Sören inmitten des gut besuchten Speiseraums ausmachen.

„Sogar Sören ist da. Ihn hab´ ich hier noch nie gesehen", bemerkte Aurora überrascht.

„Ja, er hat andere Arbeitszeiten. Er muss früher anfangen, um die Systeme zu checken, bevor alle anderen loslegen können. Ist ungewöhnlich, dass er heute später Mittag macht."

Aurora freute sich außerordentlich über diesen Zufall.

„Ich reservier´ euch einen Platz" teilte sie Anna mit und zeigte auf Jolie, die sich gerade einen Weg zu den Frauen bahnte.

„Ich hab´ heute selbst etwas zu essen mitgebracht. Also bis gleich."

Während Anna und Jolie sich anstellten, um ihr Essen zu bezahlen, verlor Aurora keine Zeit, um Tarik und Sören zu begrüßen. Mit strahlendem Lächeln gesellte sie sich zu den Männern, die Aurora bisher noch nicht wahrgenommen hatten.

„Hey, arbeitest du auch hier?", fragte Sören belustigt. Tarik erhob sich sogar von seinem Platz, um den Stuhl für Aurora zurechtzurücken, der sich mit den Tischbeinen verkeilt hatte. Aurora war von seinem aufmerksamen Verhalten so überrascht, dass sie Sörens Scherzfrage nur noch geistesabwesend mit einem freundlichen „Ja" quittierte.

Tarik berichtete ihr, dass sie sich gerade über Änderungen in der IT-Abteilung unterhielten. Anscheinend sollte der Einsatz von KI in der Abteilung erweitert und Arbeitsprozesse outgesourct werden. Aurora verstand. Dieser harmlos klingende Begriff wurde verwendet, wenn Mitarbeiter von KI ersetzt wurden.

„Weiß man dazu schon mehr?", fragte Aurora vorsichtig. Sören schüttelte den Kopf: „Nicht viel. Es heißt offiziell, dass aus Sicherheitsgründen, Abläufe optimiert werden. Seit dem Vorfall mit dem Datendiebstahl wird bei uns jeder einzelne Vorgang unter die Lupe genommen. Es wird geprüft, inwieweit die KI hier durch Überwachungsrelais bestimmte Parameter besser auslesen und schneller reagieren kann. Aber jetzt genug gefachsimpelt. Wie läuft´s bei euch? Laufen die neuen Programme jetzt wieder rund bei euch?"

„Ja, heute auf jeden Fall besser als gestern."

Aurora war klar, dass Sören nicht mehr zu der möglichen Reduzierung von Arbeitskräften in seiner Abteilung sagen konnte. Sie hoffte, dass weder er noch Jolie davon betroffen sein würden. Ihr Problem mit dem Konto kam ihr wieder in den Sinn. Sie berichtete von der Störung, die die Plattform betraf, auf der ihr Wallet geführt wurde. Anna und Jolie hatten gerade den Tisch erreicht und hörten ebenfalls zu. Jolie klinkte sich sofort ein.

„Auf der Börse bin ich auch. Geht mir genauso wie dir. Hab´ da seit gestern keinen Zugriff mehr. Allerdings habe ich mehrere andere Wallets auf anderen Plattformen, so

dass ich ohne Probleme vorerst ausweichen kann. Aber du hast Recht. Das ist jedes Mal so nervig. Ging mir schon mal so mit einem anderen Konto. Das war dann für mehrere Tage nicht erreichbar. Seitdem verteile ich jetzt das Geld auf mehreren Börsen."
„Wow, da bin ich erleichtert, dass nicht nur ich davon betroffen bin. Dachte schon, ich hätte irgendeinen Mist mit dem Konto gebaut oder dass es gehackt worden ist oder so sowas in der Richtung."
„Also, soweit ich herausgefunden habe, scheint es sich schon um einen Hackerangriff zu handeln. Aber selbst wenn die das ganze Geld abgezogen haben, bist du mit einer Cyber-Versicherung da abgesichert. Hast du doch, oder?"
Aurora nickte. „Aber dieser ganze Aufwand und der Ärger. Es fühlt sich trotzdem nicht gut an. Wie lange meinst du, dauert das, bis man wieder Zugriff hat? Ich muss ja eigentlich ran an das Geld."
„Bestimmt nicht länger als zwei, drei Tage. Mach dir da keinen Kopf. Kannst du dir so lange von jemanden was leihen?", fragte Jolie.
„Ja, das geht schon. Aber man fühlt sich dem so ausgeliefert. Das eigene Geld ist schon etwas, wo so ein grundlegendes Sicherheitsgefühl mit verbunden ist und man leicht in Panik kommt."
„Das ist verständlich", meinte Tarik. „Ich glaube, das hat auch mit dem eigenen Spielraum der Handlungsmöglichkeiten zu tun. Man steckt immer

engmaschiger in diesem Netz der Technik drin."

„Ja, und vor allem: ohne Moos nix los", meinte Jolie mit einem gequälten Lächeln. Sie versuchte offensichtlich das Thema wieder auf ein Small-Talk Niveau zurückzuholen.

„Denkt an das Rating!" Jolie warf einen bedeutungsvollen Blick in die Runde.

Es war für alle als Erinnerung zu versehen, vorsichtig mit kritischen Gesprächen oder emotionalen Reaktionen zu sein. Aurora dachte an ihren morgigen Termin bei der Betriebsärztin. *Hoffentlich sind jetzt nicht wieder irgendwelche Anzeichen einer depressiven Verstimmung bei mir aufgezeichnet worden,* dachte sie sarkastisch. *Das würde mir jetzt gerade noch fehlen.*

„Hast du am Wochenende schon was vor?", flüsterte Tarik leise zu Aurora, als die Gruppe sich vom Tisch erhob.

„Äh, ich weiß gar nicht. Aber prinzipiell würde es schon gehen. Kann ich dir morgen Bescheid geben? Oder wir telefonieren?"

„Ok, ich ruf' dich heute Abend an, gegen 8?"

Aurora nickte und eilte davon, um im Flur auf Anna zu warten, die noch ihr Geschirr wegräumte. Sie spürte eine leichte Hitzewallung und befürchtete, dass ihre Gesichtsfarbe ihre innere Aufgeregtheit sichtbar widerspiegelte.

Das Erwachen der Morgenröte

Aurora machte es sich gerade mit einer Tasse Tee im Wohnzimmersessel gemütlich. Mit der Tasse wärmte sie sich ihre kalten Hände und hoffte auf die nervenberuhigende Wirkung des Tees. Ihr inneres Gleichgewicht war an diesem Tag deutlich in Schieflage. Sie sehnte sich nach einem netten Gespräch mit aufmunternden Worten. Mit Erleichterung vernahm sie das Signal des hereinkommenden Anrufs von Tarik.

„Hey, alles klar?", Tarik schaute sie mit fürsorglichem Blick durch den Screen an.

„Ja, passt schon. Oder auch nicht. Aber: That´s life. Wie sieht´s bei dir aus?"

„Ich mach´s Beste draus, würde ich mal sagen", antwortete Tarik mit müdem Lächeln. „Kommst du immer noch nicht an dein Geld?"

„Ja, so ist das. Das zehrt gewaltig an meinen Nerven. Und

dann findet morgen noch dieser Termin bei der Betriebsärztin statt. Hab´ ich ehrlich gesagt, gar keinen Bock drauf."

„Ok, aber das ist ja reine Routine. Bin da auch für morgen eingetragen. Die stellt ein paar Fragen und dann gibt´s 'ne Empfehlung für irgendwelche Moodys. Ist nichts, vor was man nervös sein muss."

„Ja, bei dir vielleicht. Aber bei mir steht da womöglich mehr auf dem Spiel. Im Feedbackgespräch haben die so Andeutungen gemacht. Also nach dem Motto, dass meine Werte nicht optimal sind und ich aufpassen muss wegen möglicher depressiver Erkrankungen."

„Ach, komm", Tarik winkte ab, „nimm das nicht zu ernst. War bei mir ähnlich. Aber wahrscheinlich wollen die einfach darauf hinweisen, dass sie ein Auge auf die Angestellten haben und wir uns zusammenreißen sollen. Sie dürfen zwar stichprobenhaft die Werte messen, aber dann nur Empfehlungen aussprechen. Nur wenn du wirklich ein Verhalten an den Tag legst, was nicht konform mit den Values ist, dürfen die einschreiten und zum Beispiel eine Abmahnung erteilen. Du hast also nichts zu befürchten. Glaub´ mir."

„OK, trotzdem komm´ ich mir da wie so ein unmündiges Kind vor. Auch morgen bei der Betriebsärztin. Wenn ich mir vorstelle, dass die mir einen Vortrag hält, um mich von etwas zu überzeugen, was ich gar nicht möchte – dann graut es mir jetzt schon davor. Außerdem bin ich in der Probezeit, das heißt so locker kann ich das nicht sehen. Aber wahrscheinlich steigere ich mich da auch zu sehr hinein. Du hast ja recht. Es ist ja alles immer nur Gerede, einfach nur Worte, die dann bei einem selbst Ängste und Sorgen auslösen. Von daher muss man bei sich schauen, wie man besser damit umgehen kann. Aber wenn so mehrere Sachen zusammenkommen, dann wird es immer schwerer, locker und relaxed zu bleiben."

„Ja, das ist dieser Tunnelblick, den man bekommt. Man nimmt den Rest der Welt gar nicht mehr wahr, sondern ist fixiert auf irgendetwas, was einem im Kopf herumschwirrt", meinte Tarik nachdenklich. Gleich darauf blitzten seine dunklen Augen wieder voller Charme auf. Lächelnd fuhr er fort: „Von daher wäre es doch ideal, du hättest einen Lichtblick für das Wochenende. Wie wäre es, wenn wir zusammen ins Café gehen? Das Wetter soll nicht besonders werden, aber vielleicht klappt's trotzdem noch mit einem kleinen Spaziergang. Und vielleicht kann ich dich auf andere Gedanken bringen und dich ein wenig aufmuntern."

„Das hört sich gut an. Am Samstag sind die Kinder am Nachmittag mit einer Online-Party beschäftigt, das würde gehen. Wie sieht es bei dir aus? Ist deine Tochter nicht bei dir?"

„Nein, dieses Wochenende ist sie bei ihren Großeltern. Also ich bin flexibel."

„Also dann Samstagnachmittag um 16 Uhr? Ich war schon ewig nicht mehr im Café. Hast du ein bestimmtes im Auge?"

„Wenn du magst, können wir ins Cats gehen. Du weißt schon ... dieses Katzencafé, wo Katzen frei herumlaufen. Wenn du möchtest."

„Oh, da wollte ich schon lange hin. Ich glaube, du kannst Gedanken lesen oder ziehst du auch irgendwelche Daten von meiner Watch?", fragte Aurora schmunzelnd. Ihre Laune hatte eine 180 Grad Wendung vollzogen und sie lächelte Tarik vergnügt an.

„Wie sagt man so schön: Ein Lächeln sagt mehr als tausend Worte. Und dein Lächeln ist etwas besonders..." Tariks Augen schweiften nachdenklich umher. „Ja, so wie ein wunderschöner Sonnenaufgang." Tarik schaute zufrieden zu Aurora, die inzwischen leicht verlegen selbst nach Worten suchte.

„Oh, danke schön. Ok, dann sehen wir uns morgen?"

„Morgen werde ich's um 12 nicht in die Kantine schaffen. Und Freitag ist ja Feiertag. Also dann spätestens am Samstag im Cats." Tarik zwinkerte ihr noch zu und die beiden verabschiedeten sich.

***

Pünktlich marschierte Aurora am Donnerstag zum Besprechungsraum, in dem die Betriebsärztin die Untersuchungen an diesem Tag durchführte. Die Tür stand bereits einen Spalt offen und Aurora machte sich durch Klopfen bemerkbar. Die Dame hinter dem Tisch blickte kurz auf und nickte Aurora zu.

„Bitte nehmen Sie Platz. Aurora Baran, richtig?"

„Ja, genau." Aurora inspizierte die Ärztin, die sich wieder ihrem PC widmete. Auf ihrem Namensschild war Frau Dr. Meier zu lesen. Sie schätzte die Ärztin auf Ende fünfzig. Frau Dr. Meier war mit einem adretten, aber leicht altmodisch wirkenden Blazer bekleidet. Das Blumenmuster darauf hatte eine fast hypnotische Wirkung und Aurora zwang sich ihren Blick davon loszureißen. *Sieht sehr streng aus*, dachte sich Aurora beim Betrachten der Ärztin, *wie sie so kritisch auf den Laptop blickt und mit den schmalen, rot geschminkten Lippen. Zumindest besser, als wenn ich jetzt einem Androiden gegenübersitzen würde, für den ich nichts anderes wäre als eine problembehaftete Maschine,* ging es ihr durch den Kopf. Sie hatte nun genug von der Ärztin gesehen, die weiterhin unbeirrt an ihrem Laptop arbeitete. Etwas angespannt ließ Aurora ihre Augen durch den Raum gleiten, und hoffte, dass sie diesen möglichst bald wieder verlassen durfte.

Nach einigen Minuten wandte sich die Ärztin schließlich Aurora zu und setzte dabei ein dezentes Lächeln auf.

„Frau Baran, Sie sind nun seit einem Monat hier beschäftigt. Gibt es von Ihrer Seite Themen oder Probleme, die Sie ansprechen möchten?"

Aurora verneinte – genauso wie die weitere Frage nach gesundheitlichen Beschwerden. Sie berichtete stattdessen in betont fröhlicher Manier von der erfolgreichen Einarbeitung, den freundlichen Kollegen und dem Spaß, den sie bei der Arbeit hatte. Sie drückte ihre Dankbarkeit

Das Erwachen der Morgenröte

aus, eine solche wunderbare Arbeitsstelle gefunden zu haben und erklärte, was sie in ihrer Freizeit tat, um fit und gesund zu bleiben. Sie berichtete vom Fitness-Training, der Meditation und den Spaziergängen an der frischen Luft.

„Sehr schön", meinte Frau Dr. Meier. „Das hört sich doch ganz hervorragend an. Dennoch liegen mir Daten vor, die von Ihrem Abteilungsleiter als leicht besorgniserregend gekennzeichnet sind. Hat man Sie darüber schon in Kenntnis gesetzt?"

„Ich hatte ein Feedbackgespräch. Aber das Wort besorgniserregend ist dabei - soweit ich mich erinnern kann - nicht gefallen. Es ging wohl eher um eine leichte Verstimmung, die sich an einem Tag bei mir bemerkbar gemacht hat. Wahrscheinlich, weil ich davor schlecht geschlafen hatte. Außerdem war mein Sohn leicht erkrankt. Also ganz banale Gründe, die sich schon mal negativ auf das Gemüt auswirken können. Ich kann deswegen gewiss behaupten, dass ich weder depressiv noch sonstige psychische Störungen habe."

„Mmm", brummelte die Ärztin, die dabei Aurora prüfend in Augenschein nahm. „Wissen Sie, unsere Psyche ist die Grundlage für unser Denken und unser Verhalten. Letztendlich auch für unsere Gesundheit. Deswegen wäre es fatal, die subtilen Anzeichen einfach zu ignorieren. Ich werde Ihnen ein Rezept für ein Kombi-Präparat ausstellen. Es enthält Bestandteile der Moody-Zin und einige Vitamine und Mineralstoffe. Daneben empfehle ich Ihnen, ein regelmäßiges medizinisches Check-up. Wie ich aus Ihrer Gesundheitsakte entnehme, liegt ihr letzter Arztbesuch schon über ein Jahr zurück. Von offizieller Seite wird ein sechsmonatiger Turnus für die Grundvorsorge als notwendig erachtet. Ich kann Ihnen nur dringend ans Herz legen, diese Mindeststandards einzuhalten. Nur so können rechtzeitig oder präventiv Maßnahmen ergriffen werden. Zum anderen verhindern Sie damit auch eine Hochstufung bei der Zahlung Ihrer Kassenbeiträge. Wer die Grundvorsorge nicht umsetzt, wird im Krankheitsfall stärker an den Kosten der Behandlung beteiligt. Das wissen Sie doch, oder?"

Aurora nickte und setzte eine Erwiderung an, während Fr. Dr. Meier unbeirrt ihren eindringlichen Appell fortsetzte: „Es dient alles nur zu Ihrem Vorteil. Außerdem sind die Check-ups heutzutage so unkompliziert. Wenn ich da an früher denke, wo man lange auf Termine gewartet hat und vieles auf menschlicher Einschätzung basierte. Heutzutage sind wir durch die KI-basierte Messtechnik so effizient und präzise geworden. Es geht ja nicht nur um das persönliche Wohlbefinden, sondern - wie Sie hier auf der Arbeit erkennen können -, um die Umsetzung gemeinsamer Werte. Ganz zu schweigen von der Bedeutung auf gesellschaftlicher Ebene, wo hier jeder seinen kleinen Teil für den Erhalt von Frieden und Sicherheit beitragen kann."

Frau Dr. Meier machte an dieser Stelle eine

bedeutungsvolle Pause. Aurora versuchte krampfhaft ihr einstudiertes Roboterlächeln aufrechtzuerhalten. Die Ärztin schaute nun betont wohlwollend auf Aurora und zeigte auf das Gerät neben ihrem Laptop.

„Also wenn Sie jetzt bitte Ihre Smartwatch kurz auf das Lesegerät legen, dann sind wir für heute durch. Die Mittel werden Ihnen kostenlos zugeschickt und denken Sie bitte daran, Ihre Termine nachzuholen. Dann wünsche ich Ihnen weiterhin gute Gesundheit und viel Freude bei Ihrer Arbeit."

Aurora nickte und trottete benommen aus dem Raum.

Das Erwachen der Morgenröte

Die Kinder verbrachten den Feiertag bei ihrem Vater und Aurora nutzte die Gelegenheit, um die Ereignisse der Woche zu verdauen. Nach dem Termin bei der Betriebsärztin hatte sie versucht, sich mit ihrer Arbeit und später mit Sport abzulenken. Jeder Gedanke daran, ließ erneut Wut in ihr zum Vorschein kommen. Hinzu kam Auroras Ärger über sich selbst, der der diffusen Schwere in ihrer Brust weiter an Gewicht verlieh. Sie ärgerte sich, dass sie sich nicht mutiger gegen die Unterstellungen hinsichtlich ihres Geisteszustands zur Wehr gesetzt hatte. Am meisten irritierte sie allerdings die Tatsache, dass sich diese Wut überhaupt in ihr ausbreiten konnte. *Warum macht mir das so zu schaffen? Warum kann ich nicht wie andere einfach mit der Schulter zucken und auf Durchzug schalten?* Aurora ging im Kopf alle Empfehlungen und Impulse aus ihren psychologischen Ratgebern durch. *Es muss doch möglich sein, diese negativen Energien bewusst abzuleiten? Wie bei einem Ventil, wo die heiße Luft herausfließt.*

Aurora erinnerte sich an die Empfehlung, sich selbst als Beobachter wahrzunehmen. Man sollte dabei, wie ein Zuschauer auf die Bühne blicken, auf dem sich die Szenen des eigenen Lebens abspielten. Damit betrachtete man sich selbst mit einem gewissen Abstand und bekam dadurch die Möglichkeit, sich nicht vollständig mit der auf der Bühne dargestellten Rolle zu identifizieren. In der Position des Zuschauers blieb das Mitfiebern, Mitleiden und -fühlen immer in einem bestimmten Rahmen, denn der hauptsächliche Sinn des Zuschauers lag darin, das gesamte Stück zu genießen. Gerade die gefühlsintensiven Szenen des „Theaterstücks" machten den Reiz und die Tiefgründigkeit der Geschichte aus. *Also, wenn ich zum Beobachter der Rolle der „Aurora" werde, dann würde ich vielleicht wie eine Psychologin das Verhalten sachlicher analysieren können. Dann würde ich die Emotion spüren und denken: oh, das ist ja interessant. Hier spüre ich gerade Angst. Wo kommt die wohl her? Und dann könnte ich das ganz nüchtern betrachten und annehmen, ohne mich noch über mich selbst zu ärgern oder irgendwas verdrängen zu müssen. Wenn ich die ganze Szene bei der Betriebsärztin als Zuschauer betrachtet hätte, dann wäre mir sicherlich die gewisse Komik des Ganzen aufgefallen. Wahrscheinlich hätte ich sogar lachen müssen. Wie ich so dasitze – erst ganz mutig und dann immer in mich gekehrter mit einer aufgesetzten Maske des braven Kindes. Ich könnte auch Sympathie für mich selbst aufbringen, weil ich erkenne, dass ich immer das mache, was in meinem Repertoire der Rolle möglich ist. Ich könnte mir selbst applaudieren und sagen: Bravo! Ganz wunderbar gemacht! Und als Nächstes könnte ich ganz sachlich die gefühlten Emotionen und das gezeigte Verhalten durchgehen und dabei viel über mich lernen. Genauso könnte ich die Ärztin betrachten und Sympathie auch für sie aufbringen. Sie macht das, was sie kann. Und vieles von dem, was sie gesagt hat, war ja nicht ganz verkehrt. Als Zuschauer würde ich ihre Worte dann einfach einteilen in „nützlich/zutreffend" und „nicht nützlich/nicht zutreffend". Nichts davon wäre dann provozierend, beleidigend oder ärgerlich. Wenn man das Leben so nimmt – also als Theaterstück, bei dem man selbst der Zuschauer ist, - dann wird es ein stückweit leichter. Auch die Selbsterkenntnis gelingt damit besser, denn man schaut seine eigenen Reaktionen an, und holt damit sicherlich so manche Ursache an die Oberfläche. Aber am Anfang muss man sich wohl immer wieder daran erinnern, diese Zuschauerposition einzunehmen.*

Aurora nahm zufrieden zur Kenntnis, dass dieser Perspektivwechsel bei ihr für Erleichterung gesorgt hatte. Das bedrückende Gefühl war nahezu verschwunden. Nur das Thema Geld sorgte noch für Unruhe in ihrem Kopf. Ihr Konto war weiterhin nicht erreichbar. Von der

Börsenplattform war die Nachricht eingegangen, dass ein Cyberangriff für die Störung verantwortlich gewesen sei. Die Gelder aller Kunden wären jedoch gesichert und sollten in wenigen Tagen wieder verfügbar sein. Aurora schickte eine Nachricht an ihre Schwester und bedankte sich für das Geld, was diese ihr geliehen hatte. Kurz darauf zeigte der Screen den Anruf von Antonia an.

„Hallo, meine Liebe, das ist ja wirklich eine unangenehme Situation mit dem Geld. Hoffentlich klärt sich das bald. Hast du schon irgendetwas konkretes von denen gehört?"

Aurora klärte sie über den gegenwärtigen Stand der Dinge auf. „Das wird sicherlich bald wieder klappen. Einer Kollegin von mir geht es genauso. Sie ist bei der gleichen Plattform. Meine Cyber-Versicherung habe ich auch kontaktiert. Irgendwas wird sich da schon die nächsten Tage tun."

„Das ist wirklich eine Tragödie mit dieser Cyber-kriminalität. Jeden Tag hört man von diesen Angriffen im Netz. Die Nachrichten sind voll davon. Ein Glück, dass wir bisher weitestgehend verschont geblieben sind. Also, ich muss jetzt los." Antonia schaute angespannt zur Seite und Aurora konnte im Hintergrund die Stimme von Sebastian hören.

„Ja, dann viel..", Aurora konnte ihren Satz nicht mehr beenden, denn Antonia hatte bereits aufgelegt. Eigentlich wollte sie ihr noch viel Erfolg für die bevorstehende Online-Party wünschen. *Die hatte es aber eilig. Vielleicht ist gerade wieder Stress zwischen den beiden. Ich hoffe, der Kleine bekommt davon nicht zu viel mit.*

Das Anrufsignal ertönte erneut. *Ruft sie jetzt doch nochmal an?* Dann sah sie, dass diesmal Moritz in der Leitung war.

„Hey, alles fresh bei dir?", begrüßte Moritz sie gutgelaunt. „Wir wollen heute Nachmittag eine kleine Summ-Session bei Salome veranstalten. Die anderen kennst du ja schon und ich dachte, ich frag´ dich einfach, ob du spontan Zeit und Lust hast."

Aurora willigte sofort begeistert ein. „Sollen wir später den Bus zusammen nehmen?"

„Du müsstest diesmal allein herkommen. Ich schick dir aber nochmal den Standort durch. Ich bin schon hier bei Salome." Moritz Gesicht strahlte eine Mischung aus Freude und Verlegenheit aus.

„Ok, kein Problem. Dann fahr´ ich allein. Super, dass du an mich gedacht hast. Freu mich, euch nachher zu sehen. Also bis später!"

Aurora lachte vergnügt vor sich hin. *Also ich glaube, mein Verdacht bestätigt sich. Die beiden wären auf jeden Fall ein süßes Paar! Hoffentlich täusche ich mich nicht. Ich werde das nachher im Blick haben. Auch wenn sie nichts verraten sollten, so wird man es ihnen an den Augen ablesen können. Verliebte Blicke kann man nicht verbergen.*

Am Nachmittag fand sie sich bei Salome ein. Das milde Wetter ließ den Aufenthalt im Gemeinschaftsgarten des Wohnkomplexes zu. Sie erkannte die Gesichter aus der Wandergruppe, die sich vollständig an diesem Tag eingefunden hatte, sowie zwei weiteren Personen aus der letzten Meditationsrunde. Nach einer herzlichen Begrüßungsrunde und allgemeinen Plaudereien nahm jeder seinen Platz auf einem Bodenkissen ein. Philipp begann nun ein paar Worte zur „Chakra-Flöte" als Erklärung für die Summ-Übung zu sagen: „Die vedische Weisheitslehre beschreibt die Chakren als feinstoffliche Energiewirbel, die sich auf Körper und Geist auswirken. Man könnte auch sagen, es sind Ebenen von Schwingungen, jenseits der hörbaren oder sichtbaren Skala. Auch sie unterliegen den Gesetzen von Schwingung und Resonanz. Sie dienen im Körper dazu, Energie zu empfangen, zu wandeln und zu verteilen. Mit der Übung tragen wir dazu bei, mit unseren Frequenzen und dem Vibrationseffekt harmonisierend einzuwirken. Dazu benutzen wir die Vokale, die als Urlaute gelten. Man beginnt mit dem unteren Wurzel-Chakra und summt die sieben Energiezentren bis zum Kronen-Chakra hinauf. Jedem der ersten sechs Chakren ist ein Vokal zugeordnet. Für das oberste, siebte Chakra, dem Kronenchakra, wird das „M" mit geschlossenen Lippen gesummt. Die Tonhöhe steigt von unten nach oben, das heißt im Wurzel-Chakra beginnen wir mit dem tiefsten

Ton und enden im Kronen-Chakra mit einem hohen, gesummten „M". Wir summen jeden Ton sieben Mal bis wir zum nächsten Chakra übergehen."
Jetzt verstand Aurora auch den Hintergrund der Summ-Meditation, die sie im Wald zum ersten Mal kennengelernt hatte.
„Wichtig ist, dass ihr bei jedem Ton mit eurer Aufmerksamkeit auf dem jeweiligen Bereich eures Körpers ruht."
Philipp zeigte nun die einzelnen Chakren und deren Lage am Körper auf.
Birte empfahl der Gruppe für einen kurzen Moment in den Körper hineinzufühlen und sich den inneren empfundenen Zustand zu merken.
„Nach der Übung könnt ihr dann erkennen, ob eine Veränderung wahrnehmbar ist."

Aurora wusste um die positiven Effekte dieser Übung. Es hatte sie damals im Wald beeindruckt, mit welchen banalen Methoden man deutliche Veränderungen erzielen konnte. Dies war auch der Grund, warum sie die Übung häufig mit ihrer täglichen Meditation kombinierte. *Gut, dass ich jetzt nochmal alles ausführlicher erklärt und gezeigt bekomme. Die richtige Umsetzung macht sicher etwas aus.*
Nach einer kleinen Atemübung stimmten dann alle in das Summ-Konzert ein, was von Philipp, als Hauptimpulsgeber, angeleitet wurde. Aurora spürte, dass sie

mit dem Fokus auf dem jeweiligen Chakra-Bereich eine Intensivierung ihres akustischen Signals erzielte. Beim obersten Ton angekommen wanderten sie stimmlich und energetisch nochmal alle Chakren nach unten, bis wieder das Wurzel-Chakra als Erdungspunkt erreicht war. Danach folgte eine Zeit der Ruhe. Aurora nahm hierbei ohne Gedanken ausschließlich ein erfüllendes Gefühl des Friedens wahr. Nachdem alle mit ihrem Bewusstsein im Garten zurückgekehrt waren, leitete Salome ein paar Lockerungsübungen für den Körper an. Im Stehen ging es mit der zweiten Summ-Übung weiter, bei der jeder seinen eigenen Ton für das Gefühl der Dankbarkeit anstimmen sollte. Philipp erklärte, dass es Teil seiner täglichen Übung sei, zu einem bestimmten Wort, wie Liebe oder Frieden, spontan zu summen.

„Probiert das selbst immer mal wieder aus und nutzt positive Begriffe, die euch inspirieren. Ihr werdet merken, dass ihr bei jedem Begriff andere Summlaute erzeugt. Ihr könnt das übrigens auch für Affirmationen oder Mantras nutzen."

Was dann folgte, war ein bunter Wirrwarr an Stimmen und Lauten, die ein fröhliches Summ-Konzert erzeugten. Aurora ignorierte inzwischen die Tatsache, dass gelegentlich Bewohner des Wohnkomplexes verwundert vorbeiliefen oder erheitert aus dem Fenster schauten. Sobald sie der Aktivität ihre volle Aufmerksamkeit schenkte, war alles andere um sie herum ausgeblendet. Auch beim „Dankbarkeits-Summen" verlor sie nach und nach ihre Hemmung und ließ die Töne, ihrer Intuition folgend, aus sich herausfließen. Fasziniert bemerkte sie den verstärkenden Effekt zwischen dem Gefühl der Dankbarkeit und dem Summen. Je mehr sie sich darauf einließ, umso mehr Freude und Dankbarkeit schien sich in ihr auszubreiten.

Eine fröhliche Ausgelassenheit war nun bei allen Teilnehmern zu spüren, was bei einigen zu einem befreienden Lachen führte. Aufgeladen mit dieser positiven Energie umarmten sich die Teilnehmer zum Abschied. Auroras neugierigem Blick war es nicht entgangen, dass sich Salome und Moritz mit besonderer Herzlichkeit umarmten. Auch die Energie, die zwischen den beiden wahrnehmbar war, ließ keinen Zweifel mehr zu. Ein Gefühl von Zufriedenheit und Glück machte sich nun noch deutlicher bei ihr bemerkbar. Es schien fast so, als ob die Summ-Meditation sie durchlässiger für Emotionen gemacht hatte, und sie nun die Verliebtheit der beiden in ihrem eigenen Herzen spüren konnte. Außerdem war damit auch der Rest an Unsicherheit genommen, den sie aufgrund des vergangenen Verhaltens von Moritz, ihm gegenüber aufgebaut hatte. Moritz, der nun ihren Blick erwiderte, kam auf sie zu. „Alles ok bei dir? Du siehst gerade irgendwie erschöpft aus."

„Die Stunde hier war so intensiv. Da kommen dann plötzlich viele Emotionen hoch. Aber alles ist wunderbar. Und auch die Gemeinschaft mit all den herzlichen

Menschen hier. Das ist man plötzlich Teil von einem Ganzen ... von dieser Energie... es ist schwierig in Worte zu fassen."

„Ja, das geht mir auch so. Außerdem bin ich momentan eh' sehr glücklich."

Moritz hatte nun ein breites Grinsen wie ein kleiner Junge im Gesicht. Dann schien er sich gedanklich zu sammeln und fügte etwas ernster hinzu: „Ich wollte dir noch was erzählen. Salome und ich...wir sind ein Paar. Ich hoffe, das ist ok, denn ich mag dich auf keinen Fall verletzen. Du bist schließlich eine besondere Freundin für mich."

„Komm her, du Dussel", scherzte Aurora und zog ihn mit einer Umarmung an sich.

„Ich freu' mich so für dich. Außerdem kann man euch das von Weitem ansehen, wie es um euch bestellt ist."

„Ok", lachte Moritz, „das hatte ich fast befürchtet. Da müssen wir in der Arbeit etwas dezenter auftreten. Da sind zu viele Gefühle bei den Mitarbeitern nicht so gerne gesehen."

„Ja, das kenne ich. Hab' gestern Moodys dagegen verschrieben bekommen."

„Die nimmst du doch jetzt hoffentlich jeden Tag?"

„Ja, natürlich. Ich will ja nicht zu einem nationalen Sicherheitsproblem werden", meinte Aurora augenzwinkernd.

***

Das Erwachen der Morgenröte

Am Abend spürte Aurora, wie müde sie war. Die Ereignisse des Tages beruhten zwar weitestgehend aus einem inneren Geschehen, aber gerade die aufschlussreichen Gedankenprozesse und die intensive Wahrnehmung während der Meditationsstunde, hatten diesen so erfüllend gemacht. Aurora war dankbar. *Wenn ich jetzt als Zuschauer so auf mein Leben blicke, dann sieht doch alles recht gut aus.* Sie schaute aus dem Fenster. Die letzten Sonnenstrahlen des Tages färbten die Wolken purpurrot. *Der Vorhang für das heutige Schauspiel ist also wieder gefallen,* dachte sie sich lächelnd.

Das Erwachen der Morgenröte

Aurora holte die Kinder Samstagvormittag vom Bahnhof ab. Sie berichteten von dem bevorstehenden Umzug ihres Vaters. Schon in einer Woche würde er zu seiner Freundin ziehen, die nur wenige Orte von ihm entfernt wohnte. Die Kinder hatten beim Aussortieren und Verpacken seiner Sachen geholfen. Aurora wusste von seinen Plänen, denn sie hatte mit Vincent wegen der Scheidung in den letzten Wochen einige Male telefoniert. Eine Scheidung war inzwischen online möglich, sofern sich beide Parteien in allem einig waren. Dennoch musste eine Vielzahl von formellen Vorgaben beachtet und geklärt werden. Der bürokratische Aufwand war dadurch nicht weniger geworden, und Aurora hoffte, bald einen abschließenden Bescheid zur Auflösung der Ehe zu erhalten.

„Lasst uns heute noch was draußen machen. Das Wetter passt und nachher hockt ihr eh nur vor eurer Box während der Online-Party."

„Aber nicht Spazierengehen!", protestierte Adrian.

„Ich muss noch was für die Schule machen.", erklärte Viola, die ebenfalls wenig Begeisterung zeigte. „Außerdem bewegen wir uns doch auch mit Game-Z. Wir sitzen ja nicht nur rum. Bei den Activities muss man sich sogar richtig viel bewegen. Manchmal bekomm ich sogar Muskelkater davon."

Aurora überlegte, wie sie die Kinder dennoch von einer gemeinsamen Unternehmung überzeugen konnte. Die Ausrede ihrer Tochter, nach der diese sich nun fleißig ihren Schularbeiten während der Ferien widmen wollte, klang alles andere als glaubwürdig. Dafür kannte sie ihre Kinder doch zu gut.

„Dann gehen wir zumindest eine Runde über den Ostermarkt am Stadtpark. Da gibt es auch Action und leckere Sachen zum Essen. Außerdem sind Ferien. Für die Schule ist noch genug Zeit."

Die Aussicht auf eine verlockende Essensauswahl ließ die Kinder unmittelbar ihre Meinung ändern, so dass sie sich schließlich zur Mittagszeit im Stadtpark einfanden.

Der Ostermarkt bestand aus einigen Ständen, an denen Werbematerialien und Gratisprodukte herausgegeben wurden. Daneben gab es Imbissbuden und einige nostalgisch angehauchte Kirmes-Attraktionen. Beim Umherschlendern zwischen den Buden gingen Aurora

Das Erwachen der Morgenröte

einige Gedanken durch den Kopf. *Eigentlich ist es genauso wie ein Spaziergang – aber hier auf dem Markt ist es für die Kinder ok. Als Kind ist man so fixiert auf äußere Reize. Bei Erwachsenen ist es irgendwann andersherum. Man genießt die Ruhe, weil man mit dem Auf und Ab des eigenen Lebens schon genug inneren Lärm angesammelt hat. Da geht es irgendwann mehr um die Aufarbeitung der ganzen Informationen, die im Kopf herumspuken und auf der Seele liegen. Man wird selektiver mit dem, was auf einen einwirkt: ob bei der Ernährung, in Beziehungen – und was sonst so über die Sinne aufgenommen wird. Man lernt zu unterscheiden, was gut oder nicht gut für einen ist. Es geht um die richtigen Entscheidungen im Leben und das richtige Maß – so wie Kathi das erwähnt hat. Aber damit tun sich auch die Erwachsenen schwer.*

Zurück in der Wohnung bemerkte Aurora, dass eine Nachricht für sie hereingekommen war. Sie dachte gleich an Tarik. *Nicht, dass er noch die Verabredung absagt.* Den ganzen Tag über hatte sie mit vergnüglicher Erwartung an das Treffen gedacht.
„Cleo – Nachricht Ansage", sprach sie leicht angespannt in den Raum. Cleo las den Betreff und den Absender der Nachricht vor. Es war eine Information ihrer Börsen-Plattform. Sofort klickte Aurora den Rest der Nachricht an und las darin, dass ihr Wallet wieder freigeschaltet worden war. Eilig überprüfte sie die Richtigkeit der

positiven Botschaft und stellte erleichtert fest, dass ihr vollständiges Guthaben vorhanden und abrufbar war. Sie atmete hörbar auf. *Das hat Nerven gekostet. Aber gut. Alles ist glimpflich ausgegangen und ich kann dankbar sein.* Aurora dachte an die Summ-Meditation vom Vortag. *Fühlt sich fast so an wie gestern - fast zur gleichen Uhrzeit - bei dem Summen von Dankbarkeit. Ist ja witzig.*

***

Zufrieden machte sich Aurora auf den Weg zum Café. Das „Cats" war ein typisches Themen-Café, in dem vor allem die Katzenliebhaber auf ihre Kosten kamen. In dem Maße wie die Wohnungen der urbanen Siedlungsbereiche immer kleiner wurden, setzte sich nach und nach auch das Tierhaltungsverbot durch. Als Ersatz waren unter anderem die Streichelzoo-Anlagen wie das „Tierparadies" entstanden und „Rent-an-Animal"-Institute, bei denen man nach einer kleinen Schulung, Hunde zum Gassi-Gehen leihen konnte. Diese Einrichtungen wurden von öffentlichen Geldern unterstützt, da der gesundheitliche Effekt von Tieren auf den Menschen gut messbar geworden war. Auch das Café diente dazu, Mensch und Tier – in dem Fall mit der Katze – zusammenzubringen. In dem Café war alles auf die Bedürfnisse der Tiere ausgerichtet. Es gab diverse Katzenmöbel, viele Pflanzen und im Hintergrund lief sanfte klassische Musik. Studien hatten ergeben, dass bestimmte Musikstücke von Katzen bevorzugt wurden. In diesem Ambiente streiften nun etliche Katzen umher, die sich an der Anwesenheit der Menschen nicht zu stören schienen. Im Café lebten die besonders umgänglichen und zahmen Exemplare, die sich gerne streicheln ließen und sich an den Beinen der Gäste rieben.

Tarik hatte bereits an einem Tisch Platz genommen und winkte Aurora zu, die sich noch staunend im Café umschaute. So viele Katzen hatte sie schon lange nicht mehr gesehen. Jeder dieser flauschigen Tiere schien mit einem einzigartigen Fellmuster und Fellfarbe ausgestattet zu sein.

„Mit den Tieren ist das hier wirklich was Besonderes. Man fühlt sich gleich wohl.", meinte Aurora nach der Begrüßung.

„Das stimmt. Schön, dass es dir gefällt. Bei den meisten verursacht der Kontakt mit Tieren eine Ausschüttung von Glückshormonen. Deswegen hat man früher gerne Haustiere gehalten. Schade, dass es jetzt nur noch sehr bedingt möglich ist", erwiderte Tarik.

Aurora kraulte gerade eine schwarze Katze, die am Boden neben ihr Platz genommen hatte. „Falls ich heute nicht sehr aufmerksam bin, dann liegt es an diesen bezaubernden Kreaturen hier. Aber ich versuch´, trotzdem zuzuhören", erklärte Aurora lächelnd.

„Kein Problem. Kann ich nachvollziehen. Ich finde Katzen allgemein faszinierend. Sie stehen für mich irgendwie auch für Freiheit und Unabhängigkeit. Auch wenn das hier im Café nicht so rüber kommt. Aber Katzen zeigen doch sehr deutlich, was sie wollen oder nicht und ziehen ihr eigenes Ding durch."

„Die sind so ein bisschen wie du, oder?", fiel es Aurora ein.

„Das stimmt." Tarik lächelte verschmitzt. „Und mit welchem Tier würdest du dich identifizieren?"

„Mmh, gute Frage. Vielleicht mit einem Glühwürmchen." Tarik lachte. „Welche Ähnlichkeit hast du bitteschön mit einem Glühwürmchen? Da bin ich aber gespannt!"

„Hab´ vor kurzem was darüber gelesen. Anscheinend stehen sie für Kreativität und Inspiration. Außerdem geht mir in letzter Zeit öfters mal ein Licht auf. Also, ich finde da gibt es schon Parallelen."

„Ok, du hast also die Eigenschaften eines Glühwürmchens. Dann könntest du mir ab und zu helfen, und zwar wenn ich mal wieder so richtig im Dunkeln tappe."

Die Bedienung kam und brachte beiden ihre Getränke. Aurora hob ihr Glas. „Dann auf eine lichtvolle Zukunft!"

„Auf Erleuchtung und Liebe", antwortete Tarik beim Anstoßen der Gläser, während er ihr vergnügt in die Augen blickte.

Nachdem sie ihr Glas abgesetzt hatte, wandte Aurora ihre Aufmerksamkeit wieder den Katzen zu, die an einem Kletterbaum mit den herunterbaumelnden Spielzeugen beschäftigt waren. Sie versuchte, sich innerlich kurz sammeln, um ihr plötzliches Herzklopfen in den Griff zu bekommen. Auch schien es mit einem Mal in der Räumlichkeit sehr warm geworden zu sein. Aurora fächerte sich mit der Getränkekarte Luft zu. Auf Tariks Schoß hatte sich inzwischen eine getigerte Katze niedergelassen und ließ sich genüsslich von ihm streicheln.

„Schön, dass die hier noch eine Karte haben und nicht wie sonst überall nur noch ein Bestell-Screen steht", bemerkte Tarik.

„Zu viel Elektronik stört die Katzen wahrscheinlich", meinte Aurora. „Aber uns Menschen tut es wohl auch nicht so gut. Ich versuche mich jeden Tag mindestens eine halbe Stunde zu Erden, um die angesammelten freien Radikale im Körper auszugleichen. Es gibt ja genügend Hinweise, dass chronische Entzündungen im Körper durch Elektrosmog also durch das Ungleichgewicht zwischen freien Radikalen und Elektronen entstehen."

„Ja, darüber habe ich auch schon einiges gehört", entgegnete Tarik nachdenklich. „Unser Körper ist ein bioelektrisches System. Jede Zelle und Faser arbeitet in einem bestimmten Schwingungsbereich. Bei Geräten weiß jeder, dass die geerdet sein müssen, um gefährliche Überspannungen zu verhindern. Aber wir Menschen sind ständig durch Plastik-Schuhsohlen oder durch künstliche Böden vom Erdreich isoliert. Da kann kein Ausgleich stattfinden. Aber es gibt auch immer mehr Menschen, die sich wieder bewusst einer natürlichen Lebensweise zuwenden."

„Ja, das nehme ich auch so wahr. Allerdings wird manches davon von staatlicher Seite kritisch gesehen. Eigentlich alle Dinge, die zur Selbstheilung oder Selbsttherapie genutzt werden können. Da habe ich das Gefühl, dass hier wie eine unsichtbare Mauer von den Behörden errichtet wurde. Gesundheit wird gefördert – ja, das stimmt, aber nur innerhalb eines klar umrissenen Rahmens, der vom Staat vorgegeben ist."

„Es geht immer um Geld und Macht. Das ist auch nach der großen Wende nicht anders geworden. Nur so viel Gesundheit wie nötig – um die Menschen arbeitsfähig zu halten, und zwar mithilfe von Mitteln, die Geld einbringen und das dauerhaft."

Tarik schaute grübelnd auf die Katze in seinem Schoß, die nun mit einem Satz zurück auf den Boden sprang.

„Aber jetzt sollten wir besser das Thema wechseln, bevor wir beide noch Ärger bekommen. Wie war dein Termin bei der Betriebsärztin?"

„Oh, das scheint mir als Thema nicht weniger brisant...aber gut, ich versuch´s mal sachlich zusammenzufassen", erklärte Aurora lächelnd, die daraufhin ihr Erlebnis schilderte.

Auch Tarik berichtete von seinem Aufeinandertreffen mit der Ärztin. Er beschrieb die ganze Szene in einer derart amüsanten Art und Weise, dass beide herzhaft lachen mussten.

Es braucht nur etwas Abstand – und schon wird aus einer

ärgerlichen Situation etwas zum Lachen, dachte sich Aurora, die sich gleichsam an ihre Erkenntnisse vom Vortag erinnerte.

„Ich glaube, wir müssen los", bemerkte Tarik mit dem Blick auf seine Watch.

Das Café war nur stundenweise reservierbar und die Zeit war wie im Fluge vergangen. Aurora wollte nach Ende der Online-Geburtstagsparty wieder zuhause bei ihren Kindern sein, so dass die beiden die verbleibende Zeit noch für einen kurzen Spaziergang nutzten.

Schweigend liefen sie durch die Fußgängerzone und betrachteten das rege Treiben der Passanten. Das gute Wetter und der naheliegende Ostermarkt hatten ungewöhnlich viele Besucher in die Innenstadt gelockt.

Tarik blickte gedankenverloren auf eine Traube Menschen, die zielstrebig den Markt ansteuerten. „Jeder scheint irgendwie auf der Suche zu sein."

„Du meinst, diese Suche nach Glück und Zufriedenheit?"

„Ja, ist es nicht das, was uns im Leben umtreibt? Was macht dich im Leben glücklich?"

Aurora atmete tief durch und überlegte eine Weile.

„Ich könnte jetzt eine oberflächliche Antwort geben, und sagen: meine Kinder, die Natur, gute Gespräche, Meditation und Sport. Aber das wäre nur die halbe Wahrheit, sonst müsste ich ja dauerhaft glücklich sein, denn all diese Sachen sind ja ganz präsent in meinem Leben. In Wirklichkeit glaube ich, dass dieses Glücksgefühl immer nur eine Momentaufnahme meines inneren Zustands ist. Wenn ich so präsent und gegenwärtig im Moment bin, dass keine Vergangenheit oder Zukunft zu existieren scheint...in dem kurzen Moment, wenn ich die Kinder lachen höre und mein Herz ganz erfüllt ist über die Freude darüber. Da gibt es dann nichts zu bedenken oder abzuwägen – es ist, als ob das Herz in seinen ursprünglichen, reinen Zustand übergegangen ist. Deswegen meditieren viele Menschen, weil dieses Glücksgefühl erfahrbar ist, als etwas, was von innen heraus wirksam wird. Aber diese Suche nach dem Glück kann auch zur Hetzjagd werden, wenn wir es nur im Außen suchen, wo etwas passieren muss, was wir an ganz bestimmte Bedingungen geknüpft haben."

„Das hast du schön gesagt. Aber der Mainstream gibt eine andere Glücksdefinition vor. Hier wird Glück assoziiert mit Konsum, Erfolg, Schönheit, Geld und so einer unrealistischen Vorstellung von Perfektion. So wie du es beschreibst, geht es mehr in Richtung Vollkommenheit. Vollkommen im „Hier und Jetzt" zu sein. Vollkommen in einem Zustand des Friedens, der Freude oder der Dankbarkeit zu sein."

Aurora strahlte bei seinen Worten. „Ich glaube, du verstehst mich vollkommen."

Die beiden waren nun an der Bushaltestelle von Aurora angekommen. Tarik schaute Aurora in die Augen, wobei sich diesmal nur ein zaghaftes Lächeln andeutete. Seine Gesichtszüge strahlten nun eher etwas Verträumtes, Zärtliches aus. Ein schreiendes Kind riss die beiden aus

Das Erwachen der Morgenröte

ihrem Trance-ähnlichen Zustand der seelenhaften Vertrautheit. Auch der Bus näherte sich der Haltestelle und die beiden verabschiedeten sich mit einem Blick, der die Verbundenheit auch ohne Worte zum Ausdruck brachte.

Die zweite Ferienwoche für die Kinder begann und auch für Aurora waren Urlaubstage genehmigt worden. Einige Erledigungen standen an – wie die amtliche Überprüfung der Smartwatch. Diese war eine der wenigen Behördengänge, die ausschließlich vor Ort stattfanden. Die verpflichtende quartalsweise vorzunehmende Überprüfung bestand aus einem Sicherheits-Check und der Erneuerung des Identitätszertifikats. Mehrere Automaten waren zu diesem Zweck in der Eingangshalle der Behörde aufgestellt. Auf dem Screen erschien nach Aktivierung ein KI-generiertes Gesicht eines Menschen, der lächelnd durch den Vorgang führte. Die einzelnen Schritte wurden dabei als freundliche Anweisung formuliert und das entsprechende Fach oder Lesegerät leuchtete auf. Alle Sprachen – wie auch Gebärdensprache - waren bei Bedarf abrufbar. Nach dem Einscannen der persönlichen ID öffnete sich ein Fach, durch das die Watch in das Innere des Geräts gezogen wurde. Hier setzte sogleich das Diagnosetool mit der Arbeit an und überprüfte die Watch nach Viren und auf Funktionstüchtigkeit. Das Identitätszertifikat wurde ausgelesen und mit dem Augenscan verglichen. Am Ende erhielt man einen neuen Zeitraum für den Pflicht-Checkup in den elektronischen Kalender überspielt. Auch die Kinder erledigten das Prozedere mit routinierter Gelassenheit.

„Wie machen das eigentlich Leute, die im Krankenhaus sind", wollte Viola wissen.

„Da gibt es in jeder Einrichtung ähnliche Geräte. Das wird dann vom Personal übernommen. Über die Watch erhalten die im Krankenhaus ja auch Zugang zu den gesamten Gesundheitsdaten", erklärte Aurora.

„In manchen Ländern haben die anstatt der Watch einen Chip im Arm", erzählte Adrian. „Und dann gibt es noch Ländern, wo man gar nichts davon haben muss. Nur so einen Plastikausweis. Total crazy. Hätte ich schon längst verloren, wenn ich den dabei haben müsste. Das sind dann auch so Länder, wo Chaos herrscht und viel Kriminalität."

„Woher willst du das wissen?", fragte Aurora.

„Das haben wir in der Schule gelernt. Ist doch auch logisch. Da können sich Verbrecher ganz leicht verstecken."

„Also so schlimm sind die Menschen nun nicht alle … dass plötzlich Chaos ausbrechen würde, nur weil sie nicht durch so ein Gerät überwacht werden. So lange gibt es dieses verpflichtende Tragen noch gar nicht und früher war es ohne die Watch deswegen auch nicht furchtbar gefährlich."

Aurora war überrascht, dass in der Schule derartige Behauptungen vermittelt wurden. *Mit solchen Informationen soll wohl die Akzeptanz in der Bevölkerung aufrechterhalten werden. Hier wird dann etwas suggeriert, was irgendwann als Fakt in den Köpfen der Kinder hängen bleibt. Aber er ist noch zu jung, um das zu verstehen. Für ihn ist die Watch so selbstverständlich. Ein Leben ohne dieses Ding kann er sich gar nicht vorstellen und würde ihn sogar ängstigen.*

„Ich hab´ letztlich einen Film gesehen, in dem über eine Gruppe berichtet wurde – hier bei uns – die das Tragen der Watch ablehnen", erzählte Viola. „Die leben irgendwo im Wald und manche wandern aus, weil sie sagen, dass sie komplett frei sein wollen. Außerdem wollen die natürlicher leben und nicht so viel Technik um sich herum haben."

„Wow", rief Adrian. „Vielleicht so wie die Indianer früher. Da hätte ich auch mal Lust drauf."

Aurora lachte. „Wir gehen ja im Sommer campen. Da kannst du dann schauen, wie es ohne Game-Z für dich wird."

„Also ich könnte mir das gut vorstellen", fing Viola begeistert an zu erzählen. „Also vielleicht auf einem Hof mit Pferden, Hühnern und Ziegen. Und dann könnte man in einem Garten ganz viel Gemüse anpflanzen und man hätte Obst von den Bäumen."

„Also wir haben in der Straße einen Gemeinschaftsgarten. Ich hab´ zwar noch nicht bemerkt, dass ihr bisher irgendeinen Blick für den Garten übrig hattet, aber wenn ihr wollt, können wir uns daran beteiligen. Das heißt aber auch, dass ihr mithelft und euch regelmäßig um die Pflanzen kümmert."

Die Kinder waren sofort einverstanden und fingen an, Gemüsesorten aufzuzählen, die für ihr Pflanzprojekt in Frage kommen könnten.

Aurora schüttelte belustigt den Kopf. *Mit Kindern wird es nie langweilig.*

***

Der Himmel meinte es gut mit Aurora, denn das Wetter zeigte sich in der Woche von der besten Seite. Selbst die Wolken schienen an diesem Tag Platz zu machen, um die Sonnenstrahlen ungehindert ihr Potential entfalten zu lassen. Gemeinsam mit Kathi wollte sie das Wetter für einen ausgedehnten Spaziergang in der Siedlung nutzen.

„Ist das nicht gigantisch, wenn man so den blauen Himmel über sich sieht und weiß, dass nach allen Seiten der Erde das Universum sich unendlich ausdehnt?", meinte Aurora, als sie staunend nach oben blickte.

„Ja, vor allem wenn man bedenkt, dass wir nur einen Bruchteil des Ganzen sehen. Das meiste bleibt für uns verborgen", bestätigte Kathi und fügte nach einer kurzen

Pause des andächtigen Schweigens hinzu: „Genauso ist es in unserem Inneren. Schließlich sind wir mit allem verbunden und das Große spiegelt sich im Kleinen."

„Das sind diese universellen Prinzipien, oder?", fragte Aurora und fuhr fort: „Diese Unendlichkeit im Außen spiegelt sich dann in der eigenen ewigen Seele und in dieser Verbundenheit mit etwas, was größer ist als unser Verstand."

„Absolut. Ja, das ist das Prinzip der Entsprechung. Je mehr wir in die Selbsterkenntnis kommen, umso deutlicher lässt sich die Unbegrenztheit unseres wahren Seins erfahren. Wir bekommen damit immer mehr ein ganzheitliches Verständnis unserer Existenz und müssen uns nicht mehr an flüchtige Oberflächlichkeiten klammern. Man könnte auch sagen: Je reiner wir unser eigenes Licht wahrnehmen, umso mehr sind wir davon erfüllt und lassen uns nicht mehr von Trugbildern im Außen blenden."

„Meinst du mit den Trugbildern das, was die Werbung uns vorgaukelt? Also, dass Reichtum, Prestige, Konsum unsere Glücksbringer sind?"

„Ja, und auch dieses Thema Sicherheit. Durch das Schüren von Angst werden Maßnahmen oder Produkte, die vermeintlich für Sicherheit sorgen, als notwendig dargestellt. Also so, als ob es alternativlos sei. Und auch diese Überheblichkeit, die zum Teil in Wissenschaft und Politik herrscht, indem man den unerklärbaren Dingen ihre Existenz abspricht. Also all diese Phänomene und

Das Erwachen der Morgenröte

Erfahrungen, die auf die Existenz einer höheren Kraft hinweisen, werden entweder negiert oder als Zufall abgetan. Mit anderen Worten: Alles wird auf die Größe unseres Verstandes reduziert, der nun mal einfach beschränkt ist."

„Also mit dem Verstand allein sehen wir nur bestimmte Facetten des Ganzen. Wir müssen also weitere Kanäle für Erkenntnisgewinnung hinzunehmen", folgerte Aurora. „Wie Intuition und Kreativität, oder?"

„Genau", erwiderte Kathi und blickte konzentriert Richtung Himmel. „Und wir müssen das Nichtwissen akzeptieren. Auch damit befreien wir uns von der Enge des Verstands."

„So wie Sokrates es formuliert hat: Ich weiß, dass ich nichts weiß", nickte Aurora zustimmend. „Ich finde, das ist auch eine riesen Erleichterung, dass man gar nicht alles wissen kann und auch nicht muss. Sondern dass man selbst Zugang hat, zu einem inneren Wegweiser, der umso deutlicher wird, je mehr man sich von altem Ballast löst und freier und klarer sich selbst erkennt. Aber wie kann es sein, dass wir inzwischen in einer Welt leben, in der wir so abhängig sind von künstlichen Intelligenzen und kontrollierenden Strukturen?"

„Angst macht manipulierbar.", antwortete Kathi. „Und auch Informationen lassen sich gut manipulieren und mit Suggestionen versehen."

Beide Frauen dachten konzentriert eine Weile über das Gesagte nach, bevor Kathi ihre Gedanken fortsetzte:

„Und dann entwickelt sich eine Eigendynamik, die von der Akzeptanz der schweigenden Masse getragen wird."

„Mmh", meinte Aurora grübelnd. „Und wie schaffen wir es jetzt, das Ganze zu überwinden?"

„Ich glaube, mit der Selbsterkenntnis wächst auch das Selbstbewusstsein, die Selbstliebe und das Vertrauen nicht machtlos zu sein. Damit werden wir allmählich immun gegen Angstmache und können unseren Fokus wieder auf das richten, was wirklich wichtig ist und was wir wirklich wollen. Die Angst hält uns im Tunnelblick. Wir sind auf die vermeintliche Gefahr fixiert. Wenn wir uns davon lösen, können wir unsere Aufmerksamkeit gezielter und bewusster einsetzen. Dort, wo unsere Aufmerksamkeit ist, fließt auch unsere Energie hin. Wir können also selbst entscheiden: Wollen wir mit unserer Energie bei dem bleiben, was uns ängstigt oder dorthin lenken, wo wir eigentlich hinwollen?"

„Stimmt. Wenn man es so formuliert, wird einem sofort der Widerspruch deutlich. Man kann sich nicht von etwas lösen, was man ständig im Blick hat. Man braucht sozusagen einen Perspektivwechsel. Jeder, der ein Ziel erreichen will, muss es auch anvisieren. Aber es braucht ein klares Ziel, sonst dreht man sich im Kreis."

„Und da hast du auch wieder die Antwort auf deine Frage, wie es dazu kommen konnte. Die meisten Menschen haben es sich in ihrer gewohnten Gedankenwelt gemütlich eingerichtet. Sie leben innerhalb ihrer alten Denkmuster und Gewohnheiten.

Vieles davon ist einfach von außen übernommen – von den Eltern, Freunden oder den Medien. In dieser Komfortzone kann keine Veränderung stattfinden. Nur in einer Krise fängt dann der eine oder andere an, die gewohnten Gegebenheiten zu hinterfragen und einen Perspektivwechsel vorzunehmen."

„Im Prinzip heißt das: Wir müssen uns selbst transformieren, um im Außen Veränderung zu bewirken."

Die beiden Frauen waren kurz stehengeblieben, um zwei Rotkehlchen zu beobachten, die an einem Baumstamm scheinbar mühelos in der Senkrechten umhersprangen.

„Ja, man könnte auch sagen, dass wir einfach das ablegen, was gar nicht zu uns gehört. Dann werden wir vieles im Leben ganz anders einordnen und jedes Hindernis auch als Chance sehen."

Eine Sprachnachricht von Tarik war eingegangen. Er teilte ihr den kommenden Termin für das Treffen bei Sören mit. „Freitagabend 18.30 Uhr. Ich hoffe, du hast Zeit. Bei mir ist zwar die Kleine das Wochenende da, aber für den Abend ist das okay. Würde mich auf jeden Fall freuen, wenn du kämst." Eine kurze Pause in der Sprachnachricht folgte. „Muss immer mal an unser Gespräch letzten Samstag denken. Vielleicht können wir das bald wiederholen...also, sag einfach Bescheid...ok, dann bis Freitag...wünsche dir noch einen schönen Tag...und schöne Woche."

Aurora schmunzelte. *Er zeigt immer mehr seine sanfte Seite und lässt nicht mehr nur den coolen Typen raushängen. Es wirkt viel sympathischer, wenn zwischendurch auch mal die Schwächen zum Vorschein kommen.*

Aurora dachte an das kommende Treffen. Bin gespannt auf den Informationsaustausch. Vielleicht hat sich ja etwas Neues auf der Arbeit ergeben.

***

Aurora genoss die Erholung aber auch die gemeinsamen Aktivitäten mit ihren Kindern in der Urlaubswoche. Im Nu war der letzte freie Werktag und somit der Tag des Gruppentreffens bei Sören angebrochen. Jolie und Jannik waren verreist aber alle anderen fanden sich wie gewohnt befreit von ihrer Smartwatch, im Wohnzimmer von Mia und Sören ein. Aurora und Tarik begrüßten sich mit einem vielsagenden Blick und nahmen nebeneinander Platz. Sören ergriff wie gewohnt das Wort und teilte Informationen aus der Bibliothek mit.

„Der eine oder andere hat es ja schon mitbekommen, dass eine zweite Welle von sogenannten Rationalisierungsmaßnahmen bei uns umgesetzt werden soll. Das heißt vor allem, dass Arbeitsplätze zu Gunsten von KI abgebaut werden. Es scheint diesmal, sich auf die IT und den öffentlichen Bereich zu beschränken. Genaue Informationen wurden allerdings noch nicht bekannt gegeben."

Anna und Aurora schauten verständnislos in die Runde.

„Warum denn gerade die IT", fragte Anna. „Sind denn nicht gerade da die Spezialisten nötig? Schließlich basiert ja die gesamte Infrastruktur darauf und auch wegen der ganzen Cybersecurity?"

„Leider ist es so", antwortete Sören, „dass gerade deswegen KI hier besonders gefragt ist. Das Netzwerk ist sozusagen die Grundlage für alle Prozesse in der Bibliothek geworden. Aufgrund dieser enorm wichtigen Bedeutung will man Fehler und Schwächen im System so gut es geht eliminieren. Außerdem spielen natürlich die Kosten eine Rolle. Die Entwicklung schreitet immer weiter voran, so dass bestimmte Kontrollfunktionen, die wir bisher ausgeübt haben, nun auch von KI übernommen werden können. Das heißt: KI kontrolliert KI."

„Besteht da auch ein Zusammenhang mit dem Hackerangriff", fragte Aurora. „Ich meine, geht man davon aus, dass Mitarbeiter hier irgendwelche Fehler gemacht haben?"

Sören nickte. „Fehler direkt vielleicht nicht, aber die Leitung vermutet, dass mit den neuen Implementierungen eine solche Attacke nicht mehr möglich sei."

„Es schaukelt sich doch alles nur auf einen nächsten Level hoch", wandte Tarik ein. „Auch die Hacker nutzen KI, um immer raffinierter in Netzwerke einzudringen. Am Ende bekämpft sich KI gegenseitig und wir werden immer mehr in eine Rolle gedrängt, wo wir nur noch als Randfiguren auftreten aber letztendlich die Konsequenzen tragen müssen."

Alle nickten betroffen.

„Wie sieht's bei euch aus?" fragte Anna die beiden aus dem öffentlichen Bereich.

„Wir haben noch keine Kündigung erhalten, aber gehen schonmal davon aus, dass es uns auch treffen wird", stellte Leonie achselzuckend fest. „Ich hab' auf jeden Fall schon angefangen, Bewerbungen zu schreiben."
„Bei mir passt das schon", meinte Jonas. „Ein Kumpel von mir hat einen Vertrieb für Wasserstoff-Speicher und da kann ich jederzeit mit einsteigen. Aber schade ist es schon. Mir hat die Arbeit eigentlich Spaß gemacht."
„Für mich wirkt es so, als ob diese ganze KI so eine Eigendynamik entwickelt und den Menschen mehr und mehr entgleitet", meinte Mia und knüpfte damit an der Aussage von Tarik an. „Die Frage ist, ob man als einzelner hier einfach nur hilflos zusehen muss, oder welcher Handlungsspielraum uns noch bleibt?"
„Meiner Meinung nach hängt alles von einem freien Informationsaustausch ab", erklärte Sören. „Seit es elektronische Netzwerke gibt, gab es darauf auch Überwachung und Zensur. Heutzutage ist noch die Smartwatch als Dauerüberwachung hinzugekommen. Das macht selbst den freien Austausch bei persönlichen Begegnungen schwierig. Also brauchen wir alternative Netzwerke, so wie unsere Gruppe hier oder auf verschlüsselten Netzwerken. Da gibt es Gruppen, zu denen man nur durch persönliche Einladung Zutritt erhält. Denn auch dort tummeln sich natürlich jede Menge bad bots. Von diesen Online-Gruppen weiß ich zum Beispiel, dass es immer mehr Bewegungen gibt, die sich gezielt gegen die Strukturen wenden. Einige davon

sind für die Cyberangriffe verantwortlich, von denen es ja jeden Tag mehr und mehr gibt. Aber ich weiß nicht, ob das wirklich die Lösung ist."

„Die Technikgläubigkeit nimmt in der Bevölkerung ab und das vor allem aufgrund der ganzen Störungen, die von Hackern aber vielleicht auch durch fehlgeleitete KI verursacht wird. Von daher sehe ich schon einen Sinn dahinter", gab Tarik zu bedenken. „Aber ich stimm´ dir da völlig zu: Wir müssen uns weiter vernetzen und alternative Strukturen bilden. Es gibt da bereits gute Ansätze von unterschiedlichen Organisationen. Es geht ja nicht nur um KI – sondern im Prinzip, um ein System, das dem einzelnen immer weniger Spielraum lässt. Es kann nicht sein, dass wir als Menschen immer mehr Verantwortung nach außen abgeben und dadurch selbst in einem goldenen Käfig sitzen."

„Die Menschen handeln aus Angst", merkte Leonie an. „Vielen ist ein Käfig lieber, weil es ihnen eine Illusion der Sicherheit gibt.

„Eine Freundin sagte mir die Tage, wie wichtig es ist, seine Energie auf das zu lenken, was man möchte", fügte Aurora hinzu. „Solange wir unsere Energie für das Bekämpfen einer ungewünschten Sache aufwenden, werden wir dieser Sache damit sogar Energie zuführen und stärken. Also müssen wir unseren Fokus auf das Ziel lenken, um darauf zuzusteuern. Damit ändern wir unsere eigene Ausstrahlung und Energie und ziehen das in unser Leben, von dem wir innerlich erfüllt sind."

Das Erwachen der Morgenröte

„Ja, das Gesetz der Anziehung", meinte Jonas lächelnd. „Das ist mein Lebensprinzip. Ist ja auch logisch: Man ist immer in Wechselwirkung mit der Außenwelt. Jeder strahlt etwas aus, ob man das will oder nicht."

„Wenn ich euch richtig verstehe, tendiert ihr also zu einer Art passiven Widerstand aber mit aktiver Neugestaltung von Alternativen?" fragte Mia in die Runde.

„Das hast du schön formuliert", antwortete Sören. „Das Wichtigste ist die innere Einstellung. Wir dürfen uns nicht in einen Panikmodus bringen lassen. Alles muss friedlich in uns sein, um auch friedlich handeln zu können. Und der Handlungsspielraum lässt sich hier und da ein wenig ausdehnen ... so wie wir das hier mit der Smartwatch handhaben", fügte er schmunzelnd hinzu.

„Passiver Widerstand heißt ja auch auf sein eigenes Herz zu hören und nicht alles mitzumachen, nur weil die Masse darauf anspringt", kommentierte Leonie. „Also selbst zu entscheiden, was wir unserem Körper zuführen – ob das jetzt die Moodys sind oder auch die ganzen Medien, mit denen wir unseren Kopf füttern. Auch diese Gehirnwellenoptimierer – ich weiß nicht – sie sind mir suspekt geworden, seitdem die Industrie und die Regierung hier massiv das ganze bewerben und fördern. Früher war das sicher noch eine gute Sache, aber mit den Frequenzen, die jetzt in den offiziellen Entspannungsprogrammen hinterlegt sind, weiß man nicht, was da wirklich dem Gehirn zugeführt wird."

Alle in der Runde nickten zustimmend und Mia fügte hinzu: „Genau wie beim Essen im Laufe der Zeit immer mehr Zusätze durch die Industrie dazugekommen sind, so ist es auch bei den Gehirnwellenoptimierern. Es läuft ja sogar Werbung zwischendurch – das sind diese Subliminals – also ihr wisst schon ... diese unterschwelligen Informationen, die ganz kurz eingeblendet werden. Die gehen genauso direkt wie die Frequenzen ins Unterbewusstsein und welche Wirkung sie dort ausüben - darüber kann man nur spekulieren."

„Ja, man weiß überhaupt nicht, was da im Gehirn landet, wenn man mit dem Headset sich einfach berieseln lässt. So eine Technik kann sehr manipulativ eingesetzt werden", stellte Tarik fest.

„Na, dann brauchen wir ja nur noch die Alternativen, auf die wir hinarbeiten können", meinte Anna lächelnd.

Eine lebhafte Diskussion zog sich bis in den späten Abend. Am Ende wurde deutlich, dass als nächster Schritt der Kontakt zu interessierten Personen und Gruppen gesucht werden sollte, um eine Vernetzung auf persönlicher Ebene auszubauen. Das erklärte Ziel dabei war, nach Wegen zu suchen, um alternative Handlungsspielräume zu schaffen. Jeder wollte sich zu diesem Zweck in der Zeit bis zum nächsten Treffen entsprechende Gedanken machen.

Als Tarik Aurora mit dem Wagen nach Hause brachte,

Das Erwachen der Morgenröte

waren beide müde von der intensiven Auseinandersetzung mit dem herausfordernden Thema.
„Sonntagnachmittag ist meine Tochter wieder bei ihrer Mutter. Hast du Zeit? So ab 15 Uhr? Einfach 'ne Runde drehen?", fragte Tarik.
„Ja, das passt. Wie wär's mit 15.30 im Stadtpark bei der Bushaltestelle?"
„Prima." Tariks müden Augen leuchteten kurz auf. Die beiden verabschiedeten sich und Tarik fuhr davon.

Aurora saugte die frische Nachtluft mit einem tiefen Atemzug über ihre Nase ein. Ihr Blick wanderte nach oben, wo ein sternenklarer Himmel eine atemberaubende Kulisse bot. Trotz ihrer Müdigkeit konnte sie sich vom Anblick kaum losreißen. Sie entschied, noch eine paar Schritte zu gehen, um ihren Kopf von der Schwere der intensiven Diskussionen zu befreien. Sie nahm nun einfach ihre Umgebung wahr – ganz ohne Gedanken. Die Leere in ihrem Kopf schien wie ein Vakuum alles um sie herum in sich aufzunehmen. Ein berauschendes Gefühl der Ganzheit erfüllte sie, während sie wahrnahm, wie sie mit allem im Außen verschmolz. Der Unterschied zwischen „Innen" und „Außen" existierte nicht mehr. Für einen kurzen Moment spürte sie diese intensive Verbundenheit so deutlich, dass sie sich eins mit dem gesamten Universum fühlte. Dann zog eine Welle der Müdigkeit über sie hinweg und ihre Gedanken wanderten zurück in ihr Bewusstsein. Immer noch beseelt von dieser besonderen Erfahrung machte sie sich auf den Weg nach Hause in ihr Bett.

Tarik erwartete sie bereits an der Bushaltestelle und sie begrüßten sich mit einer freundschaftlichen Umarmung. Der Stadtpark war bei dem guten Wetter, von zahlreichen Spaziergängern und Familien besucht. Strahlend weiße Wolken verteilten sich wie zarte Pinselstriche über dem Himmel.

„Schau mal", meinte Aurora und zeigte zu den Wolken, „das sieht aus wie ein Vogel mit großen Flügel. Man sieht sogar die einzelnen Federn."

„Stimmt. Es könnte aber auch ein Engel sein... siehst du ... da der Kopf und daneben die Engelsflügel", beschrieb Tarik die zarten Wolkenstrukturen.

Beide waren stehengeblieben und betrachteten nun ehrfurchtsvoll das engelsgleiche Wolkenbild, welches majestätisch über ihren Köpfen schwebte.

„Die Natur bringt einen immer ins Staunen – vor allem, wenn man sich auf das Zauberhafte daran einlassen kann, findest du nicht", fragte Aurora.

„Ja, stimmt, nur leider haben viele Menschen das Staunen verlernt. Viele nehmen diese kleinen Wunder überall gar nicht mehr wahr."

„Da gibt es ein tolles Zitat von Albert Einstein", fiel es Aurora ein. „Ich glaube es heißt: Das Schönste, was wir erleben können, ist das Geheimnisvolle. Ich finde, das drückt es sehr gut aus. Und er beschreibt sogar, dass wahre Wissenschaft nur durch das Staunen entstehen kann. Er formuliert das richtig drastisch und erklärt, dass die Augen derjenigen, die nicht mehr staunen können, erloschen sind."

„Wow – eine krasse Aussage. Ja, ich glaube, der hatte echt was drauf, dieser Einstein."

„Genau wie dieser Spruch aus der Bibel, wo es heißt, dass wir wie die Kinder werden sollen, um das Himmelreich zu sehen. Ich denke, das hat vor allem mit der Wahrnehmung zu tun. Die Sicht der Kinder ist noch nicht beschränkt durch die vorgefertigten Denkschablonen im Kopf – so wie bei Erwachsenen. Kinder können selbst über die kleinen und unscheinbaren Dinge staunen und sich freuen."

„Und das wahrhafte Sehen funktioniert nun mal nicht über unseren Verstand sondern mit unserem Herzen", fügte Tarik hinzu.

„Das hast du schön gesagt", erwiderte Aurora und lächelte verträumt. Nach einer Weile fügte sie hinzu: „Das erinnert mich auch an das gestriges Gespräch in der

Runde - zu dem Thema Vernetzung. Mit dem Internet und KI haben wir die Funktionsweise unseres Verstands kopiert. Damit funktioniert die Informationsverarbeitung noch schneller oder effektiver. Aber unser Herz ist Teil eines übergeordneten Netzwerks, womit wir alle auf ganz natürliche Weise verbunden sind. In den alten Philosophien wird das als universelles Prinzip beschrieben. Da heißt es, dass alles geistig ist. Man könnte sagen, so ein unsichtbares Netzwerk, was wir spüren, wenn wir staunen oder lieben. Wir fühlen uns verbunden, mit dem, was wir über unser Herz wahrnehmen."

Tarik nickte und seine Augen strahlten, als er seine Gedanken hinzufügte: „Ja, man spürt das über die Freude, die dabei entsteht, wenn man in Beziehung geht zu einem Tier, zur Natur und selbst zu völlig unbekannten Menschen - einfach dadurch, dass man Anteil nimmt oder hilft. Und natürlich diese intensive Verbundenheit, die man zu jemanden spürt, der einem besonders nah am Herzen zu sein scheint."

Die beiden liefen an einem Weiher entlang, auf dem einige Enten und Schwäne schwammen. Konzentrische Kreise setzten sich durch die Schwimmbewegung der Tiere auf der Wasseroberfläche fort und sorgten für glitzernde Lichtreflexe.

Nach einer Pause fragte Tarik: „Wie würdest du Liebe definieren?"

„Mmh ... mit Worten kann man immer nur ansatzweise

etwas beschreiben, was mit dem Verstand nicht zu erfassen ist. Für mich ist Liebe unendlich – also im Gegensatz zu unserem Verstand oder den ganzen künstlichen Netzwerken, die alle mehr oder weniger beschränkt sind. Die Liebe muss nicht erschaffen werden, sondern existiert als Grundprinzip eines höheren Bewusstseins", ergänzte Aurora konzentriert. „Und du? Wie würdest du es beschreiben aus deiner Sicht?"

„Ich sehe das auch so wie du. Man könnte auch sagen Liebe verbindet, vereint und harmonisiert. Es ist sozusagen die Basis, auf der ein friedliches Zusammenleben auf dem Planeten nur möglich ist. Außerdem zeigt es uns unser eigenes Potenzial - indem wir uns selbst lieben und annehmen und dadurch auch immer besser anderen gegenüber Empathie und Verständnis aufbringen können. Wir sollten uns als Menschheit darauf konzentrieren, was uns verbindet und nicht nach Dingen suchen, die uns trennen. So wie du es gestern gesagt hast ... mit dem Fokus, ... der die Energie auf das Ziel lenkt."

„Ich glaube, dass wir da als Gesellschaft auf einem guten Weg sind", erwiderte Aurora nachdenklich. „Ich treffe immer mehr Menschen, die sich sehr bewusst mit diesen Dingen auseinandersetzen und alte Denk- und Verhaltensmuster hinterfragen. Die spüren, dass es bedeutungsvollere Lebensinhalte gibt als Konsum und Entertainment. Die nicht mehr blind der Masse hinterherlaufen, sondern anfangen, alternative Ziele zu

Das Erwachen der Morgenröte

definieren."

„Ich glaube, dass wir beide auch auf einem sehr guten Weg sind", meinte Tarik augenzwinkernd. Aurora lächelte und nahm in diesem Moment den angenehmen, elektrisierenden Duft seiner Haut wahr. Sie unterdrückte den Impuls, ihr Gesicht in Richtung seines Halses zu bewegen, um das Sinneserlebnis noch zu intensivieren. Nach einem kurzen Moment der inneren Sammlung hatte sie ihre Selbstbeherrschung zurückgewonnen und dachte an die erste Begegnung mit Tarik. Es fiel ihr ein, dass es ein verrückter Zufall gewesen war, dass sie sich beim Willkommensmeeting auf der Arbeit direkt neben ihn gesetzt hatte.

„Glaubst du an Zufälle?", fragte sie.

„Mmh, alles ist bedingt durch Ursache und Wirkung. Von daher ist das Wort Zufall nur eine Art Verlegenheitserklärung, für Ereignisse, dessen Ursache der Mensch nicht kennt."

„Ich habe gerade an die Präsentation von unserem Direktor gedacht. Also da, wo ich neben dir gesessen bin. Ich fand dich damals ehrlich gesagt unfreundlich und abweisend", fiel es Aurora spontan ein.

Tarik überlegte kurz und berichtete dann von seiner nicht optimalen Verfassung an dem Tag. „Außerdem hatte ich mich mit diesen ganzen Core Values und Kennzahlen für den Glücks-Barometer schon auseinander gesetzt und hab' geahnt, dass es für mich ein Aufreger-Thema sein wird. Da bin ich mit einer miesen Laune gestartet und das hast du dann wohl abgekommen. Tut mir sehr leid. Hätte ich nicht gedacht, dass es so negativ auffallen würde. Da sieht man wieder, wie die eigenen Gedanken so deutlich das Verhalten und die Ausstrahlung beeinflussen, ohne dass es einem selbst wirklich bewusst ist."

„Ja, kein Problem. Hab´ ich mir danach dann schon gedacht, dass du einen schlechten Tag hattest, nachdem ich dich kennengelernt habe und gemerkt habe, dass du doch kein Vollidiot bist", bemerkte Aurora schmunzelnd.

Tarik lachte und drehte sich zu ihr um. Die beiden standen sich nun gegenüber und schauten sich mit erwartungsvollen Blicken an. Auroras Gedanken kreisten noch immer um den Tag des ersten Aufeinandertreffens. Eine Frage musste sie noch loswerden.

„Was hast du eigentlich am Ende des Meetings zu mir gesagt? Kannst du dich erinnern? Bevor du aus dem Raum gegangen bist. Da hast du mir irgendetwas zugeflüstert und ich hab` kein Wort verstanden."

Tariks Blick war fest auf das Gesicht von Aurora gerichtet.

„Natürlich weiß ich das noch. Als ich auf dein Namensschild geschaut habe, ist mir aufgefallen, dass unsere Namen ähnliche Bedeutungen haben. Du bist die Morgendämmerung und Tarik bedeutet Morgenstern. Das habe ich erwähnt."

„Wow, das wusste ich nicht! Du bist der Morgenstern – wie schön. Dann sind wir sozusagen ein himmlisches Team?"

Das Erwachen der Morgenröte

„Lass es uns wagen. Ich würde sehr gerne jeden Morgen an deiner Seite aufwachen.", flüsterte Tarik ihr ins Ohr. Dabei streifte sein Gesicht sanft ihre Wange. Die Spannung zwischen ihnen war zu einer unaufhaltsamen Kraft geworden. Als sich ihre Lippen in einem Kuss vereinten, fühlten sie die Magie eines Neuanfangs, die wie ein Versprechen ihre Herzen erfüllte.

Das Erwachen der Morgenröte

ÜBER DIE AUTORIN

Benita Michael ist ausgebildete Ernährungsberaterin sowie Kursleiterin für Autogenes Training und Meditation in Kempten. Mit der *Kraftfeld-Aktivierung durch Eigenfrequenz* verbindet sie ihre Kenntnisse der Klangtherapie, Chakren-Harmonisierung und Meditation zu einer wirkungsvollen Technik.

In ihrem ersten Buch *Ganzheit – ganz praktisch* beschreibt sie die zeitlose Relevanz der hermetischen Prinzipien, die konkrete Anhaltspunkte für ein ganzheitliches Leben liefern.

Die im vorliegenden Roman genannten Zitate aus dem fiktiven Buch *Ausgewählte Weisheiten alter Kulturen* stammen aus dem Buch der Autorin *Ganzheit – ganz praktisch*.

Weitere Informationen finden Sie unter:
https://boostyourhealth.de

WEITERE BÜCHER DER AUTORIN

GANZHEIT - GANZ PRAKTISCH.
Ganzheit für Körper, Geist & Seele mithilfe der sieben hermetischen Prinzipien.

ISBN: 978-3-00-077215-3

Das Buch nimmt den Leser mit auf eine mystische Reise durch Körper und Geist, bis in die unergründlichen Tiefen der eigenen Seele. Die geheimnisvollen hermetischen Prinzipien und das Zahlenmodell von Nikola Tesla dienen dabei als Schlüssel, um Schritt für Schritt neue Bewusstseinsräume zu öffnen. Anschaulich und mit vielen praktischen Anleitungen wird ein Weg zur Ganzheit angeboten. Ganzheit bedeutet hierbei, alle Ebenen der eigenen Existenz wahrzunehmen und in einen heilsamen Prozess für Körper, Geist und Seele zu treten. Die elementaren Fragen des Lebens werden in einem neuen Kontext formuliert und dienen der Inspiration und Selbst-reflexion. Weisheiten aus Religion und Philosophie bilden die Wegweiser auf der Entdeckungsreise zur wahren Natur des Menschen. Mithilfe der hermetischen Prinzipien beschreibt die Autorin eine Dimension zeitloser Wahrheit, die zu bewusst-seinserweiternden Einblicken führt. Die Autorin macht dabei das Unfassbare greifbar, indem sie umsetzbare Lebens-prinzipien anbietet, die zur wahren Essenz und damit zur Ganzheit zurückführen.

Printed in Poland
by Amazon Fulfillment
Poland Sp. z o.o., Wrocław